〈小説家になろう〉で書こう

新紀元社

カバーイラスト
ちり

Book design
石川妙子

まえがき

　ここ何年にもわたって活字離れや出版不況が取りざたされるなか、出版界からも読者からも熱い視線を向けられているのが、オンライン小説（Web小説）・携帯小説を掲載している小説投稿サイト〈小説家になろう〉（http://syosetu.com/）です。

　〈小説家になろう〉にユーザ登録をすると、自分の創作物（小説だけでなく、童話や詩なども）を公開でき、サイトの名前の通り、誰でも"作家"になれます。実際、〈小説家になろう〉に投稿した作品をきっかけに商業作家としてデビューを果たしたユーザはこれまでに数多くいますし、これからも誕生していくことでしょう。だからといって、ユーザが全員、プロ作家を目指しているというわけでもありません。プロ作家になりたいと思っている人もいますし、アマチュア志向でただ自分が書きたいものを書いている人もいます。「読者」の立場に徹している人もいます。
　みんな等しく、〈小説家になろう〉のユーザなのです。

　この本では小説を書いてみたい人に向けて、〈小説家になろう〉の使い方から、小説執筆の基礎知識、作家デビューした場合の書籍化作業の流れまで、まとめて紹介しています。

　「小説を書く」ことは、限られた人だけに許されている特殊技能ではありません。「書いてみたい」と思うことが第一歩で、あとは実際に書いてみるだけです。そんな人にとって〈小説家になろう〉は心強い味方であり、〈小説家になろう〉で小説を書こうと思った人たちのサポート役を、この本が担えたらうれしいです。
　まずは気軽にページをめくってください。

CONTENTS

まえがき ……………………………………………………………003

第1章
〈小説家になろう〉ってなんだろう? 009

Phrase.1
〈小説家になろう〉はどんなサイト？
〈小説家になろう〉ってなに？ ……………………………………010
〈小説家になろう〉の特徴 …………………………………………016

Phrase.2
〈小説家になろう〉運営会社に聞く
ヒナプロジェクト インタビュー …………………………………022

第2章
小説を投稿してみよう！ 031

Phrase.1
投稿するにはどうしたらいい？
①まずは、登録してみよう …………………………………………032
②執筆の起点！　ユーザページ ……………………………………037
③実は、読者のためのマイページ …………………………………038
④執筆するならココ！　小説メニュー ……………………………039
⑤[執筆中小説]で執筆続行！ ………………………………………041
⑥投稿情報を入力しよう ……………………………………………044

⑦利用規約を読もう ……………………………………067
　⑧投稿する際に気をつけること ……………………071
　⑨R18作品を投稿する …………………………………074

Phrase.2
投稿したぞ！ →そのあとは……
　投稿済み小説から作業開始 …………………………078
　アクセス解析 …………………………………………086
　ランキング ……………………………………………088
　活動報告 ………………………………………………091

Phrase.3
執筆と投稿のコツ
　自分の作品を"発見"してもらう ……………………094
　読み続けてもらうためには …………………………096
　実は重要！　投稿ペース ……………………………100

Phrase.4
繋げて、繋がって、目指せ、読者数UP！
　作品を埋もれさせない！ ……………………………103
　「感想」を書く …………………………………………105
　好きな作品を思う存分紹介！ ………………………106
　ほかのユーザの作品に評価をつけよう ……………108
　ブックマークを利用しよう！ ………………………109
　先輩ユーザに質問！ Part.1　活動編 ………………110
　まだまだ！　知っておきたい機能＆用語 …………116

CONTENTS

第3章
〈小説家になろう〉で作家デビュー！　　119

Phrase.1
作家デビューまでの道のり
作家デビューするにはどんな方法が？ …………………………120

Phrase.2
もっと詳しく！　デビューまでの道のり
～〈小説家になろう〉×出版社の小説賞編～
応募するまでの流れを見てみよう …………………………………126
〈小説家になろう〉×出版社の小説賞 一覧 ………………………130
小説賞主催出版社に聞く！ …………………………………………145

Phrase.3
もっと詳しく！　デビューまでの道のり
～出版社から連絡編～
出版社が作品に注目！ ………………………………………………153

Phrase.4
もっと詳しく！　デビューまでの道のり
～いざ書籍化作業編～
まずは、出版契約書を交わす ………………………………………155
先輩ユーザに質問！　Part.2　事前連絡編 …………………………160
書籍化作業の流れを見ていこう ……………………………………164
宣伝活動に勤しもう！ ………………………………………………179
先輩ユーザに質問！　Part.3　書籍化作業編 ………………………184

第4章
小説を書くための基礎知識　　197

小説を書いてみよう〜小説の書き方〜 ……198
- 文章の基本をおさらいしよう ……200
- 読みやすい文章を書く ……228
- アイディアの練り方 ……245
- プロットの立て方 ……249
- キャラクターの作り方 ……261
- 作品の世界観を表現する ……274
- 参考と盗用 ……288

あとがき ……293

第1章

〈小説家になろう〉ってなんだろう?

インターネットの世界には、自分で創作した小説や詩、漫画、イラストなどを発表できる場所があります。以前は自分でサイトを作り、発表する場所にしている人も多かったのですが、現在は主に投稿型のサイトが利用されており、〈小説家になろう〉は、なかでも多くの人が利用する大人気の小説投稿サイトです。〈小説家になろう〉がどんなサイトなのか、ほかの小説投稿サイトとどこが違うのか、ここでは基本の基本から紹介します。

Phrase.1

〈小説家になろう〉は どんなサイト?

〈小説家になろう〉をすでに利用している人にも、サイトの名称を耳にしたことはあるという程度の人にも、あらためて〈小説家になろう〉について説明していきます!

〈小説家になろう〉ってなに?

✔利用はすべて無料!

　〈小説家になろう〉は、日本最大級の小説投稿サイトです。

　小説投稿、といっても、厳密に小説しか投稿してはいけないというわけではありません。小説以外に、エッセイや童話、詩(ただし、200字以上)なども発表できます。〈小説家になろう〉というサイト名には「作品を書いたら、みんな小説家です」という意味が込められており、公式サイトのサイト案内には「みんなのための小説サイト」と書かれています。趣味で小説を書いているアマチュア作家や、すでにプロとして活動している作家が作品を発表できる場というだけでなく、作品を読んで楽しみたい人の場所でもあります。

　現在、利用登録者数は100万人を超え、掲載されている小説の数は、約48万作品(※2017年5月現在)。この数は〈小説家になろう〉のトップページで確認できるのですが、アクセスするたびに、日に日に増えていくのを実感できることでしょう。

　作品を投稿したい人は、〈小説家になろう〉に利用登録をしなければなりませんが、ただ作品を楽しみたいだけの人は、登録しなくても全作品を読むことができます(気に入った作品をブックマークしたり、途中

〈小説家になろう〉概要

URL	http://syosetu.com/
対応	パソコン、スマートフォン、携帯電話
運営	株式会社ヒナプロジェクト
開設	2004年4月2日
登録者数	約101万人
小説掲載数	約48万作品

2017年5月現在

でしおりを挟んだりする機能などを使用するためには登録が必要です。登録したからといって、作品を発表しなければいけないわけではありません)。その手軽さもあり、〈小説家になろう〉の月間ユニークユーザ数は、約700万人という驚異的な数字です。ユニークユーザというのは、そのウェブサイトを訪れた人のことで、その人が何度そのサイトを訪れても1ユーザとしてカウントされます。つまり、月に約700万人もの人が〈小説家になろう〉を訪れているということです。ちなみに、〈小説家になろう〉が閲覧された回数を示すPV（ページビュー）は、月間で約14億という、これもまた驚くべき数字になっています。

また〈小説家になろう〉は、登録をしてもしなくても、利用は無料です。〈小説家になろう〉のなかには、いかなる有料サービスも存在しないので、登録したら便利な機能も無料で使い放題なのです。

✓〈小説家になろう〉の歴史

そもそも〈小説家になろう〉は、いかにして誕生したのでしょうか。

〈小説家になろう〉は、運営会社であるヒナプロジェクトの代表・梅﨑祐輔氏が「もっとネット小説を読みたい」と思ったことをきっかけに、小説執筆システムの開発を開始。2004年に個人サイトとして運営が開始されました。当時はまだネット小説の発表の場は個人サイトが主流で、作品を探すのが大変だったことから、ネット小説が読める場所を作ろうと思い、〈小説家になろう〉を開設したのだそうです（※桜雲社『かつくらvol.14 2015春』インタビュー）。

その後、〈小説家になろう〉開設と前後して起こったケータイ小説ブームを機に知名度が高まり、登録者数も増加。2009年には利用者の増加やサイト内の技術刷新のために大規模リニューアルが実施されます。

▼〈小説家になろう〉トップページ

作家が日記や伝言板のように利用できる活動報告や、読者が気に入った作品や作家を登録できるお気に入り機能などはこのときに追加され、サイトのレイアウトも変更されるなど、このリニューアルで現在の〈小説家になろう〉の形が作られました。

翌年以降、佐島勤『魔法科高校の劣等生』(KADOKAWA電撃文庫)、橙乃ままれ『ログ・ホライズン』(KADOKAWAエンターブレイン)、丸山くがね『オーバーロード』(KADOKAWAエンターブレイン)、理不尽な孫の手『無職転生－異世界行ったら本気だす－』(KADOKAWA MFブックス)などなど、のちに書籍化されヒットする作品が〈小説家になろう〉に次々登場。大人気を博したそれらをはじめとした投稿作品のパワーに後押しされるように、〈小説家になろう〉は飛躍を遂げるのです。この勢いを出版業界が見過ごすはずもなく、〈小説家になろう〉掲載作品の書籍化は年々増加し、これまでの刊行点数は1500冊を超えるほどです（※2016年7月現在）。そして現在も〈小説家になろう〉では公式企画として、出版社とタッグを組んだ様々な小説コンテストが行われており、書籍化作品がどんどんと生まれているのです。

✔ 〈小説家になろう〉グループ

〈小説家になろう〉には、〈小説家になろう〉が管理している小説サイトがいくつかあり、それらをまとめて、〈小説家になろう〉グループといいます。〈小説家になろう〉は小説投稿サイトですが、グループ内のそのほかのサイトはいずれも、〈小説家になろう〉に投稿された作品を検索、読むことに特化したサイトです。では、そのグループを全年齢向けと18歳未満（高校生以下）閲覧禁止に分けて紹介しましょう。

【全年齢向け】
○小説を読もう！

〈小説家になろう〉に投稿された作品を検索できるサイト（パソコン、スマートフォン向け）。検索結果から〈小説家になろう〉の作品ページにジャンプして、読むことができます。タイトル、作者名、キーワードのほか、読了時間や完結か連載中かなど細かく指定して検索可能です。ただし、18歳未満（高校生以下）閲覧禁止の作品は検索対象外です。

○小説を読む

〈小説家になろう〉に投稿された作品を検索できるサイト(携帯電話向け)。18歳未満(高校生以下)閲覧禁止の作品は検索対象外です。

○ラブノベ

〈小説家になろう〉に投稿された恋愛小説を検索できるサイト(携帯電話、スマートフォン対応)。18歳未満(高校生以下)閲覧禁止の作品は検索対象外です。

○タテ書き小説ネット

〈小説家になろう〉の作品を検索し、縦書きのPDF形式で閲覧できるサイト(パソコン向け)。18歳未満(高校生以下)閲覧禁止の作品や、90日以上更新されていない未完の連載作品などは検索対象外ですが、検索対象外作品の閲覧ページ上部にある縦書き表示のリンクから、タテ書き小説ネットを経由して縦書きのPDF形式で読むことは可能です。

【18歳未満(高校生以下)閲覧禁止(R18)】
○ノクターンノベルズ

〈小説家になろう〉に投稿された男性向けR18作品を検索できるサイト(パソコン、スマートフォン、携帯電話対応)。

○ムーンライトノベルズ

〈小説家になろう〉に投稿された女性向けR18作品を検索できるサイト(パソコン、スマートフォン、携帯電話対応)。BL小説を含みます。

○ミッドナイトノベルズ

〈小説家になろう〉に投稿された"官能を主目的としない"男性向けR18作品を検索できるサイト(パソコン、スマートフォン、携帯電話対応)。ノクターンノベルズに比べるとアダルト描写がソフトです。

※〈小説家になろう〉に18歳未満(高校生以下)閲覧禁止の作品を投稿する際は、掲載先として、上記3サイトいずれかの登録が必須。

〈小説家になろう〉に作品を投稿する際は、作品の内容や年齢制限など、必須事項を登録しなければなりません。R18作品を投稿するには、〈小

説家になろう〉のユーザ登録とは別に、Xユーザ登録が必要です。

　〈小説家になろう〉は、執筆・投稿といった作者向けの機能が充実しているだけでなく、作品を閲覧する際の背景色や文字色、文字サイズなどを選択できたり、特定の作家や作品を登録、リスト化できるお気に入り機能など、読者向けの機能も満載。ネット小説を書く&読むなら、一度は利用してみたいサイトなのです。

■〈小説家になろう〉グループの歩み

2003年	梅﨑祐輔氏が小説執筆投稿システム『NW-SYSTEM』の開発を開始
2004年	個人サイト〈小説家になろう〉開設
2005年	男性向けR18小説サイト〈ノクターンノベルズ〉始動 女性向けR18小説サイト〈ムーンライトノベルズ〉始動
2007年	携帯電話向け恋愛小説専門サイト〈ラブノベ〉始動 読者向け小説サイト〈小説を読もう!〉始動
2009年	〈小説家になろう〉を大規模リニューアル
2010年	株式会社ヒナプロジェクトを設立。〈小説家になろう〉の運営を法人化
2013年	ニコニコ動画にて、〈小説家になろう〉公式ラジオを放送
2015年	"官能を主目的としない"男性向けR18小説サイト〈ミッドナイトノベルズ〉始動

■〈小説家になろう〉書籍化作品点数　(2016年末まで)

	男性向け	女性向け	合計
2010年	0	3	3
2011年	14	10	24
2012年	38	36	74
2013年	94	60	154
2014年	230	86	316
2015年	500	125	625
2016年	275	73	348
総計	1151	393	1544

〈小説家になろう〉の特徴

〈小説家になろう〉が誕生する前

〈小説家になろう〉が誕生する前から、自分で書いた小説をインターネットで発表している人たちは存在していました。

インターネットが普及していなかった頃には、パソコン通信が利用されていましたが、パソコン通信は今日のインターネットほど誰もが気軽に利用できるものではありませんでしたので、必然的に読者も限られていました。

90年代中頃からインターネットが急速に広まったのち、2000年代に入り、個人でWebサイトを運営する人が増えていくに従い、小説や漫画など自分の創作物を発表する場所として、Webサイトを利用する人も多くなっていきます。『ソードアート・オンライン』『アクセル・ワールド』(どちらもKADOKAWA電撃文庫) などで世界的大ヒットを記録している川原礫や、『she&sea 海賊王の退屈』(KADOKAWA)、『F－エフ－黎明の乙女と終焉の騎士』(角川ビーンズ文庫) など女性向け小説で支持を集める糸森環などは、知る人ぞ知る、個人小説サイトを運営する人気アマチュア作家でした。

とはいえ、作品を発表するために自分でWebサイトを作るのはハードルが高いと感じていた人たちも多く、手軽に作品を発表したい人たちにとってうってつけだったのが投稿型の小説サイトで、なかには人気サイトも登場し始めます。たとえば、2000年に開設された掲示板形式の〈Arcadia〉には、川原礫『超絶加速バースト・リンカー』(当時は別名義。のちに『アクセル・ワールド』に改題して電撃小説大賞に応募) や、大森藤ノ『ダンジョンに出会いを求めるのは間違っているだろうか』(SBクリエイティブGA文庫)、丸山くがね『オーバーロード』(KADOKAWAエンターブレイン／当時は別名義) などが投稿されていました (『ダンジョンに出会いを求めるのは間違っているだろうか』『オーバーロード』は〈小説家になろう〉にも投稿)。Web小説を書籍化する流れを作った先駆けで、現在も多くの人気Web小説を書籍化し刊行している〈アルファポリス－電網浮遊都市－〉も2000年からサービスがスタートして

います。また、2000年代前半にはケータイ小説ブームも巻き起こり、紙ではなく画面を通して作品を発表するアマチュア作家の創作活動に、注目が集まり始めた頃といえます。

そして2004年に〈小説家になろう〉が誕生するのです。

✔数字で見る〈小説家になろう〉

日本最大級の小説投稿サイトに成長した〈小説家になろう〉は、いったいどんな人たちが利用しているのでしょうか。

〈小説家になろう〉にユーザ登録して利用している人たちを男女比で見てみると、男性は56%、女性は28%（登録する際に性別を答えないという選択肢もあり、性別を未回答とした人は16%）で、半数以上が男性ユーザです。この割合は、書き手として〈小説家になろう〉を利用している投稿者データにおいても、大きな違いはありません。ただ、男性ユーザが多いのは〈小説家になろう〉だけの特徴というわけではなく、たとえば大手出版社KADOKAWAが、〈はてなダイアリー〉や〈はてなブックマーク〉で知られる、はてなと運営している小説投稿サイト〈カクヨム〉は、登録ユーザの75%が男性[1]です。女性ユーザの多くは、〈魔法のiらんどNOVEL〉や〈ベリーズカフェ〉など、女性向けに特化した小説投稿サイトがあるため、そういったサイトを利用しているのかもしれません。この男女比の差は、これまでに〈小説家になろう〉から書籍化された作品数にも表れていて、書籍化作品の75%は男性向け、25%は女性向けなのです（※2016年7月現在）。

〈小説家になろう〉のユーザ登録者の年齢比を見ると、もっとも多いのは20代のユーザで、48%とほぼ半数を占め、次に30代の21%、10代以下の17%、40代以上の14%と続きます。投稿者では、20代のユーザが52%とほぼ半数でもっとも多いのは変わりませんが、10代以下が25%、30代が15%と逆転、40代以上は8%と少なめです。これを他サイトの登録者の年齢分布と比べてみると、前出の〈カクヨム〉では、もっともユーザ登録が多い年齢層は、25歳から34歳、次に18歳から24歳と、比較的若い利用者が多い傾向にあります[1]。オールジャンルの小説や漫画の投稿プラットフォームである〈エブリスタ〉は、20代のユーザが34%ともっとも多く、続いて30代の28%、40代の22%で、10

---

[1]:「〈小説家になろう〉〈カクヨム〉〈エブリスタ〉三社合同プレスセミナー「小説投稿サイトの現在」」配布資料による

代は9％と少ないのですが＊2、この違いは〈エブリスタ〉のデバイス構成比（そのサイトを見るためになにを媒体として利用しているか）でも明らかです。〈エブリスタ〉ユーザの85％はスマートフォンを利用しており、ＰＣ利用者は8％にしかすぎません＊2。一方、〈小説家になろう〉では、52％のユーザがスマートフォンを、41％のユーザがＰＣを利用しています。2014年の時点では、ＰＣの利用者が43％、スマートフォンの利用者が39％だったのですが、2015年以降は利用者数が逆転して

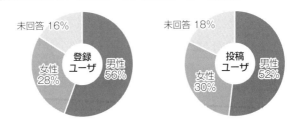

〈小説家になろう〉登録ユーザ／投稿ユーザ　男女比

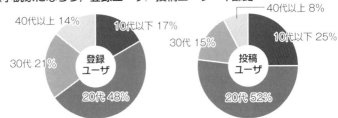

〈小説家になろう〉登録ユーザ／投稿ユーザ　年齢比

〈小説家になろう〉デバイス構成比

＊2：『〈小説家になろう〉〈カクヨム〉〈エブリスタ〉三社合同プレスセミナー「小説投稿サイトの現在」』配布資料による

いるものの、ユーザにPC利用者が多いのが、〈小説家になろう〉の際立った特徴といえるでしょう。

✔ 〈小説家になろう〉ってこんなサイト

　〈小説家になろう〉の特徴のひとつは、掲載されている作品数の多さです。40万作を超える小説掲載数は、ほかに類を見ないもので、まさに日本最大級の小説投稿サイトといえます。作品が多数掲載されていることで読者も集まり、多くの人の目に触れる機会を求めて、新たな小説が次々と投稿されている面もあるのでしょう。ユーザ登録数も小説掲載数も増える一方です。

　〈小説家になろう〉は、携帯電話、パソコン、スマートフォンに対応しており、どれを使っても執筆ができます。携帯電話、パソコン、スマートフォンのどれを使用しても、機能に大きな違いはありません。そうそう、これまで〈小説家になろう〉以外にも携帯電話からの投稿を受け付けていた小説投稿サイトはもちろんありますが、一度に投稿できる文字数に制限なく、携帯電話から作品を投稿できるようにしたのは、実は〈小説家になろう〉が初めてなのです。

　もうひとつ、〈小説家になろう〉の特徴として、作品を読むことを目的とした子サイト〈小説を読もう！〉や、18歳未満（高校生以下）閲覧禁止（R18）の〈ノクターンノベルズ〉〈ムーンライトノベルズ〉〈ミッドナイトノベルズ〉があることが挙げられます。ほかの小説投稿サイトは、ひとつのサイトのなかに小説を「書く」機能と「読む」機能が同居していますが、〈小説家になろう〉の場合は「書く」ことに特化しており、ほかの子サイトは小説検索に特化している「読む」サイトといえます。親サイト・子サイトといっても、〈小説家になろう〉のトップページに表示されているランキングや新着情報から、各作品ページにリンクされているので簡単に飛んで読めますし、検索機能を利用すれば、自動的に〈小説を読もう！〉の検索結果ページを表示できます。また、ユーザ登録を済ませていれば、ログインした際に最初に表示されるユーザページに、小説を書くためのメニューボタンも、自分がブックマークしたり、更新通知設定をしたりした作品の一覧も表示されるので、子サイトがあることを特に意識していない利用者もいるかもしれませんね。た

だし、〈小説家になろう〉のトップページから、R18作品へのリンクはありませんし、検索することもできません。R18作品を読む＆探す場合は、男性向け検索専門サイト〈ノクターンノベルズ〉、女性向け検索専門サイト〈ムーンライトノベルズ〉、"官能を主目的としない"男性向け検索専門サイト〈ミッドナイトノベルズ〉のいずれかを利用します。

　それと、〈小説家になろう〉をはじめ、グループサイトのどれにも共通する特色なのですが、各サイトの表示画面がとてもシンプルなのです。運営からのお知らせや、人気の作品、新着作品のタイトル・作者名など文字情報がメインで、タイアップしている各小説賞や、書籍化された作品の新刊告知バナーなどはありますが、いずれも静止バナーで、様々なバナーがスライドして表示されるような動きのあるものはありません。また、使用されているテキストの色数も少なく、文字の大きさも揃えられています。好みがありますので、もしかしたら〈小説家になろう〉のサイト画面から素っ気ない印象を受ける人もいるかもしれませんが、基本的に、画面を見れば求めるものにわかりやすくたどりつけるよう、シンプルな画面構成になっています。これは、小説執筆のためのページや、作品を閲覧するページにも共通していることなのですが、それぞれの詳しい機能や使い方に関しては、第2章で紹介します。

　また、〈小説家になろう〉の大きな特徴として、"独自文化"ともいえる特定のジャンルや展開が自然発生的に生まれ、人気を博すことも挙げておかなくてはならないでしょう。たとえば、現代に生きる主人公がなんらかの原因により死亡し、ファンタジー的世界観の異世界に転生し、新たな人生を歩んでいく『異世界転生』、または主人公がある日突然異世界に転移する『異世界転移』は、独自ランキングが存在するほど人気が高く、『異世界転生／転移』作品が多く書籍化されていることから、〈小説家になろう〉の代名詞のようなイメージがある人気ジャンルです。ほか、特に女性向け作品で人気が高いのは、現代で主人公がプレイしていた乙女ゲームの世界に、ゲームヒロインのライバル役として転生してしまう『悪役令嬢』や、何者か（主にライバル）に汚名を着せられ、誤解を受けたまま婚約者から婚約を破棄されてしまい、新たな人生を模索する『婚約破棄』です。これらは、運営の主導などによって人気に火がつ

▲小説を書きたい人に向けたサイトの説明

いたジャンルではなく、人気作品を核に、似た設定、展開をもとにしつつ、書き手のアレンジが加えられた作品が次々と誕生した結果、〈小説家になろう〉でも注目のジャンルになりました。こういった独自の人気ジャンルの作品が書籍化されると、〈小説家になろう〉で起きているムーブメントを知らない人からも人気を集めるので、魅力の詰まったジャンルといえるかもしれません。

　書籍化といえば、サイトに掲載された作品の書籍化数が多いのも〈小説家になろう〉ならではといえます。様々な出版社とタイアップした小説賞が実施されているほか、編集者が目を留めたことがきっかけで、書籍化に結びつく作品もたくさんあります。出版不況がささやかれるなかでも、累計10万部を超える作品が数多く誕生しており、なかにはアニメ化、漫画化されるなど、メディアミックスにより、さらに読者層を拡大した作品もいろいろあります。書籍化が始まった当初は、もともと〈小説家になろう〉でその作品を知っていたという読者が多かったかもしれませんが、現在では書籍化された作品をきっかけに〈小説家になろう〉の存在を知る人も少なくないようです。未来の人気作家が現在進行形で生まれている——それが〈小説家になろう〉の現在なのです。

Phrase.2

ヒナプロジェクトインタビュー

〈小説家になろう〉運営会社に聞く

〈小説家になろう〉はいかにして日本最大級の小説投稿サイトに成長したのか。そして、これから目指すものとは——。運営会社ヒナプロジェクトの平井幸氏にお話をお聞きしました！

✔ 〈小説家になろう〉が作品を書籍化することはない

——〈小説家になろう〉は、ヒナプロジェクトの代表・梅﨑祐輔氏が学生時代に立ち上げた個人サイトが出発点とのことですが、平井さんは、いつ頃から〈小説家になろう〉に関わられるようになったのでしょうか。

平井 梅﨑とは大学が同窓だった縁で、あるとき実はこういうサイトを運営していて、手いっぱいになったので手伝ってほしいと声をかけられたのがきっかけです。〈小説家になろう〉が開設されて数年が経った頃で、その時点で個人サイトとしては規模の大きなものになっていました。大リニューアルされたのが2009年なのですが、手伝うようになったのはその少し前くらいでしょうか。それ以来ずっと関わらせてもらっています。

——以前から平井さんご自身もWeb小説を読まれていたのですか？

平井 どちらかというと、ネットでイラストを見るほうが好きでした。ケータイ小説ブームがありましたので、ネットで自作の小説を公開したり、読んだりできるということを知ってはいましたが、その程度です。〈小説家になろう〉というサイトがあることも知りませんでした（笑）。ただ、Web小説をまとめてたくさん読める場所を作りたいという、梅﨑の思いは意義があるものだと思いましたので、サイトがよりよいものになるよう、手伝っていきたいと思いました。

——〈小説家になろう〉の運営に加わったのはサイトリニューアル前だそうですが、当時のサイトの雰囲気は、どんな感じだったのでしょうか。

平井 ジャンルが現在のように分かれていませんでしたし、その頃は二次創作作品も投稿可能だったこともあり、バラエティに富むというか、独特の雰囲気があったように思います。当時は、主にユーザさんからの問い合わせ対応を担当していたのですが、やりとりさせていただくなかで、ユーザの方々が今どんなことをサイトに望んでいるのか、どんなことに満足して、どんなことに不便を感じているのかなどを学んでいきました。その頃のサイトは、現在とは登録者数がまったく違いますし、梅﨑がプログラマでしたので、ほかのところよりはシステムがしっかりしていたかと思いますが、雰囲気としては個人サイトの域を出たものではありませんでした。2009年に大規模にリニューアルして以降、少しずつブラッシュアップを重ねながら、現在のサイトになった感じです。

——大規模リニューアルの一番の目的はなんだったのですか？

平井 もっとも重要だったのは、システムの改修です。それまでのシステムでは、ユーザが増えつつある現状にいずれ対応しきれなくなる危険性が高かったので、内部構造がガラッと変わるような修正が施されました。ブックマークやしおりといった読者機能を追加したのもこのときです。それから、より使いやすく、見やすくなるように、サイトのデザインも変更しました。

——リニューアルしたことによる影響は、すぐに感じられましたか？

平井 年々大幅に登録者数が増えましたので、リニューアルはその一因ではあると思います。それと、2010年前後から書籍化される作品が出始めまして、それも〈小説家になろう〉を多くの方に知っていただける契機となりました。書籍化され始めたことで、様々な出版社さんとの関わりが生まれたのですが、どの出版社さんに対しても中立・公平であるという〈小説家になろう〉のスタンスを固めた時期でもあります。

——〈小説家になろう〉の作品が書籍化される流れは、もうめずらしいものではなくなっていますが、この状況は想定されていましたか？

平井 書籍化は、いつかされたらうれしい、という夢のようなもので(笑)、正直にいえば、現在のような状況を想像したことはありませんでした。

――〈小説家になろう〉自体が版元になろうと考えたことは？

平井 それはありません。サイト名から、プロ作家になることを推奨しているように思われることもあるのですが、ネーミングの際の梅﨑の意図としては、「小説を発表すれば、みんな小説家だ」という思いの表れであって、プロ作家を輩出することを一番の目的としたわけではないのです。もちろん、プロ作家になろう、という意味だと受け取っていただいても構いませんが、〈小説家になろう〉がサイトの作品を刊行するということは、今のところそのつもりはありません。

✓Web小説のプラットフォームであることを大切に

――初めて〈小説家になろう〉を知ったときは、トップページのどこかに、小説の書き方講座のような How to のコンテンツがあるのではないかと探してしまいました。

平井 そういうものが欲しいとご要望をいただくことはあるのですが、小説の書き方がよくわからなくても、自分なりの文章や物語を書いてくれればいい、というのが運営側の基本的なスタンスなので、こちらからレクチャーするようなものを提供するつもりはないんです。書き方講座のようなものがあることで、作品が書きやすくなるユーザさんもいらっしゃるとは思うのですが、そこに縛られてしまう方もいらっしゃるかもしれない。作品の多様性を重んじるという意味で、ひとつの方向を示すようなことは考えていません。

――一方で、小説の書き方や、よくやりがちな言葉の誤用についてなど、ユーザ発信の How to エッセイのようなものが〈小説家になろう〉には投稿されています。そういうものが、運営側から与えられるコンテンツとしてではなく、ユーザから自発的に生まれてくるのが〈小説家になろう〉らしい気がします。

平井 ユーザさんの自主性を尊重したいと思っていますので、運営側の存在をあまり意識しないでいただけるよう、運営主導でなにかをするということはほぼありません。それもあって、ユーザの方々がみなさん自発的に動いてくださっているのではないかと思います。

――そういった運営側の姿勢というのは、サイト開設当初から変わらないものなのでしょうか。

平井 そこは変わっていないですね。

——では、サイト自体、もしくはサイトを取り巻く状況に、明らかな変化を感じられたことはありますか？

平井 やはり、2010年以降に書籍化が増え始めてからは、様々な意味で状況が変わったように感じました。先ほど少しお話しさせていただきましたが、当初は〈小説家になろう〉にとって、サイトからプロの小説家が誕生するというのは夢のような出来事だったんです。今でこそWeb小説をそのまま応募することができる小説賞も増えましたが、以前は、小説賞に投稿するにあたっては、大概"未発表作"であることが条件で、Webで発表した作品は投稿することができませんでした。ですので、サイトを作品の発表の場として利用していただいても、そこからデビューに繋がるとは思っていなかったのです。ところが、Web小説が書籍化される流れができたり、Web小説も応募可能とする小説賞ができたりしたことで、サイトをきっかけに作家デビューされる方も増えましたし、サイトを利用するプロ作家の方も増えました。

——書籍化された作品をきっかけに、〈小説家になろう〉を知った読者も多いかと思います。

平井 そのようです。登録者数の増加も含めて、Web小説の書籍化は、〈小説家になろう〉というサイトにとっても転機となる出来事だったように思います。ただ〈小説家になろう〉は、Web小説を書籍化することに関して、出版社さんからの書籍化の要望をユーザさんにお伝えしたり、小説賞に協力したりはしますが、こちらから特定の作品の書籍化を働きかけることはありません。

——出版社が〈小説家になろう〉のユーザへ連絡を取り次いでもらう際に、マージン（手数料）は発生しないそうですね。

平井 はい。〈小説家になろう〉は、あくまでもWeb小説のプラットフォームであることを代表の梅﨑が強く意識していまして、たとえていうなら展示場のようなもので、場所を提供しているだけなんですね。その会場費は広告収入で賄えているので、それ以外の費用をどこにも請求する必要はない、ということです。マージンを発生させることで、書籍化や新しい展開に繋がるきっかけの妨げになることがあるかもしれない。マージンを取らない不利益よりも、そのほうが不利益で、ユーザさんの

可能性を損なうことを危惧すべきだと考えています。
——〈小説家になろう〉の作品の書籍化は、2016年現在、1500冊を超えています。ヒット作も次々と登場し、出版界も見過ごせない動きになっていますが、この勢いを支えているものはなんだと思われますか？

平井 本を手に取る読者さんが支えている面もあると思いますが、Web小説を書籍として刊行する出版社さんが増えたことが、影響しているように思います。当初、出版社さんの決断には、かなりの勇気を必要としたのではないか、と思うんです。無料で提供されていた作品を有料化することに関しては、反対意見もあったのではないでしょうか。書籍化を重ねることで現在のような流れが生まれて、多くのユーザさんに書籍化のチャンスが与えられている状況ができたことを思うと、最初の決断に感謝の気持ちしかないですね。

✔昔も今も、面白い作品を読みたいという気持ちは変わりがない

——現在の〈小説家になろう〉は、作品を投稿している利用者、作品を読むだけの人も含む登録者ともに、男性ユーザのほうが多いそうですね。

平井 性別は未回答も選べますし、あくまでも申告した性別をもとにしたデータですが、どちらも約半数以上が男性です。女性は1/4くらいです。
——男性ユーザと女性ユーザの違いは、あるものですか？

平井 求めるものが違うのかな、というのは常々感じます。18歳未満(高校生以下)閲覧禁止の男性向けサイトである〈ノクターンノベルズ〉、女性向けサイトである〈ムーンライトノベルズ〉の人気作の傾向にもそれは表れていると思いますし、全年齢向けの〈小説を読もう！〉にしても、作品のストーリーラインやキャラクターなどに違いが出ますね。男性ユーザだとファンタジーものが好まれて、女性ユーザだと恋愛要素の強いものが支持されている印象です。

——ユーザの傾向の変化は感じられますか？

平井 〈小説家になろう〉を訪れていただくきっかけが多様化したとは思います。以前は、Web小説を書きたい、読みたいと思う方が主でしたが、最近はアニメ化された作品をきっかけにサイトへ来られる方も増えました。ただ、きっかけはなんであれ、みなさん、面白い作品が読みたいんですよ。そこは、以前も今もなにも変わっていなくて、そういう

意味ではユーザさんの変化というのはないように思います。
——〈小説家になろう〉には、人気の高い作品が数多くありますが、これまでに特に強い印象を受けた作品はありますか？
平井 そうですね……印象深い作品は多くあるのですが、すごい勢いでランキングを駆け上がって、固定気味だった累計ランキングに割って入った、馬場翁さんの『蜘蛛ですが、なにか？』でしょうか。あの勢いは印象的でした。当時『蜘蛛ですが、なにか？』は、10万字くらいの長さのものを毎日、多いときには数回更新されていたので、それが爆発的人気に繋がったところはあると思います。
——更新頻度が高いと、やはり注目されやすいのでしょうか。
平井 それはありますね。定期的な更新は、読む方にとっても習慣になりますので、固定読者を得やすいと思います。更新時間や回数など、ユーザさんがそれぞれ工夫されているんですよ。そういうこともこちらがレクチャーしているわけではありませんので、自分なりのやり方を確立していくユーザさんはすごいと思います。しかも、有効だと思われたものはどんどん共有されていきますから、運営としては感心しきりです。
——〈小説家になろう〉では、たとえば異世界転生や、男性ユーザに人気の人外転生、女性ユーザに人気の悪役令嬢ものなど、自然発生的に支持を集めるジャンルが誕生します。こういった流れを、運営サイドはどのようにご覧になっているのですか？
平井 まったく予測がつかないといいますか、なにが人気を集めるのか、人気が出てからわかる感じです（笑）。どんなムーブメントが起こっても、まったく関知しませんし、そこは運営といえども、一般のユーザさんと変わらない距離感で楽しんでいます。みなさん、面白い発想をされるな、と感心しているくらいで。異世界転生や転移、悪役令嬢ものや婚約破棄ものなど、〈小説家になろう〉のなかではとても人気が高いジャンルで、馴染みがあっても、〈小説家になろう〉を知らない人たちには通じない独自言語のようなものなので、それができあがっていく過程をつぶさに見ていられるのは、運営という立場ならではかもしれません。異世界転生はずいぶん理解が広まったと思いますが、これに関してはアニメなどメディア化の力の大きさを感じます。
——これまでのエンターテインメントの世界では、なにか特定のジャン

ルでヒット作が出ても、それに追随して、設定や序盤の展開に似たところがある作品がどんどん誕生するというようなことはありませんでした。〈小説家になろう〉では、読んで面白いと思った設定や展開をもとに、自分でもそういうものを書いてみたいと思った人たちによって、次々と作品が生まれて、それがムーブメントになっていきます。"お約束"を共有する楽しさのようなものがあるのは、特徴的だと思います。

平井 二次創作的というか、共通認識をもとに書く方も読む方も楽しんでいるのは、特殊なところかもしれませんね。

——2016年の春にジャンルの再編成が行われ、ファンタジーや恋愛、文芸といった5つの大ジャンルと、それぞれ枝分かれした19の小ジャンルに分けられました。また、《異世界転生》《異世界転移》が登録必須キーワードになり、専用のランキングで集計されるようになりました。それに伴い、総合ランキングとは別に、小ジャンルごとのランキングも見られるようになりましたが、このジャンル再編は、なにをきっかけとしたものだったのでしょうか。

平井 読む作品を探す際に、ランキングを活用される方が多いのですが、そういった方たちやランキングページを見た方に、より多くの作品を知ってもらいたいと思ったのです。ジャンルの再編には、賛否どちらも、ご意見やご感想をいただきました。これに限らず、どんなリニューアルでも、それをよしとされる方、納得がいかない方の両方がいらっしゃるものなのですが、それでもひとりでも多くの方により楽しく幸せに〈小説家になろう〉を使っていただくために、これからもいろいろとやっていきたいですね。

✔ 〈小説家になろう〉でやりたいこと、やれることがまだまだある

——今後、リニューアルに力を入れていきたいところはありますか?

平井 検索機能はさらに力を入れて対応していきたいです。作品数が多いことは〈小説家になろう〉の強みなのですが、それを活かすためにも、読みたいものをちゃんと見つけられることが大事になっていくと思います。極力ストレスがかからず、シンプルかつユーザビリティの高いものにしていきたいので、そのあたりは今後も要研究ですね。どんな方にとっても、シンプルで使いやすいことが一番だと思っていますので、検索

機能に限らず、登録や投稿の仕方など、工夫をしていけることはやっていきたいです。より多くの方にサイトを楽しく利用していただくためにどうすべきかは、これからもずっと追求していかなくてはいけないところだと思っています。長い目で見ても、そこに終始していくのではないでしょうか。

——〈小説家になろう〉は文章に特化した投稿サイトですが、今後、漫画や映像など、ほかの形式の投稿サイトの構想はありますか？

平井 画像投稿サイトとしては、全年齢向けの〈みてみん〉、18歳未満（高校生以下）閲覧禁止の〈えぱれっと〉を運営していますが、それ以外の形式に関しては、選択肢がまったくないわけではないが、という感じでしょうか。プラットフォームとしてのノウハウはありますので、転用することは可能だと思いますが、〈小説家になろう〉でやりたいこと、やれることがまだまだありますから。10周年を超えたとはいえ、書籍化作品の数が急激に増えてからはまだ5年も経っていなくて、変化や新しい展開に刺激を受けているところですので、しばらくは〈小説家になろう〉に注力していきたいと考えています。

——ユーザに望むことはありますか？

平井 書きたいものを書いてください。読みたいものを読んでください。と、いうことですね。特に書くうえで、流行りのジャンルや人気などは気にせずに、自分が書きたいと思うものをなんの気兼ねもなく書いてほしいという思いがあります。もちろん、書いたものを多くの人に読んでほしいと思うのが書き手さんの正直な気持ちで、人気のジャンルのほうが多くの人の目に触れやすいという状況は確かにありますが、運営としては、こういうものを書きたいと思った気持ちを大切にしていただけたら、と。趣味で書いているだけという方と、書籍化を目指している方が同じ場所で書いているという、その多様性も尊重しています。どんな立場の方にも楽しんでいただけたらうれしいですね。書ける場所とシステム、読める場所とシステムは用意していますので、あとはご自由に使っていただければと思います。

——小説投稿サイトはたくさん存在していますが、主流のものを含め他サイトの動向は注視されていますか？

平井 意識しないといえば嘘になりますが、まったく同じ色の投稿サイ

トというのはないだろうと思っていますので、すみ分けができると考えています。サイトごとにユーザさんに使い分けていただければ、誰も損をすることにはならないでしょうし、ライバル視するというようなことはありません。ただ、ほかのサイトを利用されているユーザさんの感想はとても気になりますので、そこはチェックしています。どんなことを便利に感じて、どんなところに不満を感じているのか。それを上手く〈小説家になろう〉にフィードバックできればいいと思っています。

──ユーザの反応を意識されるのですね。

平井 代表の梅﨑が個人サイトとして始めたときから、一貫してユーザ目線を大事にしてやってきています。Webサービスは、ユーザさんありきですから、一番気にするのはそこですね。サービスを提供しているサイトですので、ユーザさんに満足していただけるかどうか、そこを意識しないと始まりません。ユーザさんありきという軸を、ブレさせてはいけないと思っています。

──では、〈小説家になろう〉の野望を教えてください。

平井 ありがたいことに、ライトノベルを読まれる方などには〈小説家になろう〉という名前が比較的浸透してきたように思うのですが、それ以外のジャンルの本を読まれる方にはまだまだ知られていませんので、そういった方々にも〈小説家になろう〉を認知していただけるようになりたいですね。『君の膵臓をたべたい』が〈小説家になろう〉に投稿されていたということに驚かれた方も多いようですが、〈小説家になろう〉には「純文学」というジャンルもあるんです（笑）。小説を書くなら、読むなら、〈小説家になろう〉だ、と多くの方に思っていただけるよう、邁進していけたらと思います。

──これから〈小説家になろう〉を使ってみたいと考えているユーザにメッセージをお願いします。

平井 構えることなく、まず使っていただけたらうれしいです。読むことから始めていただいても、書くことから始めていただいても構いません。特に決めずに、サイトに来て、目についたものをクリックしていただくのでもいいです。気楽に楽しんでいただけたらうれしいです。

──ありがとうございました。

第2章

小説を投稿してみよう!

〈小説家になろう〉がどんなサイトなのかわかってきたら、次は実際に自分で書いた小説を投稿してみましょう。ここでは、〈小説家になろう〉で作品を書くために知っておいたほうがいいことや、たくさんの人に読んでもらうためのポイントなどを解説していきます。マニュアルを読むのが面倒だったり、なんだかよくわからないけれど投稿するのって難しそう……なんて早合点して腰が引けていた人は、特に要チェックですよ!

Phrase.1

投稿するにはどうしたらいい？

実際に〈小説家になろう〉に自分が書いた小説を投稿するには、どうしたらいいのでしょうか。ひとつひとつの手順を、一緒に進めるよう解説していきます！

①まずは、登録してみよう
はじめの一歩。"読む"のにも便利なユーザ登録を！

　〈小説家になろう〉は、ユーザ登録をしなくてもサイトに掲載されている作品を読むことはできますが、小説を掲載するためには、ユーザ登録をする必要があります。登録は無料です！

　ユーザ登録をすると、小説の執筆が可能になるだけでなく、お気に入りの作品をブックマークしたり、しおりをつけたりできるほか、作品の評価や作者へのメッセージの送付といった読者機能も使えるようになり、読むうえでも便利になりますので、小説を執筆するつもりがない人も、ユーザ登録をして損はありません。

　〈小説家になろう〉にユーザ登録をするためには、メールアドレスがあればOK。次の手順の通りに進めていきましょう。

①サイトの［ユーザ登録］ボタンをクリックする。
②メールアドレスを入力して［メール認証］を行う。
③認証メールに書かれているURLをクリックする。
④ユーザ登録画面で必要事項を入力する。
⑤登録完了！

登録の流れ図

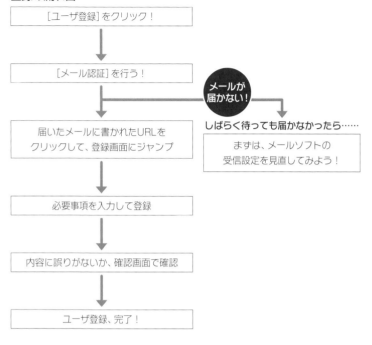

どれも簡単な作業で、さほど時間もかかりません。

〈小説家になろう〉で小説を書くための第一歩ですから、もう少し細かく手順を追っていきましょう。

①サイトの［ユーザ登録］ボタンをクリックする

簡単な方法はふたつ。

(1)〈小説家になろう〉のトップページを見ると、左上にあるサイト名のすぐ下に、［TOP］［サイト案内］［公式ブログ］……などメニューの文字が横に並んでいます。そこに［ユーザ登録］もあります。ほかと違って赤い文字なので、すぐに目に入ると思います。

(2)同じく、左上のサイト名の少し下、［小説検索］の枠の上に、ほかよ

▼ユーザ登録

り少し大きめの文字で［ユーザ登録］とあります。

　どちらでも構いませんので、気が向いたほうをクリックしてください。
〈小説家になろう〉には、サイトの上部に横長の広告バナースペースがあるのですが、これのすぐ上に、［初めての方へ］［作者の方へ］［読者の方へ］という、説明ページへの誘導ボタンがあります。登録の前にもう一度サイトの説明を読みたい、という方は、ここをクリック。どの説明ページにも下部に［ユーザ登録］のためのボタンがありますので、いちいちトップページに戻ることなく、登録手続きを始められます。

②メールアドレスを入力して［メール認証］を行う

　［ユーザ登録］をクリックすると、［メール認証］のページに移ります。

▲メール認証画面

確認メールを送ってほしいメールアドレスを入力したら、利用規約・ガイドラインに目を通し、同意するならば、「利用規約に同意する」にチェックを入れてください。その下には、ロボットによる不正登録でないことを証明するためにチェックボックスが設けられていますので、チェックを入れてください。

すべての作業を終えたら、一番下にある［メール認証（送信）］をクリックしてください。［メール認証送信完了］画面になったら、入力したメールアドレスに〈小説家になろう〉(syosetu_admin@hinaproject)から認証メールが届いているはずです。

③認証メールに書かれているURLをクリックする

しばらく待っても認証メールが届かない場合は、メールソフトの迷惑メールフォルダに認証メールが紛れていないか、確認してみましょう。迷惑メール対策に指定受信設定をしている場合は、hinaproject.comからのメールを受信できるようにしてくださいね。それでも認証メールが見当たらない場合は、一度登録申請を行うと、以降24時間は認証メールの再発行が行えなくなるため、時間をおいてから再度②をやってみましょう。

無事に認証メールが届いたら、文面にある登録用のURLをクリックします。上手く移動できない場合は、URLをコピーしてブラウザに直接貼りつけてください。

④ユーザ登録画面で必要事項を入力する

［本登録］の画面まで来たら、あともう少しです。ここでは、すべての項目において、入力・選択を行ってください。

・ユーザネーム……〈小説家になろう〉で活動するための名前で、ペンネームとして使えます。本名でなくてもOK。変更可能です。
・フリガナ……ユーザネームのフリガナを入力します。ひらがなやカタカナのユーザネームにも、フリガナの入力は必要です。
・パスワード……ログイン時に必要です。
・メールアドレス……［メール認証］に使用したメールアドレスが表示されます。パソコンメールかケータイメールかを選択しましょう。

・性別……男性・女性・未選択のいずれかを選択してください。
・生年月日……入力が必須の項目です。

　登録初期段階では、ユーザネームとフリガナ以外は、マイページ（P.38参照）に表示されません。あとで、公開・非公開を選べます。

　すべての項目に入力、または選択したら、下にある［ユーザ登録（確認）］をクリックしましょう。確認画面に移動します。

▲ユーザ登録画面

⑤登録完了！

　入力、または選択した各項目が表示されます。修正したい箇所がなければ、先ほど設定したパスワードを入力し、［ユーザ登録（完了）］をクリックしてください。ユーザ登録が完了したというメッセージが表示されたページに移動すれば、登録作業は終了です。メール認証に使用したメールアドレスに、登録完了メールが届いているでしょう。もしも、このメールが届かなくても登録は完了していますが、〈小説家になろう〉からのメールがきちんと届くよう、登録メールアドレスを変更したり、メールの受信設定を見直しておきましょう。

②執筆の起点！ ユーザページ
書くのにも、読むのにも大事なページです

ユーザページは、〈小説家になろう〉を使ううえで玄関のような役割を果たす、登録ユーザ専用のページです。サイト内で［ホーム］と表示されたリンクは、すべてこのページに繋がります。

ユーザ登録を最後まで済ませると、「ユーザ登録を完了しました。」というメッセージが表示された画面に［ユーザページへログインする］というボタンがありますから、クリックして移動してください。

普段は、〈小説家になろう〉のトップページからログインできます。ログインボタンの隣にはヘルプボタンもありますので、なにかわからないことがあったら、チェックするようにしましょう。

ユーザページの右上に、［ログアウト］［マニュアル］と並んで［設定変更］という文字がありますので、そこにマウスポインタをあてると出てくる［ユーザ情報編集］というリンクボタンから、登録時に入力した情報（ユーザネームはここで変えられます）や、ほかのユーザに開示するプロフィール情報の編集、パスワード変更、メッセージの受信設定など、各機能の設定変更を行うことができます。

▲できたてほやほやのユーザページ

③実は、読者のためのマイページ
"入口"の役目を果たします！

　マイページは、ユーザのプロフィールページのようなもので、登録者本人しか見られないユーザページとは違い、ほかのユーザも見ることができます。自分のマイページは、ユーザページの右側にある［マイページ］のリンクから移動できます。

　マイページでは、ユーザ情報が公開されます。ユーザＩＤ、ユーザネームとそのフリガナは常に表示されていますが、性別や血液型、生年月日は公開・非公開を選択可（初期設定では非公開）。入力すれば、自己紹介文を表示することもできますし、個人サイトを持っている人は、サイトURLを掲載することもできます。

　そのほか公開されるのは下記の情報です。

・作品／投稿した順に10件まで表示
・活動報告／投稿した順に5件まで表示。詳細はP.91を参照
・ブックマーク（公開・非公開を選択可）／公開しているブックマークを5件まで表示。一覧を見ることもできます。詳細はP.109を参照
・お気に入りユーザ（公開・非公開を選択可）／お気に入り登録したユーザを5件まで表示。一覧を見ることもできます
・評価をつけた作品／一覧を見ることができます。詳細はP.108を参照
・レビューした作品／一覧を見ることができます。詳細はP.106を参照

▲マイページ

④執筆するならココ！ 小説メニュー
執筆の仕方にもいろいろあります

〈小説家になろう〉で小説を執筆するには、大きく分けて3つのやり方があります。

① [新規小説作成] を利用して書く
② [メール小説執筆] を利用して書く
③メモ帳ソフトなどに小説を書く→そのまま投稿（[ダイレクト投稿]）

①は、〈小説家になろう〉にログインして執筆します。ユーザページの上部にある [小説メニュー] から [新規小説作成] をクリックすると、作成ページに飛ぶことができます。作品タイトルと本文を入力し、保存すると、[執筆中小説] メニューで管理することができるようになるのですが、保存＝投稿ではありませんので、気軽に書いてみるのもいいかもしれません。ブラウザ上で執筆を進めてもいいですし、事前にメモ帳やワードなどの文書作成ソフトを使って書いておいた小説を、コピー＆ペーストするなどして、本文スペースに貼ってもいいでしょう。ただ、ブラウザ上で作業をするにあたって、予期せぬフリーズやマシントラブルなどがあるかもしれませんので、保存作業は忘れずに。執筆バックアップ機能もありますが（執筆内容の復元を行える場合もある）、こまめに保存するように心がけましょう。

[新規小説作成] ページでは、小説を書いておいたテキストファイルを、コピー＆ペーストなどせずにアップロードすることもできます。作成ページの小説本文を執筆する枠の下に、[ファイルを選択] というボタンがありますので、そこからアップロードしたいファイルを選びましょう。このとき、拡張子が txt のファイル以外（doc、docx といったワードファイルなど）はアップロードできませんので、テキストファイルとして保存し直しておきましょう。アップロードして保存したものも、[執筆中小説] メニューで管理できるようになります。

ちなみに、ブラウザ上で小説を執筆しても、書いておいた小説をアッ

プロードしても、作品タイトルを入力するのを忘れると［執筆中小説］としては保存できません。

　②は、スマートフォンなどからメールを送ることで［執筆中小説］を作る方法で、この機能を利用すると、外出先や移動中などにも小説を書けます。［メール小説執筆］のやり方はいたって簡単で、メールの件名に作品タイトルを入力、本文部分に小説を執筆します（もちろんメモアプリなどに書いた小説を貼りつけるのでも構いません）。宛先には、ユーザ各自に発行されている受信用メールアドレスを入力してください。これは、［メール小説執筆］のページで確認することができます。ユーザ情報に登録しているメールアドレス以外から送ったメールでは、［執筆中小説］として受け付けられないので注意しましょう。また、html形式のメールは非対応のため、メールはテキスト形式で送るようにして

▲新規小説作成画面

ください。すべて入力し終えたら、送信すればＯＫ。ほどなく、[執筆中小説] にメールで送った小説が表示されているはずです。メールアドレスの入力ミスでの送信エラーを防ぐため、メールのアドレス帳に受信用メールアドレスを入力しておくといいでしょう。

③は、[執筆中小説] を作らずに（つまり〈小説家になろう〉上で保存をせずに）、すでに書いてある小説をそのまま投稿する方法です。[ダイレクト投稿] をクリックすると、投稿のための情報入力と本文の入力を行うことができますが、このやり方は途中保存ができません。小説を一度投稿したあと、編集機能を利用して直すことはできますが、投稿する前に手直ししたいと考えている場合は、[新規小説作成] 機能を利用するのがおすすめです。

⑤ [執筆中小説] で執筆続行！
投稿ボタンを押すまでは "執筆中"

[新規小説作成] で書いた小説や、[メール小説執筆] を利用したものは、すべて [執筆中小説] として保存されています。ユーザページの [小説メニュー] から [執筆中小説] をクリックすると、保存している作品の一覧が表示されます。これらは、まだ投稿されていない状態で、[執筆中小説] からいつでも編集作業が可能です。

タイトルをクリックすると、内容が確認できます。編集作業を始めたいときは、下にある [編集する] をクリック、もしくは右上にある [編集] マークをクリックすれば、編集画面に移ります。投稿する場合も同様に、下の [投稿する] か、右上の [投稿] マークをクリックしてください。投稿するための作業画面に移ります。削除する場合も同じです。

画面を見ても [投稿する] というボタンや [投稿] マークが見当たらない場合もあります。というのも、〈小説家になろう〉では、投稿最低文字数というのが決められており、200字に達していない作品は投稿できないのです（文字数は自動でカウント、表示されています）。200字を超えると、[投稿する] というボタンや [投稿] マークが現れますので、画面内に見当たらなくても慌てなくて大丈夫ですよ。

[執筆中小説] の一覧ページで、タイトルをクリックして内容確認の

▲執筆中小説一覧画面

各マークをクリックすることで削除・投稿・編集作業を行える

　ページに移動しなくても、削除・投稿・編集は行えます。作品タイトルの左横にマークが表示されていますので、それぞれ該当するマークをクリックしてください。このときも、本文の文字数が200字を超えていない作品は、作品タイトルの左横にも［投稿］マークは表示されません。うっかり［削除］マークをクリックしちゃった！　なんてことになっても、本当に削除していいかどうか、必ず確認画面が表示され、いきなり作品が削除されたりはしないので大丈夫です。間違えてクリックしてしまった場合は、［執筆中小説］などリンクボタンをクリックして、移動しましょう。

　さて、編集作業中などに不測の事態が起こって保存をし損ねた！　ということもあるかもしれません。先ほど少し触れましたが、〈小説家になろう〉には、自動バックアップ機能があります。たとえば、［執筆中小説］の一覧ページでも、画面の下のほうに［バックアップ一覧］というボタンがあるのに気がつくかと思います。これは［新規小説作成］や［投稿済み小説］など、ほかのページにもあるのですが、これをクリックすると、作業中に自動保存されたバックアップデータの一覧が表示されます。

　このバックアップデータは、内容を確認して復元もできるので、なんらかの原因で正常な保存ができなかった場合などは利用してみてください。ただし、同一の端末、ブラウザで作業した内容が保存されますので、

▲バックアップ一覧画面

たとえばパソコンとスマートフォンをそれぞれ利用してひとつの作品を執筆した場合でも、バックアップの参照内容は異なります。また、ブラウザのキャッシュを保存しない設定にしていると、バックアップは保存されないので、自動バックアップ機能を有効にしたいと思ったら、ブラウザの設定を見直しておきましょう。

　それと、バックアップ一覧で、タイトルが作品タイトルのものと、バックアップが作成された日時のものとが表示されることがありますが、作業するうえで大きな影響はありません。自動バックアップは、本文とフリーメモ（P.117参照）の入力動作をもとに保存を行う機能のため、本文入力のあとにタイトルを入力した場合、バックアップに作品タイトルが保存されないのです。その場合、バックアップファイルのタイトルは日時になります。

　また、同じ作品タイトルの執筆では、バックアップ内容は上書きされます。自動バックアップ機能は、あくまでも補助的なものなので、執筆・編集する場合は保存機能を活用しましょう。

⑥投稿情報を入力しよう
投稿するときは必ず投稿情報を入力しましょう

　短編なり連載小説の１話分なり、小説を書き上げたら投稿してみましょう。〈小説家になろう〉では、作品を投稿するにあたっては、投稿情報の入力が必須です。これをせずに投稿することはできません。様々な入力項目がありますので、ひとつひとつ見ていきましょう。

✔年齢制限
☆設定必須項目で、投稿後の変更はできません。
☆「年齢制限なし」か「18歳未満閲覧禁止」か、どちらかを選択します。

　「年齢制限なし」は、全年齢向け作品を指します。
　R18ほど過激な内容ではないけれど、15歳未満の年少者にとって刺激の強い内容・描写が含まれると考える場合は、「R15」（15歳未満閲覧禁止）にチェックを入れてください。「R15」の設定に関しては、投稿後の変更は可能です。
　R18作品を投稿する場合は、すでに登録済みの〈小説家になろう〉のアカウントとは別に、R18で活動するための専用アカウント・Xアカウントが必要です。Xアカウントが発行されると、R18専用のユーザページとマイページを利用できるようになります。
　投稿情報の入力画面で「18歳未満閲覧禁止」を選択すると、Xアカウントの登録ができるようになりますので（R18作品をブックマークする際にもできます）、任意のユーザネームを登録してください。ユーザネームを変えなくてもＯＫです。その場合は「全年齢と同じ名前にする」にチェックを入れましょう。マイページリンクでは、小説家になろ

▲年齢制限

▼小説投稿画面

小説家になろう

aiueo [ID ●●●●●●] でログイン中　ログアウト　マニュアル　設定変更

小説メニュー　新規小説作成　執筆中小説　投稿済み小説　ダイレクト投稿　メール小説執筆

小説投稿
投稿に必要な情報を入力するページです。

ブラウザ側機能にてページ移動が行なわれますと入力内容が消失します。
前のページに移動する場合は[前へ]のボタンを押してください。

年齢制限 【必須】 ※後から変更できません
- 年齢制限なし
- □ R15
- 18歳未満閲覧禁止

　　R15に関して [ガイドライン]
　　R18に関して [ガイドライン]

Xアカウント登録
R18に関する機能を使うにはXアカウントが必要です。
R18活動用の名前を設定することができます。
この内容は登録後、ユーザ情報編集ページから変更可能です。

　　XIDについて [マニュアル]

□ 全年齢と同じ名前にする

Xユーザネーム：32文字以内
[　　　　　　　]

Xユーザフリガナ：64文字以内
[　　　　　　　]

マイページリンク：
[小説家になろうIDと18禁用IDを完全に分ける ▼]

XID発行後、通常のアカウントを残したままXアカウントのみを削除することはできません。あらかじめご了承ください。
18歳未満(高校生)の方のXID取得が発覚した場合、退会要請させていただくこととなります。

種別 【必須】 ※後から変更できません
- 連載小説
- 短編小説

連載：二話以上で構成する作品
短編：一話完結

開示設定
□ 小説家になろうグループの検索から除外する

ランキングやマイページの作品一覧、「小説を読む」
等、小説家になろう内の検索システムから除外され
ます。

　　開示設定について

二次創作
- ● 二次創作ではない
- ○ 管理キーワードが発行されている二次創作
  - 管理キーワード：
- ○ 小説家になろう内の二次創作
  - Nコード：
- ○ それ以外

▼二次創作の投稿に関して
　[ガイドライン]
　[マニュアル]

掲載先 【必須】
ノクターンノベルズ： ○ 男性向け作品
ミッドナイトノベルズ： ○ 官能を主目的としない男性向け作品
ムーンライトノベルズ： ○ BL作品　○ 女性向け作品

登録必須キーワード
□ 残酷な描写あり
□ ボーイズラブ
□ ガールズラブ
□ 異世界転生
□ 異世界転移

　　登録必須キーワードについて

ホーム

✉ メッセージボックス
📢 活動報告
　└ コメント一覧
🔖 ブックマーク
👤 お気に入りユーザ

マイページ
< なろうグループ内リンク
< ブログ情報
< 小説ランキング
< 小説PickUp
< 小説を探す
< 小説閲覧履歴
< 外部連携機能

辞書
goo辞書
Yahoo!辞書
エキサイト辞書
SPACE ALC
Weblio

※別窓が開きます
※上記は外部サイトです

小説を投稿してみよう！

投稿するにはどうしたらいい？

うID（ユーザ登録した際に発行されているもの）と18禁用IDを完全に分けるか、小説家になろうIDへのリンク追加をするか、選べます。リンク追加を選ぶと、R18のマイページから〈小説家になろう〉のマイページへリンクされ、ほかのユーザがどちらのマイページも閲覧することができるようになります。ただし、リンク追加を選んでいても、〈小説家になろう〉のマイページからR18のマイページへは移動できません。

✔種別・開示設定
種別
☆設定必須項目で、投稿後の変更はできません。
☆「連載小説」か「短編小説」か、どちらかを選択します。

　「連載小説」は、2話以上で構成される（予定の）作品のことです。「連載小説」を選択すると、自動的に目次ページが作られます（目次ページ用に各話のサブタイトルの入力が必要になります）。続きものとして継続して掲載を行っていきたい場合は、こちらを選びましょう。
　「短編小説」は、連載形式ではないものを指し、作品が長くても1話完結（次話に続かないもの）なら「短編小説」扱いとなります。文字数の上限は7万字です。
　種別は投稿後に変更ができないので、「短編小説」として投稿したものをシリーズ連作集のようにしたい場合は、［投稿済み小説］のページから、［シリーズ管理機能］を利用してまとめましょう。

▲種別・開示設定

開示設定
☆任意でチェックをつけてください。

　チェックをつけると、ランキングや〈小説を読もう！〉などの検索システム、〈小説家になろう〉の新着一覧、マイページの作品一覧、ユーザページ内のお気に入りユーザの新着小説から除外され、表示されることはありません。ただし、シリーズ一覧や、その小説をブックマークしているユーザのマイページからは除外されず、表示されます。非公開設定ではありませんので、Googleなどの外部検索エンジンからは検索できますし、作品URLがわかっていれば直接アクセスするなどして読むことはできます。共通のテーマで競作する企画ものなどに参加・投稿する際に、〈小説家になろう〉の新着一覧をそれらで埋めてしまわないようにするためなどに利用されることが多い機能です。

　〈小説家になろう〉グループの検索対象となっているほうが、作品が人の目に触れる機会が増えますので、前出のような特別な場合を除き、チェックは入れずにそのままにしておくのがおすすめです。

✔TRPG・二次創作
TRPG
☆条件つきの必須項目です。選択するとジャンルが「リプレイ」になります。投稿後のジャンル変更はできません。

　公式シナリオを使用したリプレイを投稿する場合、チェックを入れてください。公式シナリオを使用してのリプレイの投稿が許可されているシステムは、ガイドラインの『他社提携ガイドライン』という項目内『「TRPG ONLINE」での公式シナリオを使ったリプレイ投稿について』に一覧が掲載されています。また、公式シナリオを使わなくても、〈小説家になろう〉でリプレイの投稿が可能なTRPG作品（許諾タイトルといいます）についてやリプレイ投稿時のきまりに関しても、『他社提携ガイドライン』という項目内『「TRPG ONLINE」「小説家になろう」リプレイ投稿規約』に詳しく掲載されていますので、リプレイ投稿をしたい人は、事前に必ず目を通すようにしましょう。

二次創作
☆条件つきの必須項目です。

〈小説家になろう〉では、二次創作の投稿は原則禁止ですが、〈小説家になろう〉が個別に権利者に確認を行い、許諾された作品に関しては、二次創作作品の掲載が認められています。ガイドライン『二次創作の投稿に関して』や、各権利者が発表しているガイドラインを熟読のうえ、投稿する際にはチェックをつけてください。［次へ］をクリックすると、画面移動後に必要事項の入力項目が表示されます。項目を入力すると、自動的にキーワードに「二次創作」と表示されます。

セルフパロディのような、自分の作品の二次創作作品を投稿する場合は、チェックを入れる必要はありません。二次創作投稿に関する詳細は、ガイドラインを確認してください。

✔おすすめキーワード
☆任意選択です。該当するものがない場合は選択しなくて構いません。
☆R18作品を投稿する際は、この選択画面は現れません。

［年齢制限］で「年齢制限なし」を選択していると、［おすすめキーワード］の選択画面が表示されます。「18歳未満閲覧禁止」を選択している場合は、［おすすめキーワード］は表示されず、投稿作品を〈小説家になろう〉グループに３つあるＲ18サイトのどこで公開するかを選択する［掲載先］が表示されます。

［おすすめキーワード］とは、〈小説家になろう〉で発表されている、恋愛・ファンタジー・文芸・SFといったジャンル作品の特徴的なメイン要素をキーワード化したもので、ユーザが任意で選択します。

［おすすめキーワード］は、その要素をメインに持つ作品が多く集まっているジャンルごとにまとめて表記されていますが、これは『その要素を持つものはこのジャンルとして書かなくてはいけない』というような縛りを意味するものではありません。自分の小説に［おすすめキーワード］の要素がまったく入っていなくても、なんの問題もありません。

自分の作品に［おすすめキーワード］に該当する要素が入っている場

おすすめキーワード

下記おすすめキーワードの中で、
"投稿する作品のメインとなる要素"がある場合は
チェックしてください。

[おすすめキーワードについて]

キーワード	ジャンル
☐ 異類婚姻譚 ☐ 身分差 ☐ 年の差 ☐ 悲恋	恋愛〔大ジャンル〕
☐ ヒストリカル ☐ 乙女ゲーム ☐ 悪役令嬢	異世界
☐ オフィスラブ ☐ スクールラブ ☐ 古典恋愛	現実世界

恋愛

☐ オリジナル戦記	ハイファンタジー
☐ 伝奇	ローファンタジー

ファンタジー

☐ 日常 ☐ 青春 ☐ ハードボイルド ☐ 私小説 ☐ ホームドラマ	ヒューマンドラマ
☐ IF戦記 ☐ 史実 ☐ 時代小説 ☐ 逆行転生	歴史
☐ ミステリー ☐ サスペンス ☐ 探偵小説	推理
☐ スプラッタ ☐ 怪談 ☐ サイコホラー	ホラー
☐ 異能力バトル ☐ ヒーロー ☐ スパイ ☐ 冒険	アクション
☐ ラブコメ	コメディー

文芸

☐ 近未来 ☐ 人工知能 ☐ 電脳世界	SF〔大ジャンル〕
☐ VRMMO	VRゲーム
☐ スペースオペラ ☐ エイリアン	宇宙
☐ サイバーパンク ☐ スチームパンク ☐ ディストピア ☐ タイムマシン	空想科学
☐ 怪獣 ☐ 天災 ☐ バイオハザード ☐ パンデミック	パニック

SF

[選択解除]

▲おすすめキーワード

合は、その[おすすめキーワード]にチェックを入れると、次の[ジャンル]選択画面で、そのキーワードが所属しているジャンル枠に色がつくので、ジャンル選択がしやすくなります。また、[おすすめキーワード]を登録しておくことで、そのキーワードに興味を持った読者に、作品を探してもらいやすくなるというメリットがあります。

《［おすすめキーワード］一覧》

【大ジャンル】
○該当ジャンル
　おすすめキーワード

【恋愛】
○恋愛〔大ジャンル〕
　異類婚姻譚
　身分差
　年の差
　悲恋
○異世界
　ヒストリカル
　乙女ゲーム
　悪役令嬢
○現実世界
　オフィスラブ
　スクールラブ
　古典恋愛＊　＊古典文学をモチーフとした恋愛作品

【ファンタジー】
○ハイファンタジー
　オリジナル戦記
○ローファンタジー
　伝奇

【文芸】
○ヒューマンドラマ
　日常
　青春
　ハードボイルド
　私小説

ホームドラマ
○歴史
　　IF戦記
　　史実
　　時代小説
　　逆行転生＊　＊現代に生きていた人間が死亡後、歴史上の人物などの過去の人物に生まれ変わる作品
○推理
　　ミステリー
　　サスペンス
　　探偵小説
○ホラー
　　スプラッタ
　　怪談
　　サイコホラー
○アクション
　　異能力バトル
　　ヒーロー
　　スパイ
　　冒険
○コメディー
　　ラブコメ

【SF】
○SF〔大ジャンル〕
　　近未来
　　人工知能
　　電脳世界
○VRゲーム
　　VRMMO
○宇宙
　　スペースオペラ
　　エイリアン

○空想科学
　サイバーパンク
　スチームパンク
　ディストピア
　タイムマシン
○パニック
　怪獣
　天災
　バイオハザード
　パンデミック

✔ジャンル

☆設定必須項目です。複数選択はできません。
☆R18作品を投稿する際は、この選択画面は現れません。

　全年齢作品を投稿する場合、投稿したい作品のメイン要素が該当するジャンルを、必ずここで選択しなくてはなりません。
　〈小説家になろう〉では、ジャンルは、恋愛・ファンタジー・文芸・SF・その他という5つの大ジャンルに分けられ、そこからさらに20ジャンルに細分化されています。ユーザは、その20ジャンルのなかから、自分の作品にもっともあてはまると思うジャンルをひとつ選びます。

　もちろん、自分が書いた作品にぴったりマッチするものが、20のジャンルに見当たらないと思うこともあるでしょう。ただ、ジャンルは設定必須項目なため、なにかひとつ選ばないと次の作業には進めません。そういうときは、「その他」を選ぶといいでしょう。
　自分の作品に複数のジャンルがあてはまる場合もありえます。たとえば、異世界が舞台だけれど、ファンタジー色が強いわけでも、恋愛がメインなわけでもなく、強いていえば、ホラーテイストのある物語を投稿したいとします。その場合は、自分なりにもっとも強い要素だと思えるジャンルにチェックを入れましょう。
　それでもまだしっくりこないこともあるかもしれません。ジャンルを

ジャンル		
		ジャンルについて
恋愛	異世界	恋愛を主題とし、異世界を主な舞台とした小説。
	現実世界	恋愛を主題とし、現実に近しい世界を舞台とした小説。
ファンタジー	ハイファンタジー	現実世界とは異なる世界を主な舞台とした小説。
	ローファンタジー	現実世界に近しい世界にファンタジー要素を取り入れた小説。
文芸	純文学	芸術性に重きを置いた小説。
	ヒューマンドラマ	人と人との交流、人の一生、人間らしさ等を主題とした小説。
	歴史	過去を舞台にした小説、時代小説、タイムトラベルものを含む。
	推理	事件などを推理し、謎解きを行なう過程を主体とした小説。
	ホラー	読者に恐怖感を与えることを主題とした小説。
	アクション	戦闘描写、アクションシーンを主体とした小説。
	コメディー	読者を笑わせることを主題とした小説。
SF	VRゲーム	VR技術を中心としたゲームが主体となる小説。
	宇宙	宇宙を舞台とした小説。
	空想科学	実在・非実在を問わず、何らかの技術・理論の要素を含む小説。
	パニック	天変・人為・大事故・疫病などの非日常的状況下を舞台とした小説。
その他	童話	幼年・児童に向けた内容の読み物。
	詩	言葉に美と響きを持たせて思いを表現している作品。
	エッセイ	個人的観点により思想や感情を書いている作品。
	リプレイ	TRPGのプレイ結果を文章にて記録したもの。
	その他	上記ジャンルに該当しない作品。

▲ジャンル

「ホラー」にしたけれど、舞台が異世界だということや、ファンタジー要素もあることを知らせたいと思ったとします。そういうときは、作品に［キーワード］をつけることで、それらを補足できます。前述の［おすすめキーワード］のように、〈小説家になろう〉が［公式キーワード］として利用頻度の高いものを指定しているなかから選んでもいいですし、自分で自由に［キーワード］をつけることもできます。そうすることで、作品が持っている雰囲気はより伝わりやすくなるでしょう。この［キーワード］に関しては、次の項目でより詳しく解説します。

《ジャンル詳細》
【大ジャンル：恋愛】
○異世界
　恋愛を主題とし、異世界を主な舞台とした小説。
○現実世界
　恋愛を主題とし、現実に近しい世界を舞台とした小説。

【大ジャンル：ファンタジー】
○ハイファンタジー
　現実世界とは異なる世界を主な舞台とした小説。
○ローファンタジー
　現実世界に近しい世界にファンタジー要素を取り入れた小説。

【大ジャンル：文芸】
○純文学
　芸術性に重きを置いた小説。
○ヒューマンドラマ
　人と人との交流、人の一生、人間らしさ等を主題とした小説。
○歴史
　過去を舞台にした小説。時代小説、タイムトラベルものを含む。
○推理
　事件などを推理し、謎解きを行なう過程を主体とした小説。
○ホラー
　読者に恐怖感を与えることを主題とした小説。
○アクション
　戦闘描写、アクションシーンを主体とした小説。
○コメディー
　読者を笑わせることを主題とした小説。

【大ジャンル：SF】
○VRゲーム
　VR技術を利用したゲームが主体となる小説。

○宇宙

　宇宙を舞台とした小説。

○空想科学

　実在、非実在を問わず、何らかの技術・理論の要素を含む小説。

○パニック

　天災・汚染・大事故・侵略などの危機的状況下を舞台とした小説。

【大ジャンル：その他】

○童話

　幼年、児童に向けた内容の読み物。

○詩

　言葉に美と響きを乗せて想いを表現している作品。

○エッセイ

　個人的観点により思想や物事を論じている作品。

○リプレイ

　TRPGのプレイ結果を文章にて記録したもの。

○その他

　上記ジャンルに該当しない作品。

　大ジャンル「恋愛」で、「異世界」もしくは「現実世界」というジャンルを選んだ場合、〈小説家になろう〉のグループサイトのひとつで、恋愛小説専門のサイト〈ラブノベ〉の掲載対象になります。

　また、基本的には投稿したあとからジャンルを変更することは可能ですが、大ジャンル「その他」で「リプレイ」ジャンルを選んで投稿した場合のみ、投稿後のジャンル変更はできません（ただし、ほかのジャンルから「リプレイ」ジャンルへの変更は可能です）。

　ジャンルは、書き手にとって重要な役割を持っているというよりは、読者が作品を探す際の手がかりとして頼りになるものという意味合いのほうが大きいかもしれません。

　〈小説を読もう！〉の［小説検索］機能を利用して、特定の作品ではなく、自分の興味が湧く作品を探したいと思ったとき、作品名や作者名、

気になるキーワードを自分で打ち込んで探す以外に、20のジャンルから気になるものを選んで検索することもできます。たとえば検索画面で、ジャンル「異世界」にチェックを入れて検索した場合、結果として表示されるのは、書き手が作品を投稿する際に、大ジャンル「恋愛」の「異世界」ジャンルを選択したものというわけです。

〈小説を読もう！〉の作品ランキングでも、ジャンルは大きな役割を果たしています。ランキングは、ジャンル別・総合・異世界転生/転移の３つに大きく分けられていますが、このジャンル別ランキングでは、ジャンルごとに読者が作品に付与したポイントを集計しており、そのジャンルというのが、作品を投稿するときに選択するジャンルなのです。

自分が書いた作品が、そういったものを好みそうな読み手の目に、より留まりやすくなる可能性を増やすためにも、ジャンルの選択と［キーワード］は有効活用していきましょう。

✔キーワード

投稿画面で、ジャンル選択の次に行うのが、キーワードをはじめとした、より詳細な小説情報の登録です。ここでは、まずキーワードについて解説します。

〈小説家になろう〉では、作品のメイン要素や傾向など、登録しているジャンルからは推し量れなかったり、あらすじのなかには入れにくかったりすることを読者に伝えられるように、作品を検索する際の助けとなる［キーワード］を登録できます。また、それとは別に、作品が特定の要素を含む場合に必ず登録しなければならない[登録必須キーワード]というものもあります。

登録必須キーワード
☆条件つきの選択必須項目です。

自分が投稿したい作品に、次のキーワードに該当する要素が含まれる

▼登録必須キーワード

場合は、必ずチェックを入れましょう。

・残酷な描写あり
・ボーイズラブ
・ガールズラブ
・異世界転生
・異世界転移

　［登録必須キーワード］として選択肢は現れませんが、「R15」というキーワードも［登録必須キーワード］のひとつです。15歳未満の年少者の閲覧にふさわしくないと思われる要素（例：年少者に刺激が強いと考えられる描写、性的感情を刺激する性行為およびそれを想起させる描写など）が入っている場合は、［年齢制限］項目で「年齢制限なし」を選択し、「R15」にチェックを入れてください。どんなことがR15に該当するかは、〈小説家になろう〉が定めたガイドラインを必ず参照しましょう（「年齢制限」項目の画面からガイドラインにリンクされています）。
　［登録必須キーワード］を設定すると、小説閲覧ページにそれらの要素が含まれている旨が表示されます。そういった内容が含まれているのに、キーワードの設定が行われていない場合は、〈小説家になろう〉の運営から警告を受ける可能性もありますので、注意してください。

各種キーワード
☆自動的に入力／条件つき選択必須／任意で入力など。

・公式シナリオ用キーワード
・リプレイ用キーワード

・二次創作用キーワード
・管理キーワード
・おすすめキーワード
・公式キーワード
・手動入力キーワード

　［公式シナリオ用キーワード］とは、投稿画面の［TRPG］項目（P.47参照）で「公式シナリオを使っている」を選択すると、自動的にキーワード欄に入力される「公式シナリオ使用」というキーワードのことです。また、前述の選択をした次の画面で、［リプレイ用キーワード］として、〈小説家になろう〉でリプレイ作品の投稿が認められている公式シナリオを選択すると、そのシナリオ用に推奨されている検索用のキーワードが、自動的にキーワード欄に入力されます。

　同様に、［二次創作用キーワード］とは、投稿画面で表示される［二次創作］項目（P.48参照）で「この作品は二次創作です」を選択していると、自動的にキーワード欄に入力される「二次創作」というキーワードのことです。こちらも選択をした次の画面で、〈小説家になろう〉で二次創作の投稿を受け付けている作品を表す番号を［管理キーワード］として選択すると、それがキーワード欄に自動入力されます。

　オリジナル作品の投稿に関連するのは、［おすすめキーワード］［公式キーワード］［手動入力キーワード］という3種類のキーワードです（［おすすめキーワード］についてはP.48を参照してください）。

■公式キーワード
☆任意で選択してください。

　特に利用頻度が高いと思われるキーワードは、［公式キーワード］として指定されています。キーワード欄の上にある［公式キーワードを選択］のボタンをクリックすると、作品傾向・登場キャラクター・舞台・時代設定・要素といったそれぞれの項目でキーワードが表示されますので、そこから選択してください。キーワード欄に自動で入力されます。

▼キーワード

```
キーワード
[公式キーワードを選択] ——— [公式キーワード]を選択してもOK
（入力欄）
...
※10文字以内であれば自由に入力可能
...
各10文字以内
```

まずは、[公式キーワード]に自分の作品に合うものがあるかどうかを確認してから、ほかのユーザにもよく使われているキーワードや、自分なりのキーワードを手動で入力するといいでしょう。

《公式キーワード一覧》

○作品傾向
ギャグ　シリアス　ほのぼの　ダーク

○登場キャラクター
男主人公　女主人公　人外　魔王　勇者

○舞台
和風　西洋　中華　学園

○時代設定
戦国　幕末　明治/大正　昭和　平成　古代　中世　近世　近代　現代　未来

○要素
ロボット　アンドロイド　職業もの　ハーレム　逆ハーレム　群像劇　チート　内政　魔法　冒険　ミリタリー　日常　ハッピーエンド

バッドエンド　グルメ　青春　ゲーム　超能力　タイムトラベル
ダンジョン　パラレルワールド　タイムリープ

■手動入力キーワード
☆任意で入力してください。

　登録するためのキーワード欄として、全部で15個の枠が用意されています。ユーザはこの枠内に、自分の作品の要素を表す言葉（キーワード）を10文字以内であれば自由に入力することができます（[手動入力キーワード]）。[登録必須キーワード]と同じ言葉を入力した場合は、[登録必須キーワード] と判断され、次回編集時には該当の [登録必須キーワード] にチェックが入ります（まったく同じ文字列でないと、[登録必須キーワード] を設定したことにはなりませんので、[登録必須キーワード] はなるべく手動入力での登録は控えましょう）。

　どんなキーワードを入れたらいいか迷うときは、〈小説を読もう！〉のトップページに人気のキーワードが表示されているので、参考にしてみるといいかもしれません。

▲固定キーワード

　キーワードを設定できる数は15個までです。気をつけなくてはいけないのは、[手動入力キーワード]（[公式キーワード] 含む）と、[公式シナリオ用キーワード] [リプレイ用キーワード] [二次創作キーワード] [管理キーワード] [おすすめキーワード]（これらをまとめて [固定キーワード] と呼びます）を合わせて15個以下になるようにすることです。[固定キーワード] があるのを忘れてキーワード欄を15個すべて埋めてしまったとしても、その状態では次（投稿 [確認] 画面）に進めません。『固定キーワードとキーワードの合計を15個以下にしてください。』と

エラー表示が出ますので、調整してください。[おすすめキーワード]など[固定キーワード]を選択している場合は、キーワード欄の上部に[キーワード－固定キーワード]として表示されているはずなので、気をつけましょう。

✔あらすじ

☆入力必須項目です。
☆投稿後の編集は可能です。

10文字以上1000文字以内で、投稿したい作品のあらすじを入力しましょう。文字数は自動的にカウントされます。

〈小説家になろう〉以外の小説投稿サイトや、自分のサイトに同じ作品を投稿している場合は、『この作品は〈○○○（サイト名もしくはURL）〉にも掲載しています』というように、必ずその旨を入力してください。また、他サイトや個人サイトでも、〈小説家になろう〉へ同一作品を投稿していることを書くように推奨されています。

※〈小説家になろう〉では、同一作品を他サイトと重複投稿することが許可されていますが、小説投稿サイトによっては禁止しているところもあります。重複投稿する際には、各サイトの規約などをよく確認するようにしましょう。

そもそも"あらすじ"とは、小説や映画作品などの大まかな内容がまとめられたもののことです。一般的に、小説の新人賞などに応募する際は、きちんと物語の結末まで書くよう求められますが、〈小説家になろう〉に投稿する際のあらすじは、結末まで書かなくても構いません。

▲あらすじ

〈小説家になろう〉での作品のあらすじは、読み手が作品を選ぶ際の基準のひとつです。

〈小説を読もう！〉で作品がランダムにピックアップされ紹介されるときには、作品タイトルや作者名などのほかに、作者が入力したあらすじが表示されます。同様に、読み手が検索機能を利用した際も、検索結果には、その作品の情報に加え、あらすじも必ず表示されます。特定の作品を探しているわけではない読み手は、そこであらすじに目を通し、興味を惹かれた作品を読むのです。気になるタイトルや、ユニークなペンネームをきっかけに作品が読まれることも、もちろんあるでしょう。とはいえ、あらすじが作品選択に重要な役割を果たしているのも事実です。

〈小説家になろう〉で公開されている作品のなかには、『貧乏貴族だったお嬢様が騎士と幸せになる話』といったように、シンプルに短い文章で作品を説明しているあらすじも見受けられます。そういったあらすじが読み手に関心を持たれないかといったら、一概にないとはいえませんが、もっと情報量があったほうが、より興味を惹くことでしょう。

では、規定の1000字をめいっぱい使って、情報量満載のあらすじにすればいいのか。

そうすると今度は、文字数（と情報）が多すぎて読み手が敬遠しかねません。どれくらいの字数を書けばいいのか、気になって迷う人は、ライトノベルなどのあらすじだと300字前後のものが多いので、そのあたりを目安にするといいかもしれません。

投稿する作品のプロローグをまとめたようなあらすじにするというのも、ひとつの方法です。いったいどんな物語なのかと、読み手が興味をそそられるようなものを目指すといいでしょう。小説の内容をあまり決めずに書き始めた人も、序盤のあたりならなんとなく頭にイメージがあるのではないでしょうか。

どんなふうにあらすじを書けばいいか悩んだときは、〈小説を読もう！〉で自分が読みたいと思った作品のあらすじを参考にしてみましょう。どんな部分が自分の興味を惹いたのか、文字数はどれくらいだと自分は読みやすいと感じたのか、参考になる要素が詰まっているはずです。

✔作者名・作品タイトル・サブタイトル

作者名

☆100字以内で、任意で入力してください。

　作者名(ペンネーム)を設定することができます。ここになにも入力せずに投稿をしても、登録しているユーザ名が自動的に作者名として小説閲覧ページに表示されます。

　本来は、サークルアカウント(サークル名義でアカウントを取得していることがプロフィール欄に明記されている場合に限って、サークル名義での登録が認められています)を利用して投稿する際に、サークルの誰が投稿したのかをわかりやすくするための機能ですが、いつもとは違った雰囲気の話や、違うジャンルの作品を書くときなどに、ユーザ名とは違う作者名を設定して利用しているユーザもいます。

　別の作者名を設定しても、ユーザIDが変わるわけではありませんので、ユーザのマイページや個々の小説の詳細な登録情報を見ることができる小説情報ページにある「同一作者の小説」では、そのユーザの作品がまとめて表示されます。なので、普段利用しているユーザ名とはまったくの別人として作品を発表することはできません。

入力すると、小説閲覧ページで作者のマイページへのリンクは貼られないので注意!
入力しなくても作者名は自動的に作品に表示される

▲作者名・作品タイトル・サブタイトル

通常、小説閲覧ページで作者名にはそのユーザのマイページへのリンクが貼られていますが、ここで作者名を設定するとリンクは貼られません。たとえユーザ名と同じ作者名を入力してもリンクは機能しませんので、特別な目的があるときだけ入力しましょう。作者名が登録しているユーザ名のままでいいときは、設定不要です。
　小説閲覧ページで作者名にリンクが貼られていないユーザのマイページへ移動したいときは、ページ下部にある［作者マイページ］から移動できるようになっています。

作品タイトル
☆入力必須項目です。

　作品のタイトルを100字以内で入力しましょう。
　その際に、半角の「'（アポストロフィ）」など一部記号を使用したタイトルだと、正常に検索されない場合があります。これはシステムの仕様だそうなので、どうしてもタイトルにそういったものを使用したいときは、検索されないことも了承のうえで使用してください。また、タイトルにルビは使用できません（ルビが使用できるのは、小説本文・前書き・後書きのみです）。
　作品タイトルは、作品の顔です。
　タイトルをきっかけに、数多ある作品のなかから誰かの目に留まることもありますので、自分の作品にしっくりくるタイトルを考えましょう。

サブタイトル
☆連載の場合、入力必須項目です。

　［種別］項目（P.46参照）で「連載小説」を選択しているときは、100字以内で入力しなければいけません。
　ここでの「サブタイトル」とは、一般的に作品タイトルに付随してつけられているものではなく、連載各話のタイトルとしてつくものです。各話の冒頭に表示されます。シンプルに話数のみ（第1話、1など）でもいいですし、数字のほかにタイトルをつけている人もいます。

小説閲覧ページの目次では、この「サブタイトル」が一覧で表示されます。

✔前書き・本文・後書き

前書き

☆入力は任意です。なくてもなんの問題もありません。

　短編・連載を問わず、本文の前に［前書き］をつけることができます。連載の場合、各話それぞれにつけることができますので、その回の簡単な予告のようなものを書いているユーザもいますし、展開の補足説明や読者へのお願いなど、様々なことに利用されています。

　小説閲覧ページでは最上部に表示され、直線で区切られる形でタイトル（連載ではサブタイトル）・本文と続きますので、前書きの内容を本文の一部だと混同されてしまうようなことはありません。とはいえ、たとえば本文がシリアスな雰囲気なのに、前書きではハイテションな文章

▲前書き・本文・後書き

だったりすると、読み手の興味を削いでしまうかもしれませんので、気をつけましょう。仕様では2万字までＯＫですが、前書きが長くなりすぎると、本文にたどり着く前に読み手の心が挫けてしまう可能性があるので、長く書きすぎないように意識するといいでしょう。

本文
☆ダイレクト投稿の場合は入力必須項目です。

　ダイレクト投稿（P.39参照）をする際は、ここに本文を直接執筆するか、メモ帳ソフトなどに書いておいた小説本文をコピーして貼り付けましょう。枠内に入力すると、枠下に文字数が表示されます。7万字まで入力可能です。執筆中小説から投稿ボタンを押して投稿作業を進めてきた場合、この項目は表示されません。

後書き
☆入力は任意です。なくてもなんの問題もありません。

　前書き同様に、短編・連載を問わず、本文の最後に［後書き］をつけることができます。連載の場合、各話それぞれにつけられます。小説閲覧ページでは、最下部に本文とは直線で区切られる形で表示されます。
　読者へのメッセージなどが書かれることが多いのですが、連載完結後、最終話にだけ後書きをつけるユーザも少なくありません。

✔予約掲載設定
☆任意で設定できます。

　投稿する小説の〈小説家になろう〉での掲載日・時間を指定することができます。「yy年m月d日」とある欄をクリックすると、カレンダーが表示されますので、希望する投稿予定日を選択しましょう。右欄では、0時から23時の間で時間を選択できます（分単位の指定はできません）。
　過去の日付を指定すると、最終確認画面後、即時掲載の扱いになります。原則、指定時間の00分に掲載されますが、システム上の理由で数

分の遅れが生じることもあります。また、同日同時間に多数の作品が予約掲載設定されている場合、順不同で公開されます。

予約掲載設定をして投稿したあとでも、予約投稿の日時前なら小説メニューの［投稿済み小説］から掲載日時の変更が可能です。変更したい作品の［編集］をクリックして編集ページに移動すると、サブタイトル・前書き・後書き・本文・予約掲載設定といった、編集できる項目が表示されますので、そこで変更したい日時を設定してください。

予約掲載設定をしなかった場合は、投稿作業の最終確認画面後、即時掲載されます。

▲予約掲載設定

⑦利用規約を読もう
難しい！　と思っても挫けずに最後まで読んでみよう

〈小説家になろう〉では、ユーザはひとりにつき、ひとつのアカウントしか保有できません。複数のアカウントを持ったり、複数人で共有したり（例外としてサークルアカウントは認められています。P.63参照）、アカウントを第三者に譲渡または貸与することはできないのです。これは、〈小説家になろう〉の利用規約で定められています。

"規約"とは、その団体や組織などで守らなくてはいけない決まりのことです。〈小説家になろう〉にも前述のように利用規約があります。〈小説家になろう〉のほとんどのページの最下部に利用規約へのリンクが貼

利用規約へのクリックボタン

られ（小説閲覧ページにはありません）、いつでも確認ができますので、ユーザ登録を済ませたら、再度ゆっくり目を通してみましょう。

　決まりごとですから、違反内容によっては、強制退会や利用停止という措置が取られる可能性もあります。利用規約に書かれていることは、「知らなかった」では済まされません。なぜなら、ユーザ登録をする際に誰でも一度は利用規約を読んでいるはずだからです。利用規約の内容に目を通し、同意したうえで登録をしたはずなので、「知らない」は通らないのです。そのこともまた、利用規約にきちんと書いてあります。

〔利用規約　第１条第３項〕
ユーザは本サービスを利用することにより、以下に記載されている本利用規約の内容について同意したものとみなされます。

〔利用規約　第７条第１項〕
本サービスの利用を希望する者は、本利用規約の内容に同意した上で、当グループ所定の方法により、入会の申込を行うものとします。

　利用規約には、〈小説家になろう〉を使っていくうえで、ユーザが守らなくてはいけないことや、してはいけないことが書かれています。文章に難しい言葉が多く、読んでもよく意味がわからないと思ってしまうかもしれませんが、〈小説家になろう〉の利用規約について説明しているサイトなどもありますので、そういったものの力を借りつつ、なんとかがんばって読んでみましょう。

✔気づかぬうちに「違反行為」をする可能性も

　実は、利用規約になにかものすごく特殊なことが記されているわけではありません。「他者の著作権を侵害してはならない」「他者を不当に誹謗中傷してはならない」「犯罪に結びつく行為をしてはならない」など、当たり前のことがたくさん書かれています。だからといって、自分の考える当たり前のことが通用するとも限りません。「これくらいのことはいいだろう」と考えてしまうことや、まったく予想もしないでいたこと

が、利用規約に反しているかもしれないのです。
　たとえば、ユーザが〈小説家になろう〉でやってはいけない禁止事項をいろいろと定めた、利用規約の第14条にこうあります。

〔利用規約　第14条第12項（ア）号〕
次に掲げる内容のテキスト等の情報を、本サイト内の投稿可能な箇所に投稿し、又は他のユーザにメッセージで送信する行為。
（ア）商業用の広告、宣伝又は勧誘を目的とするテキスト等の情報。ただし、当グループが別に認めたものを除く。

　なるほど、宣伝や勧誘をしなければいいんだな。そう考えて終わらせてしまうのは、早合点なのです。
　確かに〈小説家になろう〉では、上記を含めて商業利用とみなされる行為を一律禁止しています。ただし、これには例外もあって、そのことについてはP.70で説明します。
　その前に、ユーザがあまり想像しそうになく、かつ利用規約の違反に繋がる危険について解説しておきましょう。

　こういった禁止事項を目にしたときに、主体は自分だと限定してしまいがちです。つまり、商業用の広告や宣伝、勧誘を"自分"がしなければいいのだ、と。自分以外のユーザに対して、感想欄などにそういったことを投稿したり、メッセージを送信しなければ違反にはならない。そして、それはその通りなのですが、そのとき"他のユーザ"が自分になる可能性があることを、忘れてはいないでしょうか。
　〈小説家になろう〉で公開している自分の作品に対して、メッセージ機能を使ったメッセージや感想欄で、出版社から書籍化の打診や勧誘があったとします。これは規約違反です。出版社の人も〈小説家になろう〉の機能を利用している時点でユーザなわけですから、利用規約は守らねばならず、商業目的の勧誘をしてはいけないのです。書籍化の打診や商業用の執筆依頼などを出版社が行う場合、運営を介して作者に連絡することが推奨されています。その場合、作者であるユーザのもとには、運営が仲介する形で、出版社ではなく運営から連絡が来ます。

なので、もしもそういった運営を介さない連絡が出版社などから来た場合は、その投稿やメッセージを残した状態で、運営に連絡をしましょう。そのあとは、運営が事態を確認のうえ、対応してくれます。

〈小説家になろう〉で宣伝や広告をしてはいけないことになってはいますが、もし自分の作品が書籍化されたら、告知したいと思う人は多いでしょう。書籍化の宣伝に関しては、確かに規約違反と見なされる行為もあるのですが、認められている行為もあります。

> ◎**書籍宣伝をする際、規約違反とならない行為**
> ・前書き、後書き、ランキングタグ＊、活動報告を利用して宣伝をする。
> ・書籍紹介サイトなどの書籍情報のみが掲載されているページに、直接リンクを貼る。
>
> ＊小説閲覧ページに、外部のランキングサイトを利用できるタグや、自分の個人サイトへのリンクなどを貼ることができる。投稿済み小説の管理ページから設定が可能

一方、注意しなくてはならない違反となる行為は、上記と混同してしまいそうなものもありますので、気をつけましょう。

> ×**書籍宣伝をする際、規約違反となる行為**
> ・作品本文を使用して宣伝をする。
> ・メッセージ機能を利用して、無差別に宣伝をする。
> ・ほかのユーザの作品感想欄や活動報告コメントなどを利用して宣伝をする。
> ・書籍の販売サイトなどの購入用ページへ直接リンクを貼る。
> ・R18サイト（ノクターンノベルズ、ミッドナイトノベルズ、ムーンライトノベルズ）掲載作品の書籍情報を〈小説家になろう〉に掲載する。

もうひとつ、ついうっかり「これくらいは……」という気持ちが違反行為に繋がりかねないのが、R15設定についてです。〈小説家になろう〉

では、15歳未満の年少者の閲覧に際し、不適切と考えられる作品には、登録必須キーワードとして「R15」を設定することが義務づけられています。これは、きちんと利用規約に書かれています。

〔利用規約　第14条第17項の2〕
15歳未満の年少者の閲覧に際し不適切と考えられる小説のキーワードに「R15」の文字列を設定しない行為。

　ですので、R15と思しき内容なのにもかかわらず、R15指定がされていない場合、運営から警告が行われる可能性があります。どんなものがR15相当とみなされるのかは、運営によるR15に対しての判断基準として［ガイドライン］に記載されています。自分の作品の内容がR15の判断基準と照らし合わせて、「R15」設定をしたほうがいいか迷う場合は、設定しておくことをおすすめします。

　［ガイドライン］ページには、R15に関してだけでなく、歌詞の転載についてや二次創作の投稿について、書籍化に関しての注意事項なども書かれています。利用規約と同じく、〈小説家になろう〉のほとんどのページ下部にあるメニューから移動できますので、利用規約だけでなく、こちらにも必ず目を通しておくといいでしょう。

⑱投稿する際に気をつけること
マニュアルもチェックしておこう！

　〈小説家になろう〉では、作品を投稿する以外に、ブログのように情報を発信したり、ほかのユーザの作品に対して感想を投稿したりすることができます。利用規約には、作品だけではなく、すべての投稿において守らなくてはならないことが書かれていることは、すでに説明した通りです。警告が行われる可能性がある行為や、そういった警告の基準については、ガイドラインにまとめられていますので、そちらに目を通すことも必須なのですが、もうひとつ、ぜひともおすすめしておきたいのが、マニュアルを活用することです。

▲マニュアルTOP画面

　マニュアルは、〈小説家になろう〉トップページやマイページの一番下にあるメニュー（利用規約やガイドラインへのリンクもここにあります）や、ユーザページの右上から移動することができます。

　〈小説家になろう〉の各種機能を利用するにあたっての説明が書かれているのですが、なかでもマニュアルのトップページにある[注意事項]は必読です。[注意事項]の項目「基本の注意事項やルールについて」から説明ページに移動すると、〈小説家になろう〉を利用するにあたり、注意が必要なことについて説明されています。特に[禁止事項]では、〈小説家になろう〉で、小説だけでなく感想などすべての投稿において禁止している内容について、主だったものがまとめられています（より詳細

なものは利用規約に書かれています)。それが次の6点です。

1. 特定の団体、個人に対する誹謗中傷
2. 個人情報
3. 犯罪行為の告白や予告
4. 歌詞(自作の歌詞は除きます)
5. 他者の著作物から引用の範囲を超える量の文章を使用した作品
6. 二次創作ガイドラインに反している作品

　4.の歌詞については、歌詞にも著作権が存在することから、無断掲載は著作権の侵害にあたるため、〈小説家になろう〉(R18サイト含む)では利用規約違反として処罰されます。作詞家・翻訳家の没後50年が経過し、著作権の保護期間が失効しているとみなされるものや、権利者から掲載許可を得て、その旨が明示されているものに関しては、原則として対応対象外になりますが、たとえワンフレーズであっても、その歌詞から楽曲の特定が行える場合は著作権侵害の対応対象となりますので、注意しましょう。そのほか、歌詞掲載に対しての対応基準もガイドラインに説明がありますので、こちらもチェックしてください。

　6.に関しては、ガイドラインに「二次創作の投稿に関して」という項目があり、そこで詳しく説明がされています。〈小説家になろう〉では、二次創作の投稿は原則的に禁止されていますが、特定の条件があてはまるものに関しては、投稿可能な場合もあります。こちらに関しても、ガイドラインや二次創作投稿に関するマニュアルを確認しておきましょう。

　上記6点にあてはまらなくても、「特定他者に対して損害を与える可能性が非常に高い内容」は、警告や強制削除の対象となります。その具体的な判断基準に関しては、基準を意図的に回避しようとする場合があるため公開はされていませんが、違反の認められない内容で強制削除されるようなことはないので、心配はいりません。

　「この内容は大丈夫かな?」と不安になったり、迷ったりしたときに頼りになるのが、マニュアルやガイドラインに書かれていることであり、利用規約で決められていることです。面倒くさがらずに、時折読み返してみることを強くおすすめします。

⑨R18作品を投稿する
投稿にはひと手間必須！

✔まずはXアカウントの発行を

投稿するにあたっての［年齢制限］項目の解説（P.44参照）で少し触れましたが、〈小説家になろう〉グループの18歳未満（高校生以下）閲覧禁止（R18）サイトに作品を投稿したり、R18作品のブックマークなどサイト機能を利用するためには、〈小説家になろう〉のアカウントとは別に、専用のアカウント・Xアカウントが必要になります。

・R18作品の投稿
・R18作品のブックマーク登録
・R18作品へのポイント評価
・Xユーザ（Xアカウントを取得しているユーザ）のお気に入り登録

▲Xアカウント 登録

- X活動報告の作成
- X活動報告へのコメント投稿

　前記がXアカウント取得後、できるようになることです。ただし、Xアカウントを持っていなくても、〈小説家になろう〉のユーザで18歳以上ならば、R18作品への感想やレビューの投稿を行うことはできます。

　Xアカウントは、R18作品を投稿する際や、R18作品をお気に入り（ブックマーク）登録する際に、必要事項を入力すると発行されます。このとき入力した内容は、あとでユーザ情報の編集ページで変更することができますが、取得後にXアカウントのみを削除することはできません。

　年齢を偽って18歳未満のユーザがXアカウントを取得していることが発覚した場合、強制退会などの厳しい対応が行われます。また、18歳であっても高校生以下の人の登録・閲覧は禁止されています。

✔ そもそもR18作品って

　〈小説家になろう〉では、18歳未満（高校生以下）の青少年の閲覧にふさわしくないと思われる作品（R18作品）の投稿が可能ですが、R18作品はすべて、〈ノクターンノベルズ〉〈ミッドナイトノベルズ〉〈ムーンライトノベルズ〉といった、〈小説家になろう〉グループのR18サイトのいずれかに掲載され（掲載サイトは自分で選択できます）、それらのサイトでのみ作品を検索できるようになっています。

　では、どんな作品がR18とみなされるのでしょうか。〈小説家になろう〉では、R18に関するガイドラインで、R18の判断基準として下記の項目を挙げています。

- 性的感情を刺激する行為の直接的描写
- 性描写全般
- 残酷な行為の描写
- 反倫理的な描写
- R18扱いの画像が使われている
- 大衆向け辞典（広辞苑など）に掲載されていないアダルト用語が使用された作品

また、「具体的な性器の描写がある場合」「明らかな性交の描写がある場合」にもかかわらず、R18指定がされていない作品には、警告を行う可能性があるとしています。

　そこまで刺激的な内容でないとしても、15歳未満の年少者にふさわしくないと思われる作品に関しては、R15指定することが義務づけられていますので、こちらも注意してください。

　自分が書いた作品がR18に相当するのかどうか、迷ったり不安に思ったりした場合は、設定しておくことをおすすめします。

✔ R18作品を投稿する

　R18作品を投稿するといっても、基本の手順は、全年齢向けの作品を投稿するときとさほど変わりません。P.44でも多少触れていますが、さらに詳しく見ていくことにしましょう。

　［執筆中小説］から、または［ダイレクト投稿］でR18作品を投稿するとします。投稿情報の入力画面に移動したら、まずは［年齢制限］の項目で、「18歳未満閲覧禁止」を選択しましょう。すると、Xアカウントの登録が済んでいない場合は、入力項目が表示されます。

　ユーザ名を全年齢向けのものと同じにする場合は、「全年齢と同じ名前にする」にチェックを入れます。違うユーザ名にしたい場合は、新たにXユーザネームとそのフリガナを入力しましょう。

　その下にある［マイページリンク］では、「小説家になろうIDと18禁用IDを完全に分ける」もしくは「小説家になろうIDへのリンク追加」を選べます。「小説家になろうIDへのリンク追加」を選んだ場合は、Xマイページ（R18専用のマイページ）のプロフィール（名前とXIDが表示されているところ）に「通常マイページへ」というリンクが貼られます。このとき、全年齢向けである〈小説家になろう〉のマイページからXマイページへは、リンクは貼られません。〈小説家になろう〉の活動報告などから、XマイページやR18作品へのリンクを貼ったり、誘導するような行為も禁止されていますので気をつけましょう。IDを完全に分けた場合は、「通常マイページへ」というリンクは表示されません。

　また、R18作品を投稿する際は、［掲載先］の登録が必須です。掲載

> **掲載先**【必須】
> ノクターンノベルズ: ◉ 男性向け作品
> ミッドナイトノベルズ: ◉ 官能を主目的としない男性向け作品
> ムーンライトノベルズ: ◉ BL作品　◉ 女性向け作品

▲ (R18作品) 掲載先

先は、男性向けR18作品の掲載サイトである〈ノクターンノベルズ〉、"官能を主目的としない"男性向けR18作品の掲載サイト〈ミッドナイトノベルズ〉、女性向けR18作品の掲載サイト〈ムーンライトノベルズ〉のなかからひとつ選びます。たとえば、同じR18作品を〈ノクターンノベルズ〉と〈ムーンライトノベルズ〉など、〈小説家になろう〉グループの複数サイトに投稿することはできません。

〈ムーンライトノベルズ〉を掲載先に選ぶ場合は、「BL作品」か「女性向け作品」かを選択します。「BL作品」とは、男性同士の恋愛関係が描かれているボーイズラブ作品のことです。「BL作品」を選択した場合は、次の項目［登録必須キーワード］で、「ボーイズラブ」にチェックを入れておきましょう。ボーイズラブではない作品を投稿する際は、「女性向け作品」を選択してください。

R18サイトである〈ノクターンノベルズ〉〈ミッドナイトノベルズ〉〈ムーンライトノベルズ〉にも、ユーザが守らなくてはいけない利用規約が存在します。この3サイトには、いずれも〈小説家になろう〉の利用規約、およびプライバシーポリシー（個人情報について、収集や活用方法、管理、保護の仕方など、その取り扱いの方針を明文化したもの）が適用されます。〈小説家になろう〉にユーザ登録することで、3サイトの機能を利用できるXユーザ登録が可能になることから、3サイトのどれを利用しても、〈小説家になろう〉の利用規約・プライバシーポリシーに同意している前提となりますので、Xユーザ登録前に利用規約は必ず読み返しておきましょう。

Phrase.2
投稿したぞ！
→そのあとは……

作品を投稿したからといって、それで終わりではありません。
特に連載小説の場合、まだまだ必要な作業があるのです！

投稿済み小説から作業開始
小説情報を確認してみよう

✔小説情報編集

　投稿した小説は、ユーザページの小説メニュー［投稿済み小説］で一覧が見られるほか、そこから［小説情報編集］ページに移動して、あらすじやジャンル、各種キーワードなどについて、投稿時に行った各設定を変更することが可能です。

　［小説情報編集］ページへの移動の仕方は簡単で、［投稿済み小説］の一覧から、情報の編集を行いたい作品タイトルの右端にある「編集」をクリックすれば移動できます。

　〈小説家になろう〉では、その作品を書いた作家が受け付けを許可している場合は、作品を読んだユーザが小説閲覧ページから感想やレビューを投稿したり、評価のためのポイントを入力したりでき、感想・レビュー・評価いずれも、初期設定では「受け付ける」になっています（感想はユーザ登録している人限定）。これらの変更も［小説情報編集］ページから、個々に「受け付ける」か「受け付けない」を選ぶことができますので、自由に選択しましょう。

▲感想受付・レビュー受付・評価受付・評価公開

　[感想受付]の「感想を受け付ける(ログイン制限なし)」を選択すると、ログインしていない読者も感想を書き込めるようになります(感想投稿者自身が感想を削除することはできません)。また、[評価公開]で「評価を表示しない」を選択すると、ほかのユーザから評価されたポイントを非公開にできますが、ランキングからは除外されます。〈小説を読もう!〉などの検索結果で作品が表示される場合も、評価は0pt扱いになり、評価順で並び替えが行われた場合、低評価の扱いになります。

　[小説情報編集]ページの一番上にある[完結設定]は、投稿情報の[種別]で「連載小説」を選択していると表示されるもので、連載小説が完結した際には「完結済」を選択してください(「完結済」を設定しても、いつでも連載中に戻せます)。

　また、一番下には[小説削除]の項目があり、そこから作品を削除することが可能ですが、〈小説家になろう〉では、リンク切れやシステム負荷軽減のため、連載継続が困難な場合でも、できる限り削除せず、作品を残しておくように推奨されています。[開示設定]で、ランキングやマイページの作品一覧、〈小説家になろう〉グループ内の検索システムから作品が除外されるように設定することもできますので、投稿した小説の削除は、できるだけ控えるようにしましょう。

✔連載小説の続きを書こう！

〈小説家になろう〉では、連載小説の続きを投稿することを次話投稿といいます。

▲次話投稿

投稿フォームへは、次の3ヶ所に貼られたリンクから移動し、作業することができます。

①ユーザページの［投稿小説履歴］
②小説管理ページの上部メニュー
③小説管理ページのサブタイトルの一番下

　執筆中の小説や投稿済みの小説があると、ユーザページにそれぞれ［執筆中小説一覧］［投稿小説履歴］として、更新順で10件まで表示されます。連載小説を投稿している場合、タイトルの右横に「次話投稿」と表示されていますので、そこから投稿フォームへ移動できます（①）。もしくは、［投稿済み小説］から次話投稿をしたい作品の「編集」をクリック→［小説情報編集］に表示されている［小説管理ページ］をクリックして移動します。上部に並んでいるメニューのなかに［次話投稿］がありますので、そこから投稿フォームへ移動できます（②）。または、その小説管理ページのサブタイトルが表示されている最下部にも［次話投稿］が表示されており、そこからでも移動は可能です（③）。

　［本文］は「直接入力する」「執筆中小説を投稿する」のどちらかを選んでください。「直接入力する」を選ぶと、本文の入力スペースが表示されますが、途中保存ができないので要注意です。「執筆中小説を投稿する」を選んだ場合は、その下のメニューから小説タイトルを選ぶと、サブタイトル欄に自動で執筆中小説のタイトルが挿入されます。
　［サブタイトル］（各話タイトル）も入力が必要な場合は入力し、まだ続きを書く予定がある場合は、［完結設定］項目で「まだ続きます」を選んでください。必要であれば［前書き］［後書き］を入力。すでに投稿している話の間に割り込んで投稿したいときは、［割り込み投稿］機能が使えますが、最新話として投稿する場合は、そのままで構いません。［予約掲載設定］も即時投稿でよければ、なにも入力せずに「次話投稿［確認］」をクリックすれば、次話投稿は完了です。

小説を投稿してみよう！

投稿したぞ！　→そのあとは……

✔章管理

投稿済みの連載作品の各話を章ごとにまとめることができます。章の設定・追加は、[章管理]のページから行います。

[章管理]ページへは、ユーザページの[投稿済み小説]から、章を設定したい作品の[小説情報編集]ページへ移動します(タイトル右端の編集ボタンをクリック)。表示されている「小説管理ページへ」のリンクから[小説管理]ページに移動し、上部にあるメニューから[章管理]をクリックして移動します。[投稿済み小説]から、章を追加したい小説のタイトルを選択することで、[小説管理]ページへ直接移動もできます。

◇新規の章を設定

「章タイトル」とある枠のなかには、第1章・1など、章につけたいタイトルを入力しましょう。章タイトルは目次ページなどに表示されます。「章説明」とある枠には自由に入力が可能ですが、未入力でも構いません。外部には公開されませんので、管理用のメモとして使うといいでしょう。最後に「新規章[追加]」をクリックすれば作業は完了です。

▲章管理(新規)

▼章管理（追加）

仕様として、章を作成してから話を投稿することはできませんが、予約掲載機能を利用すれば、その話は投稿済み小説の扱いになりますので、公開前に章を作成することができます。

◇章の追加

1話しか投稿していない状態で、章を追加することはできません。これは、ひとつの章に必ず1話は属する決まりになっているため、章を3つ作りたいのならば3話以上必要になります。条件を満たしている場合は、[章管理]ページに追加フォームが表示されますので、「章タイトル」を入力し、追加する章の最初の話となる回を選択してください。

◇編集・削除

章タイトルなどの編集は、一覧の右端にある編集ボタンをクリックし

てください。章の削除も同様に、一覧の削除ボタンをクリックすることで可能ですが、複数の章を設定している際に1章だけを削除することはできません。1章しかない場合は「章をすべて削除」を選んでください。章設定が解除されるだけで、小説は削除されません。

✔シリーズ管理

投稿済み小説は、シリーズを設定できます。短編なら小説閲覧ページ、連載なら目次ページの、作品タイトル上部にシリーズタイトルが表示され、シリーズ作品の一覧ページにリンクされます。複数の短編に同一のシリーズ設定をすることで、短編集としてまとめることも可能です。

ユーザページの［投稿済み小説］から移動した、投稿済み小説一覧のページに、［シリーズ管理］へのリンクが表示されています。Xアカウントを取得している場合は、［Xシリーズ管理］も同様に表示されます。そこから［シリーズ管理］ページへ移動しましょう。

▲シリーズ追加

◇シリーズを追加

「シリーズを追加する」ボタンをクリックして表示された画面で、シリーズタイトルと、そのシリーズの説明を入力します。「シリーズタイトル」は、マイページの作品一覧やシリーズ設定をした作品の目次、シリーズ作品一覧へのリンクに表示されます。「シリーズ説明」は、シリーズ作品一覧ページで表示されるものです。どちらも必ず入力してください。

◇小説にシリーズ設定をする

［シリーズ管理］ページに一覧表示されているシリーズから、小説に設定したいシリーズタイトルを選びます。そのシリーズの情報画面に移動しますので、表示されている「小説を追加する」の枠内で追加したい小説を選んでください。追加できる投稿済み小説がない場合、枠内に「追加できる小説がありません」と表示されます。

▲シリーズ管理

◇並べ替え・削除

シリーズに追加した小説は、表示順を自由に並べ替えできます。シリーズの情報画面で、小説タイトルの上にマウスを乗せるとカーソルの形が十字の矢印に変わりますので、その状態でクリックしたまま移動させてください。作業後は必ず「並べ替え保存」ボタンを押すのを忘れずに。

シリーズ設定を外す場合は、シリーズの情報画面で外したい小説のタイトルと一緒に表示されている「シリーズから除外」をクリックすれば設定を解除できます。シリーズそのものを削除したいときは、[シリーズ管理]ページでメニューにある「シリーズ削除」をクリックしてください。

アクセス解析
自分の作品の読者数をチェック！

〈小説家になろう〉では、個々の小説のアクセス解析データを、かなり詳細に知ることができます。これは、自分が投稿した作品だけに限ったことではなく、ほかのユーザが投稿している作品に関しても、自由に閲覧が可能です。

【アクセス数の閲覧方法】
○自分の小説のアクセスデータを見る
　ユーザページから[投稿済み小説]へ移動。データを確認したい小説のタイトルを選択し、メニューにある「アクセス解析」から確認する。

○他ユーザの小説のアクセスデータを見る
　小説閲覧ページの上部にある[小説情報]をクリック。情報画面に表示されている「アクセス解析」のリンクから移動し、確認する。

○URLを直接入力
http://kasasagi.hinaproject.com/access/top/ncode/Nコード/
　上記URLの「Nコード」の部分に、任意の小説のNコード(各小説に発行されている管理用コード。小説閲覧ページURLの「n~」部分。小説情報でも確認可)を入力する。

　アクセス解析では、総合・話別・日別(全話)・月別(全話)のデータを見ることができます(話別とは、連載小説の場合の各話ごとのデータです)。そのときに事前に理解しておきたいのが"PVアクセス"と"ユ

▼アクセス解析

『test』

本日(2017年01月31日)のアクセス解析

◆本日のデータ(グラフは毎時/PV)

小説全体	PV	時	PV
小計	0アクセス	0	0
パソコン	0アクセス	1	0
		2	0
携帯	0アクセス	3	0
スマートフォン	0アクセス	4	0
		5	0
		6	0
		7	0
		8	0
		9	0
		10	0
		11	0
		12	0
		13	0
		14	0
		15	0
		16	0
		17	0
		18	0
		19	0
		20	0
		21	0
		22	0
		23	0

◆昨日のデータ(グラフは毎時/PV)

小説全体	PV	時	PV
小計	0アクセス	0	0
パソコン	0アクセス	1	0
		2	0
携帯	0アクセス	3	0
スマートフォン	0アクセス	4	0
		5	0
		6	0
		7	0
		8	0
		9	0
		10	0
		11	0
		12	0
		13	0
		14	0
		15	0
		16	0
		17	0
		18	0
		19	0
		20	0
		21	0
		22	0
		23	0

総合PV・ユニークアクセス(※ユニークのみおよそ2日遅れ)

小説全体	PV	ユニーク
累計	0アクセス	0人
パソコン	0アクセス	0人
携帯	0アクセス	0人
スマートフォン	0アクセス	0人

◆過去1週間のアクセス

日付	PV
01/25	0
01/26	0
01/27	0
01/28	0
01/29	0
01/30	0
01/31	0

ニークアクセス"という用語です。

PV(ピーブイ)とはページビューの略で、PVアクセスは、そのページが何回閲覧されたかを表します。閲覧したのが同じ人(同一端末)であっても、ページを表示した回数がカウントされます。

ユニークアクセスは、PVアクセスのなかで同じ人(同一端末)による重複分を除いたアクセスのことで、同じ人(同一端末)からのアクセスは、何回ページを見ても1日1回のみカウントされます。このふたつを押さえておけば、大丈夫です。

話別以外は、その小説を閲覧したユーザが使用したアクセス端末(PC・携帯電話・スマートフォン)ごとのPV数・ユニーク数が把握できます。総合データのページでは、[本日]と[昨日]のPV数や毎時ごとのPVがグラフ化されているほか、過去1週間のPV数や、これまでの総PV数・総ユニーク数がわかります。

✔ たとえばこんな使い方

　もしも、次話投稿をするたびに必ず一定数のアクセスがあったら、その作品の更新を心待ちにしている読者がいるかも、と推測できます。24時間でのPV数を見て、朝の通勤・通学の時間帯にアクセスが多く、スマートフォンの利用が目立つようなら、読者に学生や社会人が多いのかも、と想像できます。日中の特定の時間にPCからのアクセスが多かったら、主婦層に読まれているのかもしれませんね。

　連載作品の話別データを見て、とある回のあとにアクセス数が伸びたり減ったりしていたら、その回の展開に理由があるのかもしれません。

　作品を投稿しても、ほかのユーザの目に留まる機会が少ないと、これといってアクセス数に変化が見られないこともあります。アクセス解析は利用しなくても構わない機能ですから、そういうときには気にせずに、マイペースで執筆をしていきましょう。

ランキング
人気作品が一目瞭然！

　〈小説を読もう！〉をはじめ、R18の〈ノクターンノベルズ〉〈ミッドナイトノベルズ〉〈ムーンライトノベルズ〉では、それぞれのサイトごとにランキングが公開されています。ランキングページへは、各サイトのトップページから移動が可能です。

▲〈小説を読もう！〉ランキングトップページ

◇〈小説を読もう！〉
- ジャンル別……異世界［恋愛］、ハイファンタジー［ファンタジー］、純文学［文芸］など、19のジャンルそれぞれのランキング。
- 総合……ジャンル不問のランキング。
- 異世界転生/転移……登録必須キーワードとして、「異世界転生」または「異世界転移」を設定している作品のみを対象にしたランキング。ジャンル別ランキングでは集計対象外となる。

※各ランキングそれぞれ、集計期間ごとに順位を公開
※二次創作のキーワードがついている作品は、集計対象外となります

◇〈ノクターンノベルズ〉〈ミッドナイトノベルズ〉
期間ごとにランキングを公開。

◇〈ムーンライトノベルズ〉
女性向けとBLに分けて、期間ごとにランキングを公開。

　ランキングは、集計期間内にユーザが作品に対して初回に付与した文章評価・ストーリー評価の合計ポイント数と、ブックマーク件数×2ptを合計した、ランキング集計ポイントで決定されます。集計終了後に、すでに入力した評価を取り消し、同じ作品に対して再度評価ポイントを与えても、次回集計時にそのポイントは集計対象にはなりません。集計期間内に評価を取り消して再評価を行ったものに関しては、最後に入力されたポイントが集計対象となります。もしも同じptの作品が2作品以上ある場合は、システムの仕様により、ランダムで順位がつけられます。
　［評価公開］を「評価を表示しない」に設定している作品は、ランキング対象外となりますので、ランキング入りを目指す場合は、必ず「評価を表示する」を選択しておきましょう。

○**期間別ランキング**
- 日間……ランキングの更新日時から過去24時間のランキング集計ポイントをもとに決定。毎日3回程度更新。
- 週間……ランキングの更新日時から過去7日間のランキング集計ポイントをもとに決定。毎朝更新。

- 月間……ランキングの更新日時から過去30日間のランキング集計ポイントをもとに決定。毎朝更新。
- 四半期……ランキングの更新日時から過去90日間のランキング集計ポイントをもとに決定。毎朝更新。
- 年間……ランキングの更新日時から過去365日間のランキング集計ポイントをもとに決定。毎週火曜日朝更新。
- 累計……掲載開始時からのランキング集計ポイントをもとに決定。毎時更新。〈小説を読もう！〉の総合ランキングでのみ公開。

▼〈小説家になろう〉トップページ

総合累計ランキングTOP10

〈小説家になろう〉のトップページ左端にある「ランキング！」には、総合の累計ランキングTOP10が表示されています。まずはここにタイトルがある作品を、片っ端から読んだというユーザも少なくありません。累計ランキングに限らず各サイトのランキング上位作品は、それだけでユーザの目を引くこともあり、読まれる機会も格段に増えます。ランキングは1位から300位まで公開されているので、新たな読者獲得を目的に、まずは300位入りを目指すのもいいでしょう。

活動報告
用途はいろいろ！　有効活用を

　〈小説家になろう〉にユーザ登録をすると、活動報告を利用することができます。活動報告は、ユーザが〈小説家になろう〉内に情報を発信するための簡単なブログのようなもので、作品を読んで気に入ったユーザを「お気に入り登録」しておくと、ユーザページの「お気に入りユーザの活動報告」欄に最新の活動報告のタイトルが表示されます。また、投稿した記事は、〈小説家になろう〉トップページの右にある［ユーザの新着活動報告］に表示されます（ユーザ以外も閲覧可能です）。

　活動報告を利用するときは、ユーザページの右側にある［活動報告］のリンクから、［活動報告一覧］のページに移動します。すでに活動報告の記事を書いたことがあれば、そこに記事の一覧が表示されます。

　右上あたりに［新しく記事を作る］というボタンがありますので、そこをクリックすると、記事を作成するための画面に移ります。タイトルと本文を入力し、「公開設定」から「一般公開」もしくは「非公開」を選んでください。「記事を投稿する［実行］」をクリックすると、確認画面なしに即時投稿されますので、書き終えたらすぐに投稿するのではなく、一度読み返してみると誤字脱字などを防げるでしょう。

　自分が投稿した活動報告記事は、［活動報告一覧］のページで各タイトルの横に表示されている［編集］から、内容の修正や記事の公開・非公開を設定できます。投稿後に非公開にしたい記事があるときは、編集画面で「非公開」に設定してください。「非公開」を選ぶと、その記事

活動報告へのリンクボタン

は外部から閲覧することが一切できなくなります。また、[活動報告一覧]の記事タイトル、もしくは「全部読む」のリンクから、記事の本文確認やコメントを入力できるページへ移動できます。ここでは、記事上部にある[編集][削除]リンクから、記事の編集や削除が可能です。

活動報告は、ユーザによって様々な使われ方をしています。日記のように近況を書いている人もいれば、書籍化された自作品の宣伝をしている人もいます（自分の活動報告を利用しての書籍化宣伝は、書籍販売ページに直接リンクを貼らない限り、認められています）。よく目にするのは、連載小説の最新話投稿や、連載完結の報告かもしれません。

活動報告は、一記事に100件までコメントをつけられるようになっており、コメントを受け付けるかどうかは、任意で設定できます。

▲活動報告　記事作成

ユーザページの右上に［設定変更］と表示されていますので、そこにマウスのカーソルを合わせて表示される［ユーザ情報編集］をクリックし、ページを移動しましょう。上部などに表示されているメニューのなかから［活動報告コメント設定］をクリックするか、そのまま画面を下にスクロールすると、コメント設定をできる箇所が現れます。初期設定では「受け付ける」ようになっていますが、「受け付けない」または「お気に入りユーザのみ受け付ける」（自分がお気に入り登録しているユーザからのみコメントを受け付けることができます）に変更も可能です。

Xアカウントを取得している場合は、Xユーザ用の活動報告記事を作成できますので、R18に相当する内容については、必ずそちらを利用してください。全年齢向けの活動報告でR18相当と思われる記述を行った場合は、利用規約違反になりますので、注意してください。

新着の活動報告が読める

Phrase.3
執筆と投稿のコツ

〈小説家になろう〉の基本的な機能の使い方を理解したら、次はどうしたらより多くの人に作品を読んでもらえるのか、その方法を考えてみましょう。

自分の作品を"発見"してもらう
ジャンルやキーワードがチャンスをもたらす!?

〈小説家になろう〉には、何十万作もの作品が登録されています。せっかく小説を書いても、そんなにたくさんあるのでは埋もれてしまうに違いない。そう不安に思う人もいるかもしれませんね。確かに、多くのなかから自分の作品を"発見"してもらわねばなりません。でも、作品が誰かの目に留まるチャンスを増やす方法は、いくつもあるのです。

〈小説家になろう〉のトップページには、新着の短編小説や更新された連載中小説、完結済みになった連載小説の情報が表示されていますが、これは特にユーザがなにか設定しなくても、作品を投稿すれば自動的に反映されるものです。これらもチャンスを増やすための"味方"ですね。

ジャンルやキーワードも、そのチャンスに様々な影響を与えます。

〈小説家になろう〉では、異世界を舞台にしたファンタジーや恋愛ものに根強い人気があり、そういったジャンルの作品を読みたいと望んでいる読者も大勢いますので、自分の作品が人気のあるジャンルだと、検索される機会も増えるわけです。

人気のキーワードにも同じことがいえます。〈小説を読もう！〉や、

▲〈小説を読もう！〉検索画面

人気キーワード

▲〈小説を読もう！〉トップページ。人気キーワードから小説を探せる

R18の〈ノクターンノベルズ〉〈ムーンライトノベルズ〉のトップページには、人気のキーワードがずらりと並んでおり、気になるキーワードをクリックすることで、そのサイト内の小説を検索できるので、こちらも検索機会の増加に繋がっています。

多くの読者に読んでもらうことを目的に、人気ジャンルやキーワードにあてはまる作品を書いてみるのもいいかもしれません。

では、人気がそれほどないジャンルやキーワードの作品では、読まれ

るチャンスはないのかというと、もちろんそんなことはありません。

　人気のあるジャンルやキーワードの作品は、作品数も多く、ランキング争いも厳しいものになりがちです。一方、分母がさほど大きくないジャンルでは、ランキング結果として表示されるBEST300入りも、人気ジャンルに比べれば可能性が高まります。読者に発見してもらいやすくなり、読まれるチャンスも増えるといえるでしょう。

　活動報告を利用して、新作の投稿や次話更新をしたことなどを、積極的に公開するのもおすすめです。

読み続けてもらうためには
文章の上手さとは違う"読みやすさ"も大事

　最初の文章もろくに読まずに、そのページから離れてしまう……なんてことが十分にありえるWeb小説の世界。その理由は、文章の上手い下手とはまったく関係ないところにあるかもしれません。

　それは、"見た目"の問題です。

　〈小説家になろう〉は、PC（パソコン）やスマートフォン、モバイル（スマートフォンではない携帯電話）を使って読む小説サイトですから、読者は画面上で文字を追っていくわけで、画面で見る文章は、書籍として読むときとは案外印象が違うものです。

　見た目の読みやすさを大きく左右しかねないのが、改行の使い方です。紙の書籍と同じようにWeb小説でも、一文はそれほど長くなくても、改行されずに文章がいくつも続いていくと、文字が密集した印象になり、読みづらいものになります。演出として改行を入れない書き方もありますが、よほどの場合を除いて、適度な改行を入れて段落を設けることで、読みやすさはグッとアップするものです。

　〈小説家になろう〉ユーザのなかには、読みやすさを重視して、段落と段落の間に空白行を入れて間を空けたり、地の文と会話文の間に必ず行を空けて書いたりしている人も多く見られます。一方、そういった空白行の多用に読みづらさを感じている人もいるようです。

　読みやすさや読みづらさというものは、個人の感覚によるところも大

▲パソコン版レイアウト設定

きいので、まずはいろいろと〈小説家になろう〉の作品を読んでみて、自分がもっとも読みやすいと感じた形を参考にするといいでしょう。

〈小説家になろう〉では、そういった改行や空白行の使い方などとは別に、小説閲覧ページの"見た目"を変えることができます。文字の大きさをはじめ、シリーズ一覧やマイページなどへのリンク表示の色、閲覧ページの背景色などを変更することができるのです。

〈小説家になろう〉は、PC、スマートフォン、モバイルのどれでも利用できますので、表示のされ方も3種類存在します。小説閲覧ページも3種類の見え方があり、[レイアウト設定]機能を利用することで、PC版(スマートフォン版)とモバイル版をそれぞれ変更できます。

✔レイアウト変更の方法

ユーザページの小説メニューから[投稿済み小説]をクリックします。投稿済み小説一覧から、レイアウトを変えたい作品の「編集」をクリックし、[小説情報編集]ページに移動したら、[小説管理ページ]へ進んでください(投稿済み小説一覧からレイアウトを変更したい作品タイトルを選択することで、[小説管理ページ]へ直接移動することもできます)。上部にあるメニューのなかに[レイアウト設定]があり、そこか

ら進んだ先が［パソコン版レイアウト設定］のページです。

モバイル版のレイアウトを変更したい場合は、上部の［ケータイ版レイアウト設定］へ進んでください。

それぞれで変更できるのは、次の設定です。

○パソコン版レイアウト設定

デザインパターン（２種類のうちどちらかを選択）

行間・文字サイズ

背景／文字色／リンク色

○ケータイ版レイアウト設定

本文改行倍率（ケータイ版で閲覧したときのみ改行を多く表示する。３倍に設定すると、１回分の改行が３回分の改行として表示される）

背景／文字色／リンク色

［パソコン版レイアウト設定］の場合は、次のような変更の方法があ

▲背景／文字色／リンク色指定

ります。

＊連載小説の目次・各話を一括変更
＊連載小説の目次ページのみ変更
＊短編・連載各話の個別変更

　レイアウトにもユーザそれぞれの好みがありますので、まずは自分が気に入る設定にしてみたり、他ユーザの小説閲覧ページで見やすかったものなどを参考にしてみたりするといいでしょう。

✔ "次"も読んでもらうには

　短編でも連載小説の第１話でも、小説閲覧ページを一度訪れた人が、作品をブックマークしてくれたり、自分の読者としてまたページを訪れてくれたら……とてもうれしいですよね。再訪は、「このユーザが書いたものをまた読みたい」「この作品の続きが読みたい」と読者に期待してもらったことの表れでもあるわけで、作品の"見た目"を読みやすくすることは、期待してもらうための第一歩です。せっかく書いた作品の"入口"で読者を帰してしまうのは、あまりにも残念ですからね。

　では、作品を読んでくれたユーザを"次"に繋げるためには、どうしたらいいでしょうか。

　面白いと思ってもらえる小説を書く。

　結局のところはこれに尽きてしまうのですが、そう簡単にできることでもありません。『自分のなかから湧き上がってきた物語を深く考えずに自由に書いたら、作品にたくさん読者がついた』という人もいるかもしれませんが、それはとても稀で、〈小説家になろう〉の多くのユーザが自分なりの工夫を重ねているのです。書きたいものを自由に書くことが前提にあるとして、自分が書いた作品をひとりでも多くの人に読んでほしいという目標があるなら、そのための創意工夫は必要になります。

　なにに気をつけたらいいのかわからないと迷う新米なろうユーザには、《タイトル・あらすじ・序盤の展開》を重視することをおすすめします。

　タイトルは、手っ取り早く読者の興味を惹くのに効果的です。ランキ

ング上位を眺めるだけでも、印象的なタイトルの作品が多いことに気づくでしょう。検索結果などでタイトルと一緒に表示されることの多いあらすじは、読んでみようかな、と読者に思わせる原動力になります。

そして、序盤の展開こそ"次"に繋げる鍵です。

連載小説なら、1話目でなんとか興味を惹き、多く見積もっても3話目くらいまでには、読者を作品に引き込みたいところです。短編の場合も、序盤に読者を惹きつけるフックになる要素を入れて、最後まで読まれるように誘導したいもの。序盤で読者の心をなにかしら捉えないことには、続きを読んでもらえないからです。もしかしたらこのハードルは、紙の書籍よりも高いかもしれません。裏を返せば、序盤で興味を持ってもらえたら、読者になってくれる可能性がとても高いのです。

これらはあくまでも一例です。〈小説家になろう〉で小説を書き続けながら、自分に合った自分なりの方法を見つけていってくださいね。

実は重要! 投稿ペース
特に連載序盤は毎日更新を目指して

「ちょっと気になる連載小説の続きがなかなか更新されない」
「面白かった短編を書いたユーザさんの新作が発表されない」
〈小説家になろう〉を読者として利用したことがある人のなかには、そんなふうにジリジリと新作・新話を待ち望んだ経験がある人も、少なくないでしょう。読者としては、気に入った作品の続きやお気に入りユーザの新作は、毎日でも読みたいものです。それもあってか、毎日……とはいかなくても、一定の頻度で更新しているユーザには、固定の読者がつきやすい傾向にあります。

特に、新しく連載小説を始めるときの投稿ペースは重要です。

タイトルとあらすじに興味を惹かれて小説閲覧ページを覗いてみたら、1、2話が公開されているだけで、ぴたりと更新が止まっていた……なんて状態だったら、なかなか1話目を読む気にはなりませんよね。

〈小説家になろう〉では、連載小説の目次ページにある各話のタイトルの横に投稿日時も表示されますので、読者にもその話がいつ投稿され

たのかが一目瞭然なのですが、更新は止まっていないにしても各話の投稿間隔が妙に空き気味だったとしたら、最新話まで読んでも待たされる（もしくは、もう更新されないかもしれない）と思って、やはり読み始める気にはならないのではないでしょうか。

　そう考えると、連載小説の各話はそれなりの頻度で投稿したいものです。可能ならば、第1話を投稿してから1ヶ月ほどは、毎日決まった時間に1回以上投稿を続けると、注目される可能性が増します。

　更新が止まってしまうかも、と読者を不安にさせるほどではないにしても、各話の投稿の間隔が空くと前回までの話を忘れかねませんし、読み返すのが億劫だと感じてしまう読者もいます。その点、毎日更新されていると、内容を忘れることなく続きものとして自然に楽しめるのでしょう。このような連載開始直後からの連続投稿が、評価ポイントのアップに繋がることもあるのです。

　1ヶ月連続更新を続け、固定の読者がついたあとは、3日に一度など頻度を落としても、急激に読者が離れていくようなことはないでしょう。

　ただし、いざこれを実践しようと思っても、毎日書き下ろしを続けるのは想像以上に大変なことです。ですので、事前に書き溜めておいたものを投稿する形で、連続更新をしているユーザも多いようです。

　もうひとつ重要なのが、投稿する時間帯です。
　〈小説家になろう〉は24時間いつでも投稿が可能ですが、多くの人が小説を読むために〈小説家になろう〉を利用する時間帯——読まれやすいであろう時間帯というものが存在します。

　たとえば、日付の変わり目である午前0時は、投稿する人も多い時間です。それから、通勤・通学の移動中と思しき午前7時台、お昼休みと思われる午後1時前後、帰宅時間の午後5時台、夕食も済ませたリラックスタイムの午後8時台……。

　よく読まれる時間帯に合わせて投稿すると、〈小説家になろう〉のトップページにある「更新された連載中小説」や、そこから移動できる検索ページの新着順検索結果に、作品タイトルや作者名などが表示されますので、新たな読者と出会う可能性が増すというわけです。

決まった時間に投稿するのに便利なのが、掲載日時を指定できる［予約掲載設定］機能です。ただし、この機能は分指定まではできませんので、0時から23時の間の「指定した時間00分」に掲載されます。投稿しておけば、希望の日時に掲載してくれるという手軽さと便利さもあって、多くのユーザが利用している機能ですが、時間はともかく00分に掲載される小説が多いということになります。つまり、人気の時間帯ともなると、「更新された連載中小説」の表示からはあっという間に流れてしまいますし、新着順の検索結果でも1ページ目に表示されるとは限りません。ですので、人気の時間帯を避けるか、人気の時間帯の00分を避けて手動で即時投稿するのが、狙い目としてはいいかもしれません。

　自分の投稿ペースができあがってきたら、アクセス解析を利用して、どの時間帯のPVが多いか、確認してみるのをおすすめします。しばらくはそこに合わせて投稿し、固定読者がついたら、今度は新規読者層を狙って、少し違う時間に投稿してみる、なんていうのも読者を獲得するひとつの方法といえます。いろいろ試してみるのもいいでしょう。

Phrase.4

繋げて、繋がって、目指せ、読者数UP！

自分の作品をより多くの人に読んでもらうために、
〈小説家になろう〉の機能やSNSを積極的に活用！

作品を埋もれさせない！
気軽に宣伝してみよう

　宣伝してまで読んでもらうほどじゃないかも……なんて、自分が書いた作品に自信が持てない人もいるかもしれませんが、何十万作も登録されている〈小説家になろう〉では、なにもしなければ、その作品はそのまま埋もれてしまう可能性がとても高いのです。ひとりでも多くの人に読んでほしいという気持ちがあるなら、ひと手間＆ひと工夫が必要です。そこで得た読者の存在が、自分の作品に自信を持たせてくれるかもしれませんよ。もちろん、宣伝をすることは義務でもなんでもありませんので、気が向いたらやってみる、くらいの気持ちで構いません。

○**活動報告はどんどん活用！**
　活動報告の解説でも触れましたが（P.91参照）、新作を投稿したり、最新話を更新したりしたときは、活動報告の記事として告知するのが、もっとも手っ取り早い方法です。活動報告を投稿すると、〈小説家になろう〉トップページの「ユーザの新着活動報告」から飛べるページに掲載されますので、そこで見てもらえる可能性があります。〈小説家になろう〉ユーザなら誰でも使える機能なので、活用していきましょう。

○ツイッターはハッシュタグ（#narou）を利用

　ツイッターで告知するのも読者数UPの可能性に繋がります。自分のアカウントのフォロワー数が少なくても大丈夫。〈小説家になろう〉の公式アカウントも使用しているハッシュタグ（#narou）を使えば、多くの人の目に留まります。告知をする際には、作品のタイトルとその小説の閲覧ページのURLを貼るのを忘れずに。同じ告知を短い時間に、大量にツイートするようなことはダメですよ。

○個人サイトやブログにリンクを貼る

　自分のサイトを持っていたり、ブログをやっていたりする場合は、そこでも告知をするといいでしょう。〈小説家になろう〉では、個人サイトやブログから自分の小説へリンクすることに関して制限は一切ありませんので、そこで小説を書いていることを公表しているのであれば、積極的に活用するのがおすすめです。

○Web小説のランキングサイトに登録してみる

　〈小説家になろう〉では、投稿した小説を外部のランキングサイトに登録することや、ランキングサイトの利用に必要なランキングタグを自分のページに設置することが許可されています。

　ただし、ランキングサイトに登録するときは、そのサイトの利用規約や注意事項をしっかりと確認しましょう。なかには〈小説家になろう〉作品の登録を禁止しているところもあります。〈小説家になろう〉のマニュアル（ほとんどのページの最下部に、マニュアルページへのリンクが表示されています）の目次ページの一番下に「小説宣伝時の注意事項」という項目があり、登録を禁止されているランキングサイトについてや、ランキングサイト登録時の注意などが説明されていますので、事前に必ず目を通しておきましょう。

　宣伝は大事……とはいえ、過剰なやり方は禁物です。不特定多数の人に宣伝メッセージを送ったり、同じ宣伝の文面を複数箇所に書き込むような迷惑行為は、絶対にやめましょう。

「感想」を書く
伝えたい気持ちを言葉に

自分の作品に感想をもらえたら、うれしいと思いませんか？ そのうれしさを、好きな作品の作者にも贈ってあげてください。

〈小説家になろう〉に投稿された作品は、作者が感想の受け付けを許可している場合、感想を書き込むことができます。

感想を入力する［感想送信フォーム］は、短編なら本文、もしくは後書きの下に、連載小説なら最新話（最終話）の本文、もしくは後書きの下に設置されています。作者が感想を受け付けていない場合は、ページ下部に「※感想は受け付けておりません」という文言が表示されます。

▲感想送信フォーム

［感想送信フォーム］には、「良い点」「気になる点」「一言」の枠が用意されています。これは、感想送信者が伝えたいことが「良い点」なのか「気になる点」なのか、それ以外なのかを作者へ伝わりやすくするためで、必ずどれかひとつには入力が必要です。感想を書く際は、基本的なマナーや荒らし行為の基準に関して、マニュアルの「感想について」という項目に詳しく記載されていますので、確認してください。

書き込みに〈小説家になろう〉へのユーザログインが必要な場合、［感想送信フォーム］には、書き込むユーザの「年代情報を公開する」「性別情報を公開する」というチェック項目が表示され、これらをチェックして選択すると、その作品に読者が寄せた感想を一覧できるページで、感想とともに年代・性別情報が掲載されます。チェックしなければ公開

されません。感想の書き込みに関して「ログイン制限なし」が選択されている場合は、名前の入力が必要になります。

書いた感想は、ユーザページ右側にある「あなたの履歴」内の「書いた感想一覧」や、感想を書いた小説の閲覧ページ上部にある［感想］から移動した一覧ページに掲載された自分の感想記事から削除できます。

自分の作品に寄せられた感想は、ユーザページ右側にある「あなたの履歴」内の「書かれた感想一覧」や投稿済み小説の管理ページなどから移動できる感想ページで、確認や削除をすることができます。

小説閲覧ページの上部メニューにある［感想］から移動した感想一覧ページの下部にも［感想送信フォーム］があり、そこから感想を送ることもできます。個々の感想の投稿者名からそのユーザのマイページにリンクが貼られているので、そのユーザがどんな作品を書いているのか、確かめることも可能です。感想コメントには、作者が返答することもできますので、自分が感想を書き込んだ作品の作者が、マイページに来て自分の作品を読んでくれる、ということもあります。

好きな作品を思う存分紹介！
レビューは新規読者の強い味方

感想と同様に、書き手のユーザが作品にレビューを受け付ける設定をしている場合、ユーザはレビューを送ることができます。〈小説家になろう〉におけるレビューとは、"作品をオススメするための紹介文"のことで、ほかの人にその作品をすすめることを趣旨としています。

投稿されたレビューは、〈小説を読もう！〉のトップページ右下にある「みんなの新着レビュー！」にも掲載されます。ここに自分の作品のレビューが掲載されたことをきっかけに、PV数が伸びることもあります。まずはその糸口として、自分からお気に入りの作品のレビューを書いてみるといいかもしれません。

レビューは、その作品を未読の読者が、作品の雰囲気や傾向、内容を知るのに頼りにする存在です。作者にとっても他ユーザが書いてくれたレビューは、自分の作品にエールを贈ってくれている強い味方でもあります。

[レビューフォーム] も、短編なら本文、もしくは後書きの下に、連載小説なら最新話（最終話）の本文、もしくは後書きの下に設置されています。最下部までスクロールして「※レビューは受け付けておりません」と表示されたら、作者がレビューを受け付けないよう、設定されています。

　レビューの送信が許可されている場合、レビューを書き込めるのはログインユーザのみ。[レビューフォーム] には自動的に書き込むユーザの名が表示されていて、レビュータイトルとレビュー本文は入力必須です。またレビューは、ひとつの作品に対してひとつしか書けません。

▲レビューフォーム

　ちなみに投稿したレビューは、ユーザページ右側にある「あなたの履歴」内の「書いたレビュー一覧」から削除できます。レビューを書かれた作品の作者も、「あなたの履歴」内の「書かれたレビュー一覧」や、小説閲覧ページから移動したレビュー一覧ページで、投稿されたレビューを削除することが可能です。

　書き込んだレビューは、これもまた感想と同様に、小説閲覧ページの最上部のメニューにある [レビュー] から移動できる一覧ページに掲載されます（自分が書いたレビューは、ここから削除もできます）。この一覧ページ下部にも [レビューフォーム] が設置されており、そこからレビューを送ることも可能です。こちらも、個々のレビューの投稿者名からそのユーザのマイページにリンクが貼られており、簡単に移動できるので、上手なレビューの書き手がどんな小説を書いているのか、マイページを訪れてみるのもいいでしょう。

ほかのユーザの作品に評価をつけよう
ポイント制の評価システムも活用しよう

▲評価フォーム

　他ユーザの作品を読んで、評価をつけてみましょう。短編なら本文、もしくは後書きの下に、連載小説なら最新話（最終話）の本文、もしくは後書きの下に［評価フォーム］が設置されています。最下部までスクロールして「※評価は受け付けておりません」と表示があれば、作者が評価を受け付けないよう設定していることになります。

　評価ポイントの対象はふたつあり、ひとつは文法と文章に対する評価で、もうひとつは物語（ストーリー）に対する評価です。どちらも1ptから5ptの間で、任意でポイントをつけることができます。どちらか片方だけを評価することはできません。ポイントをつけるための基準は設けられていないので、個人の主観で判断して構いません。

　ポイントをつけられるのはログインユーザのみで、何回でも評価をつけることはできますが、ポイントは上書きされ、加算はされません。このポイントは、〈小説家になろう〉のランキングに反映されますが、集計期間中（日間、月間などランキングの種類によって集計期間に違いがあります）の初回につけたポイントがランキングの集計対象になります。

○自分の作品の評価を確認する

　小説管理ページ（ユーザページ→［投稿済み小説］→評価を知りたい作品のタイトルをクリック）で見ることができます。それぞれのポイント数のほか、総合評価ポイント（文法・文章評価と物語評価の合計に、ブックマーク件数×2ptを加算したもの。これがランキングの集計ポイントになります）や、評価してくれた人の数などが表示されています。

※自分が評価した作品と投票したポイントの一覧は、マイページの「評価をつけた作品」で確認できます。

○他ユーザが書いた作品の評価を確認する

その作品の小説情報ページ（小説閲覧ページの上部メニューにあるリンクをクリック）で見ることができますが、作者が［評価公開］設定で「評価を公開しない」を選んでいる場合は、表示されません。

○他ユーザがどの作品にどんな評価をつけたかを確認する

自分のマイページの「評価をつけた作品」で、タイトル一覧と評価の内容がわかるように、他ユーザのマイページの「評価をつけた作品」にもそれらが記載されています。自分のお気に入りの作家がどんな小説を評価しているのかが簡単にわかり、タイトルにはリンクが貼られていて、すぐに読むことができます。そのため、評価ポイントがついたことをきっかけにPV数が伸びるのも、めずらしいことではありません。

ブックマークを利用しよう！
お気に入り小説を増やす

〈小説家になろう〉には、気に入った小説を最大4000件まで「ブックマーク」登録できる機能があり、作品の［小説情報］ページでは、ブックマークされた件数がわかります。

小説閲覧ページの上部にある［ブックマークに追加］をクリックするだけで登録完了です。登録する際に［公開設定］で「公開」を選択すると、マイページのブックマーク一覧に作品タイトルが表示されます。

前述のように、投稿した作品の［小説情報］ページで自分の作品のブックマーク数を知ることができます。誰かが自分の小説を"お気に入り"として登録してくれたという事実は、きっと執筆の励みになるはずです。

また、ブックマーク数は〈小説家になろう〉の総合評価ポイントにも影響します。お気に入りの作品としてブックマーク登録されていることも、評価のひとつに加えるべきという〈小説家になろう〉の方針により、ブックマーク1件につき2pt加算して集計され、この総合評価ポイントがランキングに反映されます。ブックマーク数の増減（ブックマークは解除可能です）を気にしすぎる必要はありませんが、ひとつの指針として上手にブックマーク数のデータを利用しましょう。

先輩ユーザに質問！ Part.1 活動編
先輩ユーザの声にヒントがあるかもしれません

〈小説家になろう〉には、"小説を書く"、そして"小説を読む"ための様々な機能があることは、これまでに説明した通りです。では、そういった機能などを利用するのとは別に、実際に小説を書いたり、投稿したりするときに、すでに〈小説家になろう〉で活動を続けている人たちが意識しているのは、どんなことでしょうか。

〈小説家になろう〉に書いた作品をきっかけにデビューし、モーニングスターブックスで活躍中の先輩ユーザにお聞きしました！

佐崎一路

佐崎一路 Works
リビティウム皇国のブタクサ姫
イラスト／まりも
モーニングスターブックス
1～4巻

Q1 〈小説家になろう〉で作品を発表（連載）するときに、もっとも気をつけているのはどんなことですか？

A1 文章が独りよがりにならないこと。会話のテンポ。全体の長さ。あとは連載を掲載する間隔ですね。

私の作品は作中の人物（主に主役）の心情を代弁しての一人称がほとんどで、そのときの状況や心理に応じて、「こっちの言い回しのほうがより面白い」と思って、ころころ変えることが多いので、独りよがりでわかりにくい表現にならないように気をつけています。

それと会話に関しても、書籍版になってから「誰が喋っているのかわからない」というご指摘を受けて、なるべく「誰それが喋った」ということがわかるように、なおかつ通り一遍にならないように、たとえば「○○が憤慨した」とか、状況説明を含めて描写するよう心がけています。

あとは、更新の際にあまり一話が長すぎない、短すぎないように気をつけています。私の作品の場合は、だいたい4400字以下だと短く感じられ、7200字を超えると冗長に感じられるので、その間で区切りをつける感じでしょうか。

　それと、更新間隔が空くと読んでくださる方が離れてしまいますので、最悪でも1ヶ月に1度は更新しています。理想としては連日更新がベストで、週に2、3回は更新するのがベターなのでしょうけれど、これについては「どの口が言うか！」とお叱りを受けそうな状況で申し訳ありません。

Q2 アクセス解析をどのように利用していますか？

A2 最近は特に見ていません（笑）。更新し始めたばかりのときは一喜一憂していて、明日こそは○万ポイント！　とか意気込んでいたのですけれど、同じ作品を何年も連載していると、さすがにテンションが保たないので気にしないようになりました。あとは時間ごとのアクセスを確認して、なるべく人がいる時間帯に投稿するように心がけるくらいですね。

Q3 作品を多くの人に読んでもらうためには、どうしたらいいと思いますか？　とっておきのコツを教えてください！

A3 あったらぜひ教えていただきたいです（笑）。個人的には、自分が面白いと思って更新した作品は、多少拙くても「面白い」といっていただけることが多いように思えますので、やはり自分が満足できる作品を書くことが大事ではないかと思います。

日曜

Q1 〈小説家になろう〉で作品を発表（連載）するときに、もっとも気をつけているのはどんなことですか？

A1 書きたいものを書くことですかね。衝動的になりすぎると、後悔しますが。

日曜 Works
ダンジョンの魔王は最弱っ!?
イラスト／nyanya
モーニングスターブックス
1～6巻

Q2 アクセス解析をどのように利用していますか？

A2 あまり利用していません。

Q3 作品を多くの人に読んでもらうためには、どうしたらいいと思いますか？　とっておきのコツを教えてください！

A3 ほかに埋没しないものを書くことでしょうか。同じような作品がほかにあったとしても、こちらを選んでもらえるようななにかがあれば、多くの人に読んでいただけるのではないでしょうか？　まぁ、私がかくありたいと思っているだけかもしれませんが。

早秋

早秋 Works
塔の管理をしてみよう
イラスト／雨神
モーニングスターブックス
1〜6巻

Q1 〈小説家になろう〉で作品を発表（連載）するときに、もっとも気をつけているのはどんなことですか？

A1 作品が中途半端な状態にならないように、必ず最後の締めがなにになるかを考えてから、投稿を始めています。

Q2 アクセス解析をどのように利用していますか？

A2 PVがなければ、そもそも見ている人がいないということになるので、まずはそこに着目しています。

Q3 作品を多くの人に読んでもらうためには、どうしたらいいと思いますか？　とっておきのコツを教えてください！

A3 そんなものがあるのでしたら、私が教えてほしいです（笑）。あえて挙げるとすれば、できるだけ投稿の間隔を空けないことでしょうか。

時野洋輔

Q1 〈小説家になろう〉で作品を発表（連載）するときに、もっとも気をつけているのはどんなことですか？

A1 いきなり投稿することはまずありませんね。処女作である『チートコードで俺ＴＵＥＥＥな異世界旅』を書いたときは５万文字、『成長チートでなんでもできるようになったが、無職だけは辞められないようです』を書いたときは１章分を丸々書きためてから、一気に投稿しました。

私だけかもしれませんが、どんなに魅力的な物語でも、プロローグしかない小説って読もうとは思わないんですよ。

時野洋輔 Works
成長チートでなんでもできるようになったが、無職だけは辞められないようです
イラスト／ちり
モーニングスターブックス
１～３巻

あと、山場は絶対に最初のほうに持っていくようにしています。

書籍の場合だと、せっかく買ったのだからと最後まで読むでしょうが、〈小説家になろう〉の場合、人によっては最初の１ページ、２ページしか読まなかったりします。できることなら、物語の幹となる部分を最初の２ページくらいに書きたいと思っています。

私は結構いろいろな、なろう作家さんの作品を読むのですけれど、たとえ日常系でも、朝起きて、お父さんとお母さんに挨拶して、家を出るまでに１話まるまる使ってしまう作品は、苦痛でしかありません。

Q2 アクセス解析をどのように利用していますか？

A2 アクセス解析は、ＰＶ数は完全に自己満足で見ています（笑）。

連載開始直後は、アクセス解析を見る必要はあまりないと思います。面白いものを書いていれば、ポイントが伸びて、アクセス数も伸びますから。○○アクセス突破などをあらすじに書いて、読者の関心を引くのはありだと思いますが、アクセス解析の意味を深く考えすぎると、いつしか負のスパイラルに陥ります。

アクセスは、ランキングに入っているかどうかとか、どこかで話題になってリンクを貼られたとかで簡単に左右しますから、「急にアクセス

数が落ちたっ！　この展開は失敗だったかっ！」みたいには思わないでほしいです。

Q3　作品を多くの人に読んでもらうためには、どうしたらいいと思いますか？　とっておきのコツを教えてください！

A3　これはよく聞かれるのですが、一番重要なのは、「タイトル」と「あらすじ」だと思います。

〈小説家になろう〉で小説を探すとき、最初に目に入るのはタイトルです。タイトルに興味を持てないと、読者はあらすじも見てくれません。

たとえば、『桃太郎』の物語を〈なろう〉で連載するなら、

『桃太郎』

というタイトルではなく、

『桃から生まれたせいか、剣と獣使いの才能があったので鬼を退治してくるわ』

と書きます。前者では桃太郎という登場人物がいるということしかわからない物語が、後者では、主人公は剣を使い、獣使いの才能があること、さらに目標が鬼退治であることまでわかります。

次にあらすじですが、普通の『桃太郎』のあらすじって、

「桃から生まれた桃太郎は、鬼を退治するために旅に出ることにした」

ですよね。でも〈なろう〉で書くなら、

「なぜか桃から生まれた桃太郎は、剣の才能と、動物の言葉がわかる力を持っていた。桃太郎はお婆さん特製のきび団子を使って、動物たちとともに鬼退治をする道を選ぶことにした」

と、まず桃太郎の能力を書き、その物語の特徴を読者に伝えて気を引きます。さらにここで、○○ＰＶ突破などの言葉があれば、一気に読者の気を引くことができます。

〈小説家になろう〉は、いかにタイトルとあらすじで読者の心を掴むかが、テーマになっています。

伏（龍）

Q1 〈小説家になろう〉で作品を発表（連載）するときに、もっとも気をつけているのはどんなことですか？

A1 やはり、多くの人の目に触れる可能性があるということは意識します。書こうとしている内容によっては、過激な描写とかは仕方ありませんが、差別的表現とかは使わないように気をつけています。あとは読んでくれる人のためにも、途中でエタらないようにしようと心がけています。私も一読み手として、続きが読めなくなるというのは寂しいです。

伏（龍）Works
魔剣師の魔剣による
魔剣のためのハーレムライフ
イラスト／中壱
モーニングスターブックス
1巻

Q2 アクセス解析をどのように利用していますか？

A2 あまり気にしないようにしています。ただPVやブクマ数、評価、ポイントは執筆の際のモチベーションに繋がるので、まめに確認はしています。

Q3 作品を多くの人に読んでもらうためには、どうしたらいいと思いますか？　とっておきのコツを教えてください！

A3 コツがあるなら私も教えてほしいです（笑）。やはり最後は面白いものを書くということに尽きるんだと思います。ですが、たくさんの作品があふれる〈なろう〉のなかでは、見てもらうのはなかなか難しいです。一番の近道はランキングに載ることなのですが……読んでもらえなければランキングにも載れません。

　連載当初にこまめな投稿をして、ブクマをしてもらえるようにするというのが、コツというか基本だと思います。あとはレビューを書いてもらうとか、ツイッターで呟くとかも、読んでもらえるきっかけになるかもしれません。

まだまだ！知っておきたい機能&用語
ばっちりわかれば〈なろう〉通かも!?

【〈小説家になろう〉の機能編】
○ルビ

小説本文、前書き、後書きのみに対応しています（ルビ表示非対応のブラウザでは閲覧できません）。ルビをつけたい語句の頭に｜（全角でも半角でも可）を入れ、ルビで表示したい文字（ひらがな・カタカナ以外でもOK）を《　》内に入れます。どちらも10文字以内で入力します。

（例／書き方）ルビをつけて｜小説《しょうせつ》と書きたい
（例／見え方）ルビをつけて小説と書きたい

※《　》の前が漢字のときは｜を省略しても自動ルビ対応となります。

ルビをつけたい語句が漢字で、ルビをカタカナかひらがなでつける場合に限り、｜を省略し、ルビで表示したい文字を（　）（全角でも半角でも可）内に入れるだけで、自動ルビ対応となります。

（例／書き方）ルビをつけて小説（しょうせつ）と書きたい
（例／見え方）ルビをつけて小説と書きたい

※このようなケースで自動ルビ対応にしたくない場合は、（　）の前に｜を入れることで回避できます。

（例／書き方）ルビをつけて小説｜（しょうせつ）と書きたい
（例／見え方）ルビをつけて小説（しょうせつ）と書きたい

○挿絵

提携している画像投稿サイト〈みてみん〉に投稿している画像のみ、挿絵（イラスト）使用が可能になります。この機能を利用するためには、〈みてみん〉への登録が必要です（無料）。挿絵の投稿の仕方に関しては、マニュアルの目次から「挿絵の挿入」を参照してください。

○高機能執筆フォーム

パソコンで〈小説家になろう〉を利用し、小説を書く場合に使うことができる機能です。「縦書きで執筆」「執筆中の文字サイズ変更」「文字列

置換」「文字カウント」「自動字下げ」などが行えます。詳細は、マニュアルの目次から「高機能執筆フォーム」を参照してください。

○フリーメモ
　執筆中の小説にメモをつけることができます。このメモは投稿されることはありません。［新規小説作成］の作成ページや［執筆中小説］の編集ページで、入力や編集ができます。どちらも「作品タイトル」の下に「本文／フリーメモ」というリンクが表示されており、クリックすることでそれぞれ画面を切り替えられます。メモだけを保存することはできず、必ず本文の入力が必要です。

○メッセージ
　ログイン中は、特定のユーザにメッセージを送ることができます。メッセージを送りたい相手のマイページへ行き、上部に表示されている「メッセージを送る」をクリックすると、送信フォームが表示されます。お気に入り登録をしているユーザへは、ユーザページ右側にある［メッセージボックス］から「メール作成」をクリックすると、宛先の欄にお気に入りユーザの名前が選択ボックス（プルダウンメニュー）で表示されますので、そこからメッセージを送りたいユーザの名前を選んでください。
　他ユーザから送られたメッセージは、このメッセージボックスで確認、または削除ができます。

○質問板
　〈小説家になろう〉の使い方などについてのユーザからの質問に、ほかのユーザが回答する掲示板です。〈小説家になろう〉のトップページ上部のメニュー、またはユーザページの最下部にあるメニューから［質問板］を選んで移動してください。マニュアルやガイドライン、ヘルプを読んでもよくわからないことなどは、ここで質問するといいでしょう。自分の聞きたいことがすでに質問されていないかのチェックを忘れずに。

【〈小説家になろう〉での用語編】
○**異世界**／現実の世界、もしくは現実の世界をもとに、そこから派生し

たと判断するのが容易な世界（一般的な生活や文明に違いはないが、魔法が存在する世界なども含む）を「現実世界」とし、その「現実世界」とは物理的な繋がりが一切なく、移動手段も確立されていない世界。

○**異世界転生**／主人公がもとの世界で死亡し、異なる人物として「異世界」へ生まれ変わりを果たすこと。または、その要素が入った作品。

○**異世界転移**／主人公がなんらかの形（移動、召喚、憑依など）で「異世界」への移動を果たすこと。または、その要素が入った作品。

○**チート**／異世界転生や転移などをきっかけに、努力なしに（または努力以上に）驚異的な能力を授かっていること。また、そういった主人公が活躍する作品のこと。

○**俺TUEEEE**／圧倒的な力を持った主人公が（さほどの苦難に陥ることもなく）活躍する作品。主人公がチートであることも多い。

○**ハーレム、逆ハー**／主人公に好意を寄せる異性キャラクターが複数存在している状況。または、それが描かれている作品。

○**チーレム**／チートな主人公がハーレム（逆ハー）状況に置かれている状況。または、それが描かれている作品。

○**悪役令嬢**／その世界の悪役キャラクターに転生してしまい、違う道を歩もうとする主人公や、悪役的な立場に置かれてはいるが、実際は違う性格の主人公などが描かれる、女性向け作品。

○**エタる**／英語の形容詞"エターナル"（永遠の、果てしない、の意味）に由来。未完状態で更新が止まること。

○**割烹**／活動報告の略。男性ユーザが使用することが多い。

※「異世界」「異世界転生」「異世界転移」は〈小説家になろう〉での定義を参考にしています。それ以外の用語は、〈小説家になろう〉で定義されているわけではありません。

第3章

〈小説家になろう〉で作家デビュー!

〈小説家になろう〉に投稿した作品が書籍化されることになったり、〈小説家になろう〉を利用して小説賞に応募して受賞したり、〈小説家になろう〉ユーザの作家デビューは、もうめずらしいことではありません。もしかしたらそんな未来が、すぐそこにあるかも!?　では、実際に〈小説家になろう〉をきっかけに"作家デビュー"することになったら、いったいどんなことが待ち受けているのでしょうか。

Phrase.1

作家デビューまでの道のり

作家になる方法がいくつも存在する現在、〈小説家になろう〉からも多くのユーザが、様々なことをきっかけに作家デビューしています。

作家デビューするにはどんな方法が?
〈小説家になろう〉経由→作家デビュー

　数多くの〈小説家になろう〉作品が書籍化され、次々とユーザが作家デビューを果たしている今、〈小説家になろう〉に小説を投稿することは、作家になるための方法のひとつとして数えられる状況になっています。

　〈小説家になろう〉を読者の立場だけで利用しているユーザのなかにも、自分がブックマークしている作品が書籍化されたり、その作品が小説賞を受賞したりして、その作者が作家デビュー！　なんて経験をしたことのある人は、大勢いることでしょう。

　いまや〈小説家になろう〉から商業作家が誕生することは、めずらしいことでもなんでもありません。

　では、〈小説家になろう〉の書き手たちが作家デビューを果たすために通る道には、どんなものがあるのでしょうか。

　大きく分けると、3つあります。

①〈小説家になろう〉で書いていた作品を小説賞に応募する

　これは、"小説賞に応募→作家デビュー"という、これまでの作家になるための方法とさほど変わらないやり方で、この場合の小説賞とは、

①小説賞に応募

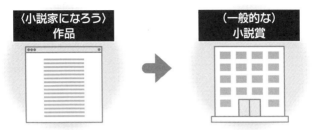

〈小説家になろう〉で書いた作品を小説賞に応募する
Web小説を応募不可としている賞も多いので注意

②タイアップ小説賞に応募

〈小説家になろう〉で書いた作品を
〈小説家になろう〉と出版社がタイアップした小説賞に応募する
決められたキーワードを登録するだけで応募とみなされる

③出版社から書籍化の打診

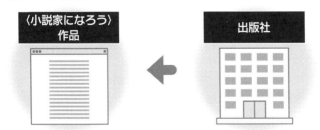

〈小説家になろう〉で書いた作品に対して、出版社から書籍化の打診が届く
※〈小説家になろう〉の運営経由

〈小説家になろう〉の作品のみを募集対象としているわけではない、一般的な小説賞のことです。

　ここで気をつけなければならないのは、その賞の応募要項です。新作を書いて応募するときよりも、要項は熟読しなくてはなりません。
　というのも、一般的な小説賞（特に、応募作品を紙に打ち出して送付するようなもの）の規定には、応募可能な作品として"未発表"であることを条件としているものが多いからです。この"未発表"とは文字通りの意味で、同人誌として発表したものや、個人サイトや小説投稿サイト（もちろん〈小説家になろう〉もこれにあたります）など、インターネットで公開している作品も不可です。
　小説賞によっては、応募要項などにはっきりと『同人誌やインターネット上ですでに発表したものは不可』というようなことを書いてくれているものもあるのですが、インターネットで公開している作品については可・不可が触れられていないものもたくさんあります。そういう場合は、応募を避けておくのがいいでしょう。

　一方、インターネットで公開している作品でも応募可能としている小説賞は、必ずといっていいほど、応募規定にはっきりとそのことが書かれています。そういった賞の多くは、小説の公開やサイトの利用が営利目的でないことなどを条件とし、そのことも規定に書かれています。小説賞によっては、応募要項以外に「よくある質問」コーナーなどで、Web小説の応募について詳しく触れている場合もありますので、そういったものにも目を通しておくといいでしょう。

② 〈小説家になろう〉×出版社の小説賞に応募する
　ここ数年で、〈小説家になろう〉と出版社（小説レーベル）がタッグを組んだ小説賞が次々と創設され、多くの受賞作品が書籍化されています。それだけ〈小説家になろう〉作品の書籍化に魅力を感じている出版社が多いということなのでしょう。小説賞の開催のニュースも、ずいぶん耳慣れたものになってきました。
　〈小説家になろう〉ではタイアップ企画と呼ばれている、こういった

小説賞に応募して、作家デビューのチャンスを掴む。その流れ自体は①と同じではあるのですが、応募方法などは大きく異なり、とても特殊です。同時に、その特殊さこそが〈小説家になろう〉×出版社が開催する小説賞ならではの魅力に繋がっているともいえます。

　特徴のひとつは、応募可能作品が〈小説家になろう〉に投稿されている作品であり、完結・未完を問わないことです。
　小説が未完でもいいというのは、Web小説以外の小説賞ではありえないものです。これまでの文芸誌やライトノベルレーベルなどが主催する小説賞では、たとえ作者のなかで物語が続いているとしても、原稿上では完結してまとまっているものしか応募できませんでした。〈小説家になろう〉×出版社の小説賞では、物語が完結しているかいないかは、重要視されていないのです。

　また、ほとんどの賞には文字数の制限がありません。たいていどの賞も受賞後の書籍化を見越しているので、あらかじめ応募要項で10万字くらいの文字数を推奨している賞もありますが、そういった賞も10万字に満たないからといって、応募不可になるわけではないのです。応募可能な文字数を厳密に定めている賞のほうが少数派でしょう。

　もっとも特徴的なのは、その応募方法です。〈小説家になろう〉×出版社の小説賞では、応募に際して作品を送付する必要がないのです。
　送付するかわりに、各小説賞が指定するキーワードを手動入力できるキーワード欄に入力しておきます。これで応募完了です。たとえば、応募作の数も受賞作の数も多いことで知られる、ネット小説大賞（旧：エリュシオンノベルコンテスト［なろうコン］）は第5回ネット小説大賞の応募作に『ネット小説大賞五』を、2016年に新しく創設されたモーニングスター大賞は『星球大賞』を、応募のためのキーワードとして指定しています。
　この応募用キーワードを使って検索すれば、その時点の応募総数が簡単にわかったり、どんな作品が応募されているのか丸わかりなのも、紙媒体主体の小説賞にはないユニークなところです。

もうひとつ、Web小説の応募を認めている小説賞でも、応募中は作品の公開をとりやめるのが条件になっていることが多いのですが、〈小説家になろう〉×出版社の小説賞では、そういったことは基本的にありません。連載中の作品は、応募したあとも次話が公開されていきますし、一度完結した作品でも、応募にあわせて番外編を投稿する、なんていうことも可能です。

　ほとんどの〈小説家になろう〉×出版社の小説賞では、受賞作の書籍化が確約されています。それもあり、賞の増加→書籍化も増加となっている一面はあるかと思いますが、応募の手軽さに加えて、〈小説家になろう〉×出版社の小説賞の大きな魅力のひとつであることは確かです。

③〈小説家になろう〉で書いていた作品の書籍化を打診される

　②の〈小説家になろう〉×出版社の小説賞とあわせて、〈小説家になろう〉作品の書籍化に一役買っているのが、この道です。

　公開されている作品のなかから、書籍化したい作品を出版社が見つけ出し、書籍化を打診するのです。ランキング上位に入った作品や、ユーザ間で話題の作品などには、複数の出版社から声がかかることもめずらしくありません。作品によっては、連載開始からわずか数回で、もう書籍化打診の連絡が来たという話もあるほどです。
　前触れなく突然連絡が来るので、書き手にとっては、まさに降って湧いたような気がすることでしょう。ただし、この方法を書き手自身が選び取ることはできません。
　この方法で作家になりたい、作品を書籍化してほしいと望んでも、出版社からの連絡をひたすら待つしかないのですが、もしも自分が書いた作品がどこかの出版社の目に留まり、書籍化の道が開けるとしたら、どのように出版社から連絡が来るのでしょうか。

　出版社が書籍化を希望する作品を〈小説家になろう〉で見つけた場合、出版社はまず〈小説家になろう〉に連絡をしなくてはなりません。その後、その作品の作者であるユーザのもとに、〈小説家になろう〉のメッ

セージ機能や登録してあるメールアドレス経由で、〈小説家になろう〉の運営から連絡が来ます。

なぜ、直接出版社から連絡が来ないのかというと、出版社が〈小説家になろう〉のメッセージ機能などを使って、ユーザに直接書籍化の打診などの連絡をするのは、利用規約違反だからです。ただし、そのユーザが個人サイトやほかの小説投稿サイトなどで活動をしており、出版社から〈小説家になろう〉の機能（メッセージや活動報告などの投稿機能）を使わずに連絡が来た場合は、〈小説家になろう〉掲載作品の書籍化の話であっても、利用規約違反にはあたりません。

〈小説家になろう〉の運営から来る最初の連絡に、運営が出版社から預かった文面が添えられており、そこに出版社の連絡先が書かれているので、ユーザが直接出版社に連絡をします。

〈小説家になろう〉の運営は、最初に出版社とユーザを仲介して以降は、基本的にユーザ・出版社には関わりません。そこからはユーザと出版社間でのやりとりになります。

現在、刊行されている〈小説家になろう〉から誕生した多くの書籍は、主に上記のような道を通って世に出たものばかりです。もしかしたらあなたの書いた一作が、その仲間入りをするかもしれません。

デビューまでの道のり MEMO

〈小説家になろう〉をきっかけにデビューするにはどんな方法がある？

〈小説家になろう〉で書いた作品を一般の小説賞に応募する

Web小説の応募は可能か？　小説賞の応募要項を必ずチェック！

〈小説家になろう〉×出版社の小説賞に応募する

未完の作品でもOK！指定のキーワードをつけるだけで応募完了！

〈小説家になろう〉で書いた作品の書籍化を打診される

最初の連絡は〈小説家になろう〉の運営から。ユーザと出版社間で話が進む

Phrase.2

もっと詳しく！デビューまでの道のり
～〈小説家になろう〉×出版社の小説賞編～

〈小説家になろう〉と出版社がタイアップした小説賞に作品を応募。この道を選ぶときに気をつけるべきことは？

応募するまでの流れを見てみよう

　〈小説家になろう〉×出版社の小説賞へ応募するには、どんな手順をふめばいいでしょうか？

✔ 開催中の小説賞をチェック

　そのときに開催している〈小説家になろう〉×出版社の小説賞にどんなものがあるのかは、〈小説家になろう〉のトップページからすぐにわかるようになっています。

　トップページ右にある［現在開催中の公式企画］には、そのときに開催されている〈小説家になろう〉×出版社の小説賞のバナーが貼られており、そこから公式サイトへ移動できるようになっています。作品の募集・選考を終え、結果が出た賞も、「結果発表」といった文字が載ったバナーが貼られています。

　この枠では、〈小説家になろう〉×出版社の小説賞以外にも、冬に開催される童話ジャンル

▲公式企画一覧

限定の企画『冬の童話祭』や、夏に開催されるホラージャンル限定の企画『夏のホラー』など、〈小説家になろう〉内での公式企画のバナーなども貼られています。小説賞への応募に興味がなくても、時折ここをチェックしてみると、興味を惹かれる情報や思いもよらない作品との出会いに繋がったりして楽しいですよ。

［現在開催中の公式企画］以外では、〈小説家になろう〉トップページの上部にある［お知らせ］を確認するのもいいでしょう。

▼お知らせ

ここには、〈小説家になろう〉グループの公式ブログに投稿されている記事のタイトルが表示されているのですが、〈小説家になろう〉と出版社のタイアップ企画である小説賞が開催されるときや、結果が発表されたときなども、公式ブログに情報が掲載されるのです。

ただ、トップページ上の［お知らせ］には、最新のものが4件しか表示されていませんので、公式ブログの更新頻度によっては、目当ての情報を見逃してしまっている可能性もあります。必ず［お知らせ］の枠の右下にある［公式ブログをもっと見る］から、公式ブログへ移動して、情報を確認するようにしましょう。

ツイッターを利用している人は、〈小説家になろう〉の公式アカウントをフォローしておくと、ブログの更新情報やそのほかの告知なども呟かれるので、情報のチェックが楽かもしれないですね。

✓応募要項をチェック

気になる小説賞を見つけたら、とにかく応募要項をチェックです。大切なことは、すべてここに書かれているといっていいくらい、応募に際して重要なことが詰まっています。

【応募要項のココをチェック！】

・**応募資格**

プロ、アマ、年齢などが条件にあてはまっているか。

・応募期間
　締め切り厳守。
　締め切り後も選考結果が発表されるまでは、作品から指定のキーワードを削除しないようにする。

・投稿作品
　ジャンル→ジャンル不問か。指定されているジャンルはないか。
　完結・未完→未完でも応募可か。
　文字数→規定の文字数が決められているか。
　複数応募→複数の作品の応募が可能か。
　重複応募→同じ作品で他小説賞への応募が可能か。

・書籍化
　受賞した場合、書籍化されるか。

・指定キーワード
　応募のための指定キーワードはなにか。

　ほかの賞で落選した作品の投稿を考えている場合は、以前に落選した賞の規定で、その後に同一作品をほかの賞に応募することが可能かどうかを確かめたうえで、今回応募したい賞が落選作の応募を受け付けているかも確認しましょう。

☆権利について
　作品の権利についても、応募規定や注意事項など、どこかに必ず記載されていますので、こちらについても確認しておきましょう。

・著作権
　基本、著作権はその作品の創作者であるユーザのものです。そのため、著作権については明示していない小説賞も多いので、不安な場合は指定されている問い合わせ先に質問してください。小説賞によっては、受賞作の著作権が出版社に帰属する旨、記載されている場合もあります。

・出版優先権

複数の出版社がその作品の出版を希望した場合、この権利を所有している出版社が優先的に出版できるというものです。ほとんどの〈小説家になろう〉×出版社の小説賞の場合、応募と同時に出版優先権が主催出版社に発生することが記載されています。

・二次使用権

著作物の映像化や、舞台などでの上演、商品化など、著作物を原作として二次的利用をする権利のことです。応募要項に、出版社にその権利が帰属することが記載されている場合は、著作者だからといって受賞作を勝手に商品化したり、映像化したりすることはできません。出版社規定の印税（使用料）が支払われることを明示している賞もあります。

デビューまでの道のり MEMO

〈小説家になろう〉×出版社の小説賞に応募！　どうすればいい？

応募したい小説賞の応募要項などを確認

応募資格、投稿作品のジャンルなど、条件を満たしているか？
権利についての注意書きに納得がいくか？
応募期間内か？

指定キーワードを確認&入力

その小説賞が指定しているキーワードは？
応募したい作品の[小説情報編集]ページからキーワードを入力

いざ応募！

指定キーワードを入力したら、[編集]ボタンを必ずクリック
編集作業が無事終了すれば応募完了

✔キーワードを再度チェック

　応募要項など賞の詳細を確認して、応募を考えている作品がすべての条件にあてはまるようでしたら、応募予定作の［小説情報編集］ページで指定のキーワードを入力しましょう。

　ユーザページの小説メニュー［投稿済み小説］から一覧ページに移動し、応募したい作品タイトルの［編集］をクリック（もしくは、ユーザページの［投稿小説履歴］から応募したい作品タイトルの管理ページに移動し、［小説情報編集］をクリック）すると、キーワードを入力できる［小説情報編集］ページに移動します。

　指定のキーワードを入力して［編集］ボタンを押せば、これでその賞への応募は完了です！　念のため、一度ログアウトして応募作の小説閲覧ページへ移動し、上部にある［小説情報］から指定のキーワードが表示されているかどうかを確認しておきましょう。

　あとは、選考結果の発表を待つだけです！

〈小説家になろう〉×出版社の小説賞 一覧
どんな賞からどんな作品が誕生したのか、一挙にご紹介

※作者名、作品タイトルは、書籍刊行時のものです（書籍未刊作は受賞時のもの）。
※現在は実施されていない賞も含みます。
※データは2017年5月現在のものです。

✔【アリアンローズ新人賞】
◎主催レーベル
アリアンローズ（フロンティアワークス）

◇**規定文字数**　締切までに10万字以上。もしくは、締切時点までに本文5万字以上とプロット（今後の展開含む）を編集部に提出

◇**賞金**　最優秀賞：25万円　優秀賞：5万円　読者賞：5万円

◇**書籍化**　最優秀賞のみ確約。ほかは、書籍化に向けて担当編集者がサポート

※上記は第1回開催時点のものです。

○第1回
最優秀賞：大橋和代（イラスト：ユウノ）『シャルパンティエの雑貨屋さん』

優秀賞：杜間とまと（イラスト：由貴海里）『無職独身アラフォー女子の異世界奮闘記』

読者賞：おきょう（イラスト：池上紗京）『竜の卵を拾いまして』

✔【一迅社文庫アイリス恋愛ファンタジー大賞】
◎**主催レーベル**
一迅社文庫アイリス・アイリスNEO（一迅社）
◇**規定文字数** 制限なし
◇**賞金** 大賞：30万円　金賞：10万円　銀賞：5万円
◇**書籍化** 確約

※上記は第7回開催時点のものです。

○**第1回**

大賞：林ちい（イラスト：Izumi）『四竜帝の大陸』

金賞：中村朱里（イラスト：サカノ景子）『魔法使いの婚約者』
　　　olive（イラスト：山下ナナオ）『男爵令嬢と王子の奮闘記』

銀賞：山吹ミチル（イラスト：雲屋ゆきお）『私の気の毒な婚約者』
　　　鬼頭香月（イラスト：緒花）『転生したけど、王子（婚約者）は諦めようと思う』

○**第2回**

大賞：喜多結弦（イラスト：Shabon）『転生してヤンデレ攻略対象キャラと主従関係になった結果』

金賞：えんとつ そーじ（イラスト：伊藤明十）『侯爵様と女中(メイド)』

銀賞：聖音（イラスト：三月リヒト）『全力でのし上がりたいと思います。』
　　　笠岡もこ（イラスト：仁藤あかね）『司令官殿と参謀長殿、おまけの臨職な私』
　　　きつねねこ（イラスト：石川沙絵）『魔法な世界で愛されて』

○**第3回**

大賞：瑞本千紗（イラスト：U子王子）『男爵令嬢は、薔薇色の人生を歩みたい』

金賞：逢矢沙希（イラスト：増田メグミ）『臆病な騎士に捧げる思い出の花』

銀賞：由唯（イラスト：椎名咲月）『虫かぶり姫』
　　　早瀬黒絵（イラスト：シキユリ）『Jolly Rogerに杯を掲げよ』

空飛ぶひよこ（イラスト：鈴ノ助）『異界山月記―社会不適合女が異世界トリップして獣になりました―』
茉雪ゆえ（イラスト：鳥飼やすゆき）『指輪の選んだ婚約者』

○第4回
大賞：佐伯さん（イラスト：まち）『旦那様は魔術馬鹿(ワーカーホリック)』
金賞：jupiter（イラスト：アオイ冬子）『あなたに捧げる赤い薔薇』
銀賞：長野雪（イラスト：白峰）『重たい執着男から逃げる方法』
　　　池中織奈（イラスト：鏑家エンタ）『エリザベス・ナザントという令嬢』
　　　もり（イラスト：紫真依）『沈黙の女神』
　　　桃春花（イラスト：まろ）『マリエル・クララックの婚約』

○第5回
金賞：散茶『婚約者が悪役で困ってます』
　　　江本マシメサ『伯爵家の悪妻』
銀賞：雪之『我輩さまと私』（イラスト：めろ）
　　　やしろ『悪役令嬢は、ドラゴンとは踊らない』

✔【MFブックス＆アリアンローズ新人賞】
(旧：小説家になろう大賞2014・第2回ライト文芸新人賞)

◎主催レーベル
MFブックス(KADOKAWA)・アリアンローズ(フロンティアワークス)

◇規定文字数　締切までに文字数が10万字以上に達しているもの

◇賞金
・MFブックス部門／優秀賞：30万円（キャリーオーバーあり）
　佳作：10万円
・アリアンローズ部門／優秀賞：30万円（キャリーオーバーあり）
　佳作：10万円

◇書籍化　確約

※上記は第4期開催時点のものです。

○小説家になろう大賞2014
MFブックス部門優秀賞：
　かすがまる（イラスト：あんべよしろう）『火刑戦旗を掲げよ！』

MFブックス部門佳作：

　三田弾正（イラスト：碧風羽）『三田一族の意地を見よ～転生戦国武将の奔走記～』

　渡良瀬ユウ（イラスト：細居美恵子）『ダンジョンを造ろう』

アリアンローズ部門佳作：

　玖洞（イラスト：mori）『勇者から王妃にクラスチェンジしましたが、なんか思ってたのと違うので魔王に転職しようと思います。』

○第2回ライト文芸新人賞

MFブックス部門佳作：

　凜乃初（イラスト：ピナケス）『魔導機人アルミュナーレ』

　ぬるはち『首切り童子の異世界食道楽』

　くろかた（イラスト：KeG）『治癒魔法の間違った使い方～戦場を駆ける回復要員～』

アリアンローズ部門優秀賞：

　橘千秋（イラスト：蒼崎律）『侯爵令嬢は手駒を演じる』

○MFブックス＆アリアンローズ新人賞　第1期

MFブックス部門佳作：

　ガチャ空（イラスト：がねさぎ）『ジェネシスオンライン～異世界で廃レベリング～』

アリアンローズ部門佳作：

　クレハ（イラスト：ヤミーゴ）『復讐を誓った白猫は竜王の膝の上で惰眠をむさぼる』

　じゅり（イラスト：hi8mugi）『目覚めたら悪役令嬢でした!?～平凡だけど見せてやります大人力～』

○MFブックス＆アリアンローズ新人賞　第2期

アリアンローズ部門優秀賞：

　星窓ぽんきち（イラスト：加藤絵理子）『悪役令嬢の取り巻きやめようと思います』

　小鳥遊郁（イラスト：アレア）『百均で異世界スローライフ』

アリアンローズ部門佳作：

　空谷玲奈（イラスト：双葉はづき）『乙女ゲーム六周目、オートモードが切れました。』

○MFブックス&アリアンローズ新人賞　第3期
MFブックス部門優秀賞：
　みそたくあん（イラスト：りりんら）『俺、冒険者！〜無双スキルは平面魔法〜』
○MFブックス&アリアンローズ新人賞　第4期
ＭＦブックス部門佳作：
　三毛乱二郎『あらゆる手段を尽くしてトッププレイヤーになりたい、他人のカネで。そうだ、盗賊しよう。』
アリアンローズ部門佳作：奏白いずも『主人公の叔母です』

✔【お仕事小説コン】
◎**主催レーベル**
ファン文庫・楽ノベ文庫［電子書籍］（マイナビ出版）
◇**規定文字数**　制限なし（10万字以上推奨）
◇**賞金**　グランプリ：10万円　優秀賞：3万円　特別賞・楽ノベ文庫賞：なし
◇**書籍化**　書籍・電子書籍化を確約（楽ノベ文庫賞は電子書籍化のみ）
※上記は第2回開催時点のものです。
○第1回
グランプリ：
　溝口智子（イラスト：げみ）『万国菓子舗 お気に召すまま〜お菓子、なんでも承ります。〜』
準グランプリ：
　来栖ゆき（イラスト：けーしん）『謎解きよりも君をオトリに〜探偵・右京の不毛な推理〜』
優秀賞：
　相戸結衣（イラスト：げみ）『路地裏わがまま眼鏡店〜メガネ男子のおもてなし〜』
特別賞：
　澤ノ倉クナリ（イラスト：六七質）『黒手毬珈琲館に灯はともる〜優しい雨と、オレンジ・カプチーノ〜』
　背谷燈『少女と狐と物の怪と』

保村くるみ『許せない事だってあるんです!』
はくたく『圓野あおいの妖怪ビオトープ管理録』

○第2回

グランプリ:

一色美雨季(イラスト:ワカマツカオリ)『浄天眼謎とき異聞録~明治つれづれ推理(ミステリー)~』

優秀賞:

桔梗楓(イラスト:マキヒロチ)『おいしい逃走(ツアー)! 東京発京都行~謎の箱と、SAグルメ食べ歩き(サービスエリア)~』

光明寺祭人(イラスト:西山和見)『わたしはさくら。~捏(ねつ)造恋愛バラエティ、収録中~』

特別賞:

山本賀代(イラスト:げみ)『ダイブ!~潜水系(イルカ)公務員は謎だらけ~』
編乃肌(イラスト:細居美恵子)『花屋「ゆめゆめ」で不思議な花束を』
猫屋ちゃき(イラスト:六七質)『こんこん、いなり不動産』
石田空(イラスト:米田絵理)『サヨナラ坂の美容院』

楽ノベ文庫賞:宙埜ハルカ『あの虹の向こう側へ』ほか全28作品

✔【オーバーラップWEB小説大賞】

◎**主催レーベル**

オーバーラップ文庫・オーバーラップノベルス(オーバーラップ)

◇**規定文字数** 応募締切時点までに本文が10万字以上であること

◇**賞金** 大賞:50万円 金賞:30万円 銀賞:20万円

◇**書籍化** 確約

※上記は第4回開催時点のものです。

○第1回

大賞:いえこけい(イラスト:天之有)『リーングラードの学び舎より』
金賞:篠崎芳(イラスト:〆鯖コハダ)『聖樹の国の禁呪使い』
銀賞:陸理明(イラスト:クロサワテツ)『かくて聖獣(ユニコーン)は乙女と謳う』
　　　藍藤ユウ(イラスト:シコルスキー)『魔剣戦記~異界の軍師乱世を行く~』

○第2回
大賞：丘野優（イラスト：shri）『蘇りの魔王』
金賞：ネコ光一（イラスト：Nardack）『ワールド・ティーチャー　異世界式教育エージェント』
銀賞：弁当箱（イラスト：H2SO4）『転生！異世界より愛をこめて』
○第3回
金賞：きなこ軍曹（イラスト：パセリ）『聖女の回復魔法がどう見ても俺の劣化版な件について。』
○第4回第1ターン
銀賞：葬儀屋『影の使い手』

✔【国際声優コンテスト　声優魂】

※第4回の〈シナリオ・原作部門〉のみ、〈小説家になろう〉からの応募が認められた。

○第4回〈シナリオ・原作部門〉
絵本カテゴリー最優秀賞：庄子静香『ピンクのカエル』
　　　　　　　　優秀賞：吉成友輝『アリとタンポポ』
ストーリー・カテゴリー最優秀賞：幸田明子『キャンパス上の魔法使い』
　　　　　　　　優秀賞：中西悠歌『たとえ忘れてしまっても』
　　　　　　　　奨励賞：降簾唯『tu fui,ego eris』
　　　　　　　　　　　　山口薫『ひきこもりすーぱーひーろー』

✔【ネット小説大賞】

(旧：エリュシオンノベルコンテスト・なろうコン)

◎主催

クラウドゲート　　※受賞作は協賛出版社のレーベルから書籍化。

◇**規定文字数**　制限なし

◇**賞金**　グランプリ：100万円　金賞：30万円　受賞：10万円　コミカライズ賞（受賞作の中から選出）：受賞作のコミカライズ

◇**書籍化**　確約

※上記は第5回開催時点のものです。

○第1回
＊優勝　栖原依夢（イラスト：218）『壊天の召喚撃退士（バハムートテイマー）』（新紀元社）

○第2回
＊グランプリ
　紫炎（イラスト：武藤此史）『まのわ　魔物倒す・能力奪う・私強くなる』（宝島社／このライトノベルがすごい！文庫）
＊受賞
　只野新人（イラスト：フルーツパンチ）『Vermillion　朱き強弓のエトランジェ』（宝島社／このライトノベルがすごい！文庫）
　蟬川夏哉（イラスト：転）『異世界居酒屋「のぶ」』（宝島社）
　硝子町玻璃（イラスト：雀葵蘭）『異世界の役所でアルバイト始めました』（双葉社／モンスター文庫）
　アマラ（イラスト：乃希）『神様は異世界にお引越ししました』（宝島社）
　佐崎一路（イラスト：まりも）『吸血姫は薔薇色の夢をみる』（新紀元社／モーニングスターブックス）
　山南葉（イラスト：冬空実）『サラリーマン中二病』（双葉社／モンスター文庫）
　高山理図（イラスト：なかばやし黎明）『ヘヴンズ・コンストラクター』（新紀元社）
　paiちゃん（イラスト：七語つきみ）『ユグドラシルの樹の下で』（宝島社）

○第3回
＊グランプリ
　泉（イラスト：Aちき）『俺の死亡フラグが留まるところを知らない』（宝島社）
＊金賞
　ユウシャ・アイウエオン（イラスト：成田芋虫）『ああ勇者、君の苦しむ顔が見たいんだ』（ポニーキャニオン／ぽにきゃんBOOKSライトノベルシリーズ）
　北瀬野ゆなき（イラスト：柚希きひろ）『邪神アベレージ』（宝島社）
　青山有（イラスト：ニリツ）『救わなきゃダメですか？　異世界』（ポニーキャニオン／ぽにきゃんBOOKSライトノベルシリーズ）
　江本マシメサ（イラスト：あかねこ）『北欧貴族と猛禽妻の雪国狩り暮らし』（宝島社）

《小説家になろう》で作家デビュー！　もっと詳しく！　デビューまでの道のり

＊受賞

ユウリ（イラスト：samuraiG）『異世界ダンジョンでRTA』(宝島社)

黒六（イラスト：猫鍋蒼）『異世界でも鍵屋さん』(宝島社)

笹の葉粟餅（イラスト：加藤徹平）『乙女ゲーム世界で戦闘職を極めます―異世界太腕漂流記―』(宝島社)

天那光汰（イラスト：烏羽雨）『おひとりさまでした。〜アラサー男は、悪魔娘と飯を食う〜』(ポニーキャニオン／ぽにきゃんBOOKSライトノベルシリーズ)

遠原嘉乃（イラスト：雨壱絵穹）『騎士団付属のカフェテリアは、夜間営業をしておりません。』(双葉社／Mノベルス)

長考師（イラスト：bob）『救いをこの手に』(ポニーキャニオン／ぽにきゃんBOOKSライトノベルシリーズ)

戸津秋太（イラスト：しらこみそ）『戦慄の魔術師と五帝獣』(宝島社)

ぶんころり（イラスト：MだSたろう）『田中〜年齢イコール彼女いない歴の魔法使い〜』(マイクロマガジン社／GCノベルズ)

日曜（イラスト：nyanya）『ダンジョンの魔王は最弱っ!?』(新紀元社／モーニングスターブックス)

早秋（イラスト：雨神）『塔の管理をしてみよう』(新紀元社／モーニングスターブックス)

一条由史（イラスト：Tea）『ネトラレ男のすべらない商売』(ポニーキャニオン／ぽにきゃんBOOKSライトノベルシリーズ)

ぷにちゃん（イラスト：一橋真）『箱庭の薬術師』(双葉社／Mノベルス)

片遊佐牽太（イラスト：六時）『美女と賢者と魔人の剣』(ポニーキャニオン／ぽにきゃんBOOKSライトノベルシリーズ)

ポモドーロ（イラスト：やすも）『マイバイブルは「異世界召喚物語」』(ポニーキャニオン／ぽにきゃんBOOKSライトノベルシリーズ)

海東方舟（イラスト：かぼちゃ）『巻き込まれて異世界転移する奴は、大抵チート』(宝島社)

悠戯（イラスト：鉄豚）『迷宮レストラン〜ダンジョン最深部でお待ちしております〜』(宝島社)

〇第4回

＊グランプリ

ダブルてりやきチキン（イラスト：ふーぷ）『回復魔法を得た童貞のチーレム異世界転移記』(宝島社)

＊金賞

舞（イラスト：ときち）『異世界に来たみたいだけど如何(どう)すれば良いのだろう』(マイクロマガジン社／GCノベルズ)

春野隠者（イラスト：羽山晃平）『ゴブリンの王国』(宝島社)

かたなかじ（イラスト：弥南せいら）『再召喚された勇者は一般人として生きていく？』(宝島社)

ブロッコリーライオン（イラスト：sime）『聖者無双～サラリーマン、異世界で生き残るために歩む道～』(マイクロマガジン社／GCノベルズ)

時野洋輔（イラスト：ちり）『成長チートでなんでもできるようになったが、無職だけは辞められないようです』(新紀元社／モーニングスターブックス)

錬金王（イラスト：阿倍野ちゃこ）『転生して田舎でスローライフをおくりたい』(宝島社)

＊メディア賞（書籍化+ドラマCD化）

天音のわる（イラスト：伍長）『ラスボスの向こう側』(宝島社)

＊受賞

ポルカ（イラスト：pica）『明かせぬ正体～乞食に堕とされた最強の糸使い～』(一二三書房／サーガフォレスト)

テラン（イラスト：いちやん）『アリの巣ダンジョンへようこそ！』(双葉社／モンスター文庫)

Sin Guilty（イラスト：しかげなぎ）『いずれ不敗の魔法遣い～アカシックレコード・オーバーライト～』(ポニーキャニオン／ぽにきゃんBOOKS)

Swind（イラスト：pon-marsh）『異世界駅舎の喫茶店』(宝島社)

佐藤清十郎（イラスト：柚希きひろ）『黒き魔眼のストレンジャー 異世界×サバイバー』(宝島社)

Sin Guilty（イラスト：西E田）『異世界娼館の支配人』(宝島社)

時野洋輔（イラスト：冬馬来彩）『異世界でアイテムコレクター』(新紀元社／モーニングスターブックス)

向日葵（イラスト：雀葵蘭）『異世界でもふもふなでなでするためにがんばってます。』(双葉社／Mノベルス)

トラ子猫（イラスト：市丸きすけ）『異世界の魔法言語がどう見ても日本語だった件』(宝島社)

四葉夕ト（イラスト：ミユキルリア）『エリィ・ゴールデンと悪戯な転換　ブスでデブでもイケメンエリート』(双葉社／Mノベルス)

darnylee（イラスト：ToKa）『オークの騎士』(ポニーキャニオン／ぽにきゃんBOOKS)

加藤泰幸（イラスト：げみ）『尾道茶寮 夜咄堂　おすすめは、お抹茶セット五百円（つくも神付き）』(宝島社／宝島社文庫)

左リュウ（イラスト：ひづきみや）『俺は／私は オタク友達がほしいっ！』(ポニーキャニオン／ぽにきゃんBOOKS)

ナカノムラアヤスケ（イラスト：真早【RED FLAGSHIP】）『カンナのカンナ　異端召喚者はシナリオブレイカー』(宝島社)

オスカる（イラスト：生煮え）『希望のクライノート　魔法戦士は異世界限定ガチャを回す』(宝島社)

九重遥（イラスト：なたーしゃ）『キャラクターメイキングで異世界転生！』(宝島社)

paiちゃん（イラスト：ぺけ）『ギルドのお助けマン？』(ポニーキャニオン／ぽにきゃんBOOKS)

名もなき多肉（イラスト：赤井てら）『銀色のスナイパー』(ポニーキャニオン／ぽにきゃんBOOKSライトノベルシリーズ)

kimimaro（イラスト：岡谷）『最強魔王様の日本グルメ』(宝島社)

paiちゃん（イラスト：中壱）『山賊よ、大志を抱け　王国再興を成し遂げるために！』(宝島社)

筏田かつら（イラスト：友風子）『静かの海　あいいろの夏、うそつきの秋』(宝島社)

昼熊（イラスト：新堂アラタ）『自分が異世界に転移するなら』(宝島社)

みゅうみゅう（イラスト：景）『召喚獣ですがご主人様がきびしいです』(宝島社)

クロサキリク『白いしっぽと私の日常』

ひょうたんふくろう（イラスト：pon-marsh）『スウィートドリーム

ファクトリー』(ポニーキャニオン/ぽにきゃんBOOKS)

Aska（イラスト：閏）『スタイリッシュざまぁ』(宝島社)

大地の怒り（イラスト：りりんら）『そのガーゴイルは地上でも危険です〜翼を失くした最強ガーゴイルの放浪記〜』(宝島社)

棚架ユウ（イラスト：るろお）『転生したら剣でした』(マイクロマガジン社/GCノベルズ)

岩月クロ（イラスト：蜂屋マサ）『蜥蜴の忠誠、貴方に誓う。』(宝島社)

ルンパルンパ（イラスト：丘）『奴隷商人になったよin異世界』(ポニーキャニオン/ぽにきゃんBOOKS)

みのろう（イラスト：toi8）『日本国召喚』(ポニーキャニオン/ぽにきゃんBOOKS)

文野さと（イラスト：ヘビチヨ）『ノヴァゼムーリャの領主』(ポニーキャニオン/ぽにきゃんBOOKS)

夜猫（イラスト：月見里大樹）『薔薇姫は支配者として君臨する』(ポニーキャニオン/ぽにきゃんBOOKS)

鏑木ハルカ（イラスト：柚希きひろ）『ポンコツ魔神 逃亡中！』(ポニーキャニオン/ぽにきゃんBOOKSライトノベルシリーズ)

伏（龍）（イラスト：中壱）『魔剣師の魔剣による魔剣のためのハーレムライフ』(新紀元社/モーニングスターブックス)

筏田かつら（イラスト：U35）『君に恋をするなんて、ありえないはずだった』(宝島社/宝島社文庫)

デンスケ（イラスト：ばん！）『四度目は嫌な死属性魔術師』(一二三書房/サーガフォレスト)

ダンジョンマスター（イラスト：大熊まい）『リアル世界にダンジョンが出来た』(宝島社)

✔【モーニングスター大賞】

◎主催レーベル
モーニングスターブックス（新紀元社）

◇規定文字数　制限なし

◇賞金　大賞：30万円＋資料書籍セット（約100冊）　ファンタジー賞：15万円＋資料書籍セット（約100冊）　受賞：10万円＋資料書籍セッ

ト（約100冊）
◇**書籍化**　最低3巻まで確約
○**受賞作**
大賞：灯台『勇者召喚に巻き込まれたけど、異世界は平和でした』
受賞：山路こいし『椅子を作る人』
　　　餅々ころっけ（イラスト：松堂）『必中の投擲士〜石ころ投げて聖女様助けたった！〜』
　　　編乃肌『余命六ヶ月延長してもらったから、ここからは私の時間です』

✓【モンスター文庫大賞・キノコの娘大賞】

※キノコの娘大賞…『oso的キノコ擬人化図鑑』に掲載されているキノコ娘たちを登場キャラクターにした作品が対象。

◎**主催レーベル**
モンスター文庫（双葉社）
◇**規定文字数**　締切までに10万字以上あること
◇**賞金**　最優秀賞：100万円　優秀賞：50万円　奨励賞：10万円　キノコの娘大賞：50万円
◇**書籍化**　確約なし
○**受賞作**
モンスター文庫大賞最優秀賞：
　月夜涙（イラスト：GUNP）『エルフ転生からのチート建国記』
優秀賞：狩真健（イラスト：真空）『魔法の国の魔弾』
キノコの娘特別賞：
　濃縮原液『毒キノコの娘達が支配する異世界に毒の効かない男が舞い降りる』

✓【ラノベ作家になろう大賞】
◎**主催レーベル**
ヒーロー文庫（主婦の友社）
◇**規定文字数**　1ページ40字×34行として80枚〜200枚程度
◇**賞金**　大賞：100万円　優秀賞：50万円　佳作：10万円

◇**書籍化**　確約

※上記は第1回開催時点のものです。

○**第1回**

佳作：九重七六八（イラスト：シコルスキー）『関ヶ原で待ってるわ』

奨励賞：音井駿彦（イラスト：晩杯あきら）『キミガイルセカイ』

　　　　高遠夕（イラスト：植田亮）『竜と飛翔機(スワロー)』

　　　　愛宕而亞（イラスト：りょう＠涼）『ふるおけっ！』

☆受賞作がまだ刊行されていない賞（受賞作決定前の賞も含む）

✓**【ツギクルブックス創刊記念大賞】**

◎**主催レーベル**

ツギクルブックス（ツギクル）

◇**規定文字数**　10万字以上推奨

◇**賞金**　大賞：30万円＋作品分析レポート　優秀賞：10万円＋作品分析レポート　佳作：5万円＋作品分析レポート　AI特別賞：なし。作品分析レポートを送付

◇**書籍化**　特に確約はなし

○**受賞作**

大賞：咲夜（イラスト：PiNe）『カット＆ペーストでこの世界を生きていく』

佳作：佐藤真登『迷宮にて、没落少女は縦ロールを武器に成り上がる』

　　　うみ『ぼっちでもなんとか生きてます（惑星探査物）』

　　　原幌平晴『栄光の昭和』

AI特別賞：ハイジ『転生してみたものの』ほか全31作品

✓**【TSUTAYA×リンダパブリッシャーズ WEB投稿小説大賞】**

◎**主催レーベル**

レッドライジングブックス（リンダパブリッシャーズ）

◇**規定文字数**　5万字以上のもの

◇**賞金**　大賞：15万円　受賞：10万円

◇**書籍化**　確約

※上記は第2回開催時点のものです。

○**Aコース** ※アニメ映像作品の原作を意識した部門

大賞：悪一『魔王軍の幹部になったけど事務仕事しかできません』

受賞：黒羽『【異世界転生戦記】～チートなスキルをもらい生きて行く～』

　　　テトメト『VRMMOでサモナー始めました』

　　　市村鉄之助『この度、公爵家の令嬢の婚約者となりました。しかし、噂では性格が悪く、十歳も年上です。』

入選：曖昧『ハルジオン～口だけ野郎一代記～』

　　　戸津秋太『邪竜を倒した剣聖ですが目覚めたら魔法使いとかいうモヤシ共がのさばっていました。』

✔【ベリーズ文庫＆マカロン文庫　ラブファンタジー大賞】

◎**主催レーベル**

ベリーズ文庫・マカロン文庫（スターツ出版）

◇**規定文字数**　制限なし（7万字～15万字推奨）

◇**賞金**　・ベリーズ文庫部門／大賞：10万円　優秀賞：5万円

　　　　・マカロン文庫部門／大賞：5万円　優秀賞：3万円

◇**書籍化**　・ベリーズ文庫部門／確約

　　　　　・マカロン文庫部門／電子書籍化確約

※上記は開催時点のものです。

○**ベリーズ文庫部門**

優秀賞：一ノ瀬千景『危ない皇子様と密約の舞姫』

　　　　史煌『予知夢姫と夢喰い王子』

○**マカロン文庫部門**

優秀賞：市尾彩佳『隠されてた姫と迎えの騎士』

✔【第1回HJネット小説大賞】

◎**主催レーベル**

HJ文庫・HJノベルス（ホビージャパン）

◇**規定文字数**　締切時点で、あらすじ含まず10万字以上

◇**賞金**　大賞：50万円　受賞：10万円

◇**書籍化**　確約（大賞作品は3巻まで続刊確約）

※上記は開催時点のものです。

小説賞主催出版社に聞く！
新紀元社（モーニングスター大賞）

2016年に創設された新しい〈小説家になろう〉×出版社の小説賞、モーニングスター大賞を主催する新紀元社に、賞についてのアレコレをお聞きしました！

✔ネット小説を取り巻く状況に変化が

――〈小説家になろう〉がタイアップしている小説賞としては最大級の『ネット小説大賞』の第1回、当時は『エリュシオンノベルコンテスト』という名称でしたが、こちらに新紀元社はすでに協力出版社として名前を連ねていました。そもそも〈小説家になろう〉に注目したきっかけを教えてください。

モーニングスターブックス運営（以下、運営） もともとは、コンテストの名称にもなっていた『エリュシオン』というネットゲームのTRPG化企画をきっかけに、コンテストを主催しているクラウドゲートさんとお付き合いがあったことから、協力出版社としてコンテストに参加させていただきました。正直、それまでは〈小説家になろう〉の存在は知らなかったんです。ネット小説自体、会社として特に注目しているということはありませんでした。

――第1回が開催された2012年は、〈小説家になろう〉の知名度も今ほど高くはありませんでした。

運営 そうですね。ただ、コンテストの開催と前後した時期くらいに、ヒーロー文庫さんが創刊されていて、〈小説家になろう〉の作品を書籍化していたんです。創刊第1弾の『竜殺しの過ごす日々』などはすでに人気だったこともあってか、〈小説家になろう〉発のコンテストということで、『エリュシオンノベルコンテスト』に対する書店さんの反応がとてもよくて。また、その頃すでにアルファポリスさんが単行本サイズのライトノベルをたくさん出版されていて、よく売れていたんです。書店さんのなかでも単行本サイズのライトノベルが注目され始めた頃でもありました。それで〈小説家になろう〉にあらためて興味を持ったこと

から、第2回以降のコンテストにも参加させていただくことになりました。そのあたりから、どんどん〈小説家になろう〉への注目度が高まっていったんじゃないかと思います。

――〈小説家になろう〉には、どんな印象を持ちましたか？

運営 あっという間に大きな存在になっていったな、という感じです。『エリュシオンノベルコンテスト』も第2回から『なろうコン』と名称を変え、『エリュシオン』のゲーム世界に基づいた作品でなくても応募できるようにしたこともあって、回を重ねるたびに応募総数が伸びて、こちらも見る見る大きなコンテストになったイメージがあります。第4回以降は現在の『ネット小説大賞』という名称に変わって、〈小説家になろう〉のタイアップ小説賞を代表する賞に成長したのではとも思うのですが、それも含めて、ネット小説を取り巻く状況はずいぶん変わったな、と思います。

――その変化は、どんなところに強く感じられますか？

運営 以前とは比べものにならないくらい、書店にネット小説関連書籍の棚が増えたことですね。

――なるほど。確かに今では専用のコーナーが作られていることも、めずらしくなくなりました。

運営 2012、2013年くらいは、まだ『新文芸』だとかいろいろな呼ばれ方をしていたんですよね。書店さんがネット小説を書籍化したものをどこに置けばいいのか、困惑されていたのを覚えています。

――一般文芸の棚の近くや、一般文芸と同じ棚に並べられていましたね。

運営 レーベルによっては、そういうところに置いてくれ、と要望を出されていたところもあるようです。それが次第に、場所はともかくネット小説を書籍化したものを集めた棚ができて、そのスペースもどんどん増えていって……。見る見るうちに成長するという勢いを感じていました。

✔既存レーベルも後発レーベルも同じ

――〈小説家になろう〉の作品をはじめとしたネット小説の書籍化が台頭してきたことに、戸惑いなり、異質な印象を受けた出版関係者もいるようですが、そういったことはありませんでしたか？

運営 会社としてはなかったです。逆に、大手ライトノベルレーベルさんたちが少し腰が引けていたタイミングでしたので、うちのような小出版社が入り込めたところはあります。それと、ネット小説の書籍化の主流が、四六判やB6判と呼ばれる単行本だったことも影響が大きいと思いますね。

——というのは？

運営 文庫だと、すでに人気レーベルが固定されていることもあって、後発の出版社やレーベルは、棚のスペース争奪戦で圧倒的に不利なんです。ただ、四六判はそこまで棚が固定されていなくて、人気作がすでに刊行されているレーベルも後発のレーベルも、同じ棚で戦えます。それは、大手ではない出版社にとっては、とても魅力的でした。

——『エリュシオンノベルコンテスト』から現在の『ネット小説大賞』まで、協力出版社としてたくさんの応募作を目にしてこられたと思いますが、応募作品や作家の変化などは感じられていますか？

運営 第1回から現在まで、応募数は飛躍的に伸びていますが、傾向としては異世界ファンタジーがいまだ人気ですし、そういう面ではさほど変化はないように思います。ただ、多くの人に読んでもらうため、コンテストに通るための対策を練っているのかな、と感じる作品はずいぶん増えた気がしますね。大筋ではなく、細かな設定や展開などで、ほかと差異をつけようとしている作品が目立つようになってきたんじゃないでしょうか。まだ誰も書いていないようなニッチな設定を、みんなで競い合って探しては使っているような印象がありますね。

——〈小説家になろう〉で人気のジャンル自体に、大きな変化がないことも影響しているのかもしれませんね。

運営 確かにそれはあるかもしれません。わりと定番の展開をする作品が多いですね。

✔2016年、モーニングスター大賞創設！

——『ネット小説大賞』の受賞作をモーニングスターブックスから刊行されていますが、モーニングスターブックスの読者層は男性が中心なのでしょうか。

運営 厳密に調べたことはありませんが、男性が主だと思います。書店

さんへのヒアリングでは、文庫が中心のライトノベルに比べると、四六判で価格も高めなことも影響してか、30代くらいの男性が中心のようです。まったくの新規読者というよりは、〈小説家になろう〉のユーザさんが手に取ってくれている印象です。

——読者の新規開拓は難しいと感じられていますか？

運営 そうですね。ネット小説の書籍化の場合、刊行前に作品を知っている読者の割合が、一般の小説に比べると高いはずです。そのため新人作家であっても、一定のファン層をもっているので安定した売れ行きが期待できます。それ以上の新規読者開拓のためには、たとえば表紙イラストでの"ジャケ買い"を誘うために、たくさん刷って多くの書店に配本する手段もあるのですが、それは会社にとっても作品にとっても、リスクが高いと考えています。多量に配本して、多くの作品のなかから生き残ったものだけを続刊刊行していくのではなく、きっちり続刊を出して既存の読者を離すことなく、裾野を広げていく戦略をとっています。

——2016年には新紀元社単独の小説賞『モーニングスター大賞』が創設されました。これはどういった経緯で創設されたのでしょうか。

運営 『ネット小説大賞』に協力出版社のひとつとして参加させていただいていたのですが、弊社単独の小説賞コンテストはできないかという声が社内から上がりまして……。ぶっちゃけると、社長にいわれたんです。社長発案ですね（笑）。レーベル名は社内公募しました。新紀元社は昔から武器の本をたくさん出していますので、"モーニングスター"というややマニア好みな武器は、レーベル名にぴったりだと感じています。

——それでモーニングスターブックスも誕生したわけですね。

運営 賞に伴って、先駆ける形で作ったのがモーニングスターブックスです。それまでうちから刊行していた『ネット小説大賞』の受賞作の書籍は、特にレーベルに属していなかったんですが、それらもモーニングスターブックスの作品ということにしました。

——既存の〈小説家になろう〉と出版社のタイアップ小説賞に対して、意識的に差別化を図った点はありますか？

運営 ほかの賞との違いを打ち出すというよりは、新紀元社という出版社の色を出すという意味で、ファンタジー賞を設けることは、最初から

決めていました。

――特徴的だと思ったのは、受賞作を3巻までは刊行確約している点です。受賞の際に書籍化を確約している賞はたくさんありますが、『モーニングスター大賞』のように「3巻確約」をしているところは、そうないように思います。

運営 先ほども少しお話しさせていただきましたが、うちは大部数ではないけれど、きっちり続きも刊行して読者さんを掴んでいくやり方なので、それも差別化を図るためというよりは、自然な流れで決まったものです。それと、3巻まで出すというのは、次の巻はいつ頃ですよ、と書店さんにお伝えできるので、営業しやすいという利点もあるんです。受賞した作者さんたちにしてみても、1巻の次が出るのかどうかわからないと、不安になりながら書籍化作業をしていただくよりは、3巻までは確実に出るとわかっているほうが、安心して楽しく作業してもらえるんじゃないかと思いまして。なので「3巻確約」については、賞としてハッキリと謳っておこうとは思っていました。

✔ファンタジー賞は次回に期待！

――もうひとつ、次の選考に進めなかった作品のなかから選ばれる「社長賞」の存在もユニークですよね。

運営 初めての賞なので、どれだけの〈小説家になろう〉の書き手さんたちが参加してくれるかわかりませんでしたが、何点受賞作が出ても、それは応募してくださった作品数からみれば、一握りにしかならないわけです。ただ、せっかく応募してくださって選に漏れてしまった方たちにも、モーニングスター大賞に応募してよかったな、楽しかったな、と思ってもらえるようにしたいという気持ちがありました。それがきっかけですね。それと、新紀元社はファンタジー関連の資料になるような本をたくさん刊行していますので、創作している人たちに読んでもらえたらうれしいという気持ちもありました。なので、「社長賞」と銘打って、弊社の本をプレゼントしたいな、と（笑）。

――受賞作の副賞としても、資料本の贈呈が約束されていますね。

運営 うちの資料本を読んで、どんどん作品を書いてくれたらうれしいですね。受け取ってくれた方たち、みなさんに喜んでいただけたようで、

よかったです。
——ファンタジー賞の創設にも通じるところはあると思いますが、やはりファンタジー作品を押したい気持ちが?
運営　いえ、どんな作品でも面白いものを求めていますし、それはファンタジー作品に限ったことではありません。ただ、新紀元社はファンタジーに縁の深い出版社でもありますので、ファンタジーを書きたい人たちの力になれればやっぱりうれしいですし、〈小説家になろう〉の主流人気作品とはまた違ったファンタジー作品があれば、注目度やポイントとは関係なく、応援していきたい気持ちもあるということです。
——ファンタジー賞の選考に対しては、一段と見る目が厳しくなった、ということはありましたか?
運営　それはないですね。新紀元社の資料本に準拠していないからダメなんてことも、もちろんありませんし。ファンタジー賞のことは常に念頭におきながら選考はしましたが、今回は賞の該当作がなしという結果になって、とても残念です。次の機会に期待したいですね。

✔ その書き手ならではのものを
——ファンタジー賞に限らず、実際に『モーニングスター大賞』のエントリーがスタートしてからの手応えというのは、いかがでしたか?
運営　予想外の応募をいただいて、びっくりしました。実のところ、最低ラインとして1000作品の応募を目指してはいたのですが、2週間くらいで2000作を超えて、そのスピードも予想外でした。最終的には4859作品になったのですが、ここまでご応募いただけるとはまったく予想していませんでした。
——うれしい悲鳴ですね。
運営　スタッフによる感想も、当初は1000作を想定して5人にひとりはつけられるイメージだったのですが、たくさんご応募いただいたことで、本当に一部の方々にしか編集部の感想をつけることができなかったので、申し訳なかったです。
——応募作はやはり異世界ファンタジーものが主流だったのでしょうか。
運営　そうですね。そんななか、SFやミステリー作品などもご応募いただいて、うれしかったです。

――あえて、ファンタジー賞に狙いを定めて応募してきた作品などもありましたか？

運営 特にそれだけを目指して応募してくださった作品は少ないと思います。これは、我々がファンタジー賞の審査基準を明示していなかったせいでもあると思います。受賞作を出せなかったことと合わせて、申し訳なかったです。

――選考のために作品を読まれて、印象に残ったことを教えてください。

運営 〈小説家になろう〉でのポイントがすべてを表しているとは決して思っていませんが、比較的ポイントの高い、特にほかの出版社ですでにデビュー済みの方の作品は、さすがに読者を掴む手腕に長けていると感じることが多かったですね。ポイントや作者名を隠してブラインドで下読みしても、そうした作品が選考に残る割合が高かったです。しかし、ポイントの低い作品のなかにも、光るものを感じることは多くありました。いわゆるポイントでの足切りはしないと決めていたので、そうした発見があるのはうれしかったですね。

――惜しくも選考から漏れた作品に共通する感想はありますか？

運営 そうですね……選考を通らなかったものすべてがそうだったわけではもちろんないのですが、設定にしても世界観にしても、どこかから借りてきたフォーマットに載せたような、それらが書き手のものになりきっていない作品が多い印象がありました。まったく目新しい設定や世界観でなくても、その書き手なりのものを感じさせてくれるといいな、とは思いましたね。結果、その書き手ならではの光るものがある作品が受賞したんじゃないかと思います。

✓丁寧に作品を送り出していきたい

――現状、ネット小説の書籍化はめずらしくなくなりましたが、今後に関してはどう捉えられていますか？

運営 棚がどんどん増えたような勢いはもうない、というより、現実問題、書店さんの棚がもうめいっぱいだと思います。これ以上、増えないところまで来ているんじゃないかと。そうすると、書籍が店頭に置かれる期間も短くなりますし、既存レーベル・新規レーベル含めて、書籍化作品の淘汰が始まると思います。

——モーニングスターブックスとしての展望を教えてください。

運営 淘汰を生き抜くために、恐竜化といいますか、大部数でギャンブルを打ち続けるやり方もあるとは思うのですが、モーニングスターブックスとしては、まず作家さんと一緒に丁寧に作品を送り出していきたいと思っています。もちろん、他メディア化という目標も、持っていないわけではありませんよ。

——第2回モーニングスター大賞も開催されるとのことですが、第1回のときは、応募要項に書かれていたにもかかわらず、ほかの小説賞との重複応募もあったようですね。

運営 たとえ作品が本当はどれだけ面白くても、重複応募の時点で読まれずに落選になってしまいますので、応募要項はきちんと読んでいただけたらと思います。もったいないですからね。

——では、次回応募作に求めるものはなんでしょうか？

運営 ぜひ参加してください、ということですかね。第1回と変わらず、ジャンルも不問ですし、応募段階での文字数も〈小説家になろう〉でのポイント数も知名度も問いません。誰にでも受賞の可能性があるコンテストなので、ぜひ作品を応募してもらえたらと思います。

——ありがとうございました。

モーニングスター大賞

■応募資格
　プロ、アマ、年齢不問。「小説家になろう」に商業未契約の作品を期間中に投稿し、キーワード設定できる方。「小説家になろう」の規約に違反していない方。

■応募方法
　「小説家になろう」に投稿している作品(完成・未完は問わず)に『星球大賞』をキーワードとして設定。
　※オリジナル作品に限る。投稿作のジャンルは不問。
　※外国語で書かれている作品、過度な性描写・残虐描写が描かれている作品は選考から除外。
　※複数作品の応募可。
　※選考期間が被る他コンテストとの同時応募不可(他コンテストでの落選確定後は応募可能)。

■賞特典
　大賞：賞金30万円＋書籍化＋副賞(約100冊資料書籍セット)
　ファンタジー賞：賞金15万円＋書籍化＋副賞(約100冊資料書籍セット)
　受賞：賞金10万円＋書籍化＋副賞(約100冊資料書籍セット)
　※各賞複数選出される可能性あり。
　※最低3巻までの刊行を確約(作品の文字数によって3巻刊行が不可能な場合もあり)。

＊第1回開催時のものです。　＊第1回受賞作はP.141参照。

Phrase.3

もっと詳しく！
デビューまでの道のり
～出版社から連絡編～

ある日突然、自分が書いた作品に出版社から書籍化の打診が！
そんなとき、どんなことに気をつければいい？

出版社が作品に注目！
まずは運営経由で連絡が来る

P.124でも少し触れましたが、出版社から〈小説家になろう〉のユーザに作品の書籍化を打診する際は、必ず〈小説家になろう〉の運営から連絡が来ます。例外は、個人サイトなどでもその作品を掲載していて、サイト運営者とそのユーザが明らかに同一人物だとわかる場合で、そういうときは公開されているメールアドレスやメールフォームなどを使って、出版社から直接連絡が来ることもあります。

〈小説家になろう〉の機能を利用して出版社から連絡が来た場合は、利用規約違反となりますので、〈小説家になろう〉のページ最下部にあるメニューの［お問い合わせ］より、「どんな機能を使って、いつ、どこから連絡があったか」を運営に伝えてください。そのときは、該当のメッセージなどは削除せず、残したままにしておきましょう。運営から連絡が来るまで、返信などの対応はしないようにしましょう。

運営からの連絡には、運営が出版社から預かった文面が添えられています。内容に目を通し、その書籍化打診を受けるかどうかを決めてください。内容によっては、「書籍化を検討」していて「書籍化の確約」で

はない場合もあります。その時点で疑問点などがあるときは、うやむやにせずに、きちんと確認を取るようにすることでトラブルを防げます。その後は運営を経由せず、文面内に記載されている出版社の連絡先に直接連絡をして構いませんので、納得がいくまで出版社とやりとりをしましょう。書籍化打診を断る際に連絡先などが相手に伝わることを懸念する場合は直接のやりとりをせず、出版社に送る文章を添えて、[お問い合わせ]から運営に連絡することで、転送してもらえます。

運営が取り次ぐ場合、相手先に対してある程度の信用調査が行われています。ただ、なかには、新しく小説業界に参入してくる企業もあるでしょうし、既存の出版社でもこれから創刊予定のレーベルだったりして、連絡を取る際に個人情報を伝えるのに不安が拭えない人もいるかもしれません。そのような場合は、契約などで必要になるまでは、個人情報を明かさずに話を進めていくといいでしょう。出版社との連絡に、Gmailなどフリーメールのアドレスを使うのも問題はありません。〈小説家になろう〉で登録しているメールアドレス以外を使ってもOKです。

 デビューまでの道のり MEMO

出版社から書籍化の打診が！　どんなことに気をつけたらいい？

書籍化打診の連絡方法はなにか

| 〈小説家になろう〉の運営から連絡 | 個人サイトなどを利用して直接出版社から連絡 | メッセージなど〈小説家になろう〉の機能を利用して連絡 |

書籍化打診の内容を検討

書籍化は確約か？
疑問点はないか？　ある場合は出版社に質問を

返事をする

| **書籍化打診を受ける** | **書籍化打診を断る** |
| →出版社に直接連絡 | →断りの文面を添えて、運営に連絡 |

Phrase.4

もっと詳しく！デビューまでの道のり
~いざ書籍化作業編~

自分の作品が書籍化されることに！　書籍が完成するまで、作者はどんな作業をすればいいのか。気になるアレコレを解説。

まずは、出版契約書を交わす
契約時に気をつけるべきことは？

✓著作権と出版権

　出版社から書籍が刊行されるとき、出版社と作者は出版契約を交わします。これは、出版社が著作物を出版する際に、著作者の権利を侵害せず、著作者の許諾を得たうえで出版したり、著作物を利用したりするように交わされる約束のことです。〈小説家になろう〉で書いた作品が書籍化されることになったとしたら、やはり出版社と作者の間でこの出版契約が締結されます。

　出版契約の詳細な内容は出版社によって異なりますが、どの出版契約でも必ず、著作物を出版社が印刷することを作者が承諾する約束は取り交わされます。なぜなら、出版社が勝手に作品を書籍化することはできないからです。それはなぜかを説明する前に、意外と知られていない「著作権」について、おさらいしておきましょう。

・著作権／知的財産権（知的所有権）のひとつで、文化的な創作物を保護の対象とする。著作権法で保護されている。
・文化的な創作物／文芸、学術、美術、音楽などのジャンルに入り、人

間の思想、感情を創作的に表現したもの。著作物のこと。
・著作者／著作物を創作した人。

(参考／公益社団法人著作権情報センター公式サイト)

　たとえば、特許権や商標権といった産業財産権（工業所有権とも。これも知的財産権のひとつです）は、登録しなければ権利が発生しませんが、それに対して著作権は、著作物を創作した時点で自動的に権利が発生し、権利を得るための手続きを一切必要としません。しかも原則として著作者の死後50年まで、その権利は保護されます。なので、〈小説家になろう〉に発表した時点で、作者は著作権を持っているわけです。

　なぜ、作者の許可なしに出版社が本を出すことができないかというと、著作権を英語で"copyright"（copy＝複製・right＝権利）というように、著作権には"複製権"というものが含まれているからです。著作権者は、著作物を複製するかどうかを決めることができます。出版するためには印刷しますが、印刷はいわば大量コピーですので、著作権者が許可しないのに印刷（複製）することは、著作権侵害になるわけです。
　そのため、出版社は作品の複製権を持っている著作権者から、出版してもいいですよ、と"出版権"を認めてもらわなくてはなりません。出版契約は、作者と出版社の間で出版権を承認し、著作権使用料が支払われる取り決めをまとめたものといえます。
　ただし、〈小説家になろう〉×出版社の小説賞に限らず、公募している小説賞の多くは、応募要項などで受賞作品の出版権が主催出版社に帰属する旨が明言されているため、受賞作の作者はすでに出版権を許諾済みの扱いとなります。出版契約では、あらためてそれが明文化されます。

✔出版契約をする

　契約書の文面というのは、利用規約のように見慣れない単語がたくさんあったり、難しい言い回しがされていたりすることから、読んでもよくわからないと諦めたくなってしまうかもしれません。でも、作者の権利を守るための大切なことが詰まったものですから、がんばって最初から最後まで目を通しましょう。出版社の人もことさら丁寧に説明してく

れるはずですが、どうしてもわからないことが出てきたときは、遠慮せずにどんどん質問しましょう！

【出版契約のチェックポイント】
○著作権
　賞とは関係なく作品が書籍化されることになった場合、その契約での著作権の扱われ方は、特にチェックしましょう。複製権など著作権の一部は譲渡できる権利なため、出版社によっては著作権譲渡の内容が契約に盛り込まれている場合があります。また、映像化やゲーム化、商品化などの二次的著作物の利用権が著作者と出版社のどちらに帰属するのかも、きちんと確認しておきましょう（基本は著作者）。

　小説賞を受賞して書籍化される場合、大概の小説賞は応募要項などに、受賞作の出版や二次利用などの権利について記載されているので、契約書でもその通りになっているか、チェックしましょう。

　小説賞によっては、受賞した時点で受賞作品の出版権などを含む著作権（著作者としての権利全般）が主催出版社のものになったり、受賞作に関する著作者人格権を行使しないことを承諾するものとされていたりします。契約の時点で「知らなかった！」「それはちょっと……」は通用しませんので、その賞の著作権の取り扱いに疑問がある場合は、初めからその賞には応募しないようにしましょう。

※著作者人格権……公表権（未公表の著作物を公表するかしないか、するならいつどんな方法で公表するか決めることができる権利）・氏名表示権（著作物を公表する際、著作者名を表示するかしないか、するなら実名かペンネームかを決めることができる権利）・同一性保持権（著作物の内容またはタイトルを自分の意に反して勝手に改変されない権利）がある。

（参考／公益社団法人著作権情報センター公式サイト）

○契約期間
　契約書が効力を持つ期間はいつまでか、契約終了時期を確認しておきましょう。決められた年数ごとに自動更新という場合も多くあります。

○著作権使用料
　印税と原稿料扱いがあります。印税とは、『本体価格×決められた印税率』が部数に応じて支払われるもので、この印税率は出版社によって違います。また、印刷した部数だけ支払われる発行印税か、実際に売れ

た部数だけ支払われる売上印税かの違いもあります。ほかには、契約書に「印税は10％」とあっても「初刷の7割を保証する」というような文言が続いていたとしたら、それは「刷り部数の7割分は印税率10％で、残りは実際に売れた場合に支払う」という意味で、実際の初刷時の発行印税は7％ということになります。

　印税ではなく、買い切りの原稿料として対価が支払われる場合もあります。その場合は、重版がかかっても追加の支払いはありませんが、そのぶん少部数の印税契約よりも高額に設定されることが多いようです。

○献本・著者購入条件

　関係者などへの献本（贈呈）分として、出版社から作者へ無償で提供される部数（一般的には10部前後）を確認しておきましょう。また、大概の出版社では作者は自分の本を割引価格で直接購入することができますので、何割引きで何冊まで買えるのかも同様にチェックしましょう。

○他社デビューの可・不可

　出版権はその著作物を独占的に出版する権利でもありますので、契約を結んだ作品は、他社で刊行することはできません。ただし、作家としてその出版社でしか本を出さないという専属契約を結んでいない限りは、他社から別作品を刊行することは可能です。ただし、他社でのデビュー（作家活動）について、契約書で触れられていないかを、よく確認してください。

デビューまでの道のり MEMO

出版契約時に気をつけるポイント

著作権は誰の手に? →	基本は作者。小説賞によっては、受賞が決定した時点で出版社に帰属する場合もある。映像化、商品化など、二次利用時の権利についても要確認
契約期間 →	終了時期は? 自動更新?
著作権使用料 →	印税か? 印税率は? 発行印税 or 売上印税? 原稿料か?
献本・著者購入条件 →	無償で提供される部数は? 作者が出版社から直接購入する場合の価格と購入可能冊数は?
他社デビューの可・不可 →	他社レーベルから別の作品を出していいのか?

☆**契約書はとにかく熟読! わからないことは遠慮せずに質問!**

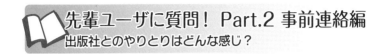

先輩ユーザに質問！ Part.2 事前連絡編
出版社とのやりとりはどんな感じ？

佐崎一路

(モーニングスターブックス『吸血姫は薔薇色の夢をみる』『リビティウム皇国のブタクサ姫』)

Q1 出版社からどんなふうに連絡が来ましたか？ そのときの率直な心境も教えてください。
A1 私の場合は、『吸血姫は薔薇色の夢をみる』が第2回なろうコン(現・ネット小説大賞)の入選作ということで、先に主催しているクラウドゲート様からメールをいただき、しばらくはクラウドゲート様経由で新紀元社様とやりとりをしていました。

受賞が決まって書籍化できると聞いたときは素直にうれしかったのですが、ちょうど同時期に『リビティウム皇国のブタクサ姫』を書籍化したいというオファーを他社から受け、どちらを優先させたものかと、かなり悩みました。

最終的に、処女作である『吸血姫は薔薇色の夢をみる』に思い入れがあり、こちらを書籍化してくださるという新紀元社様にお願いすることにしました。

Q2 出版社とやりとりをするなかで、心配だったことや疑問に思ったことを教えてください。
A2 こちらは地方在住ですので、打ち合わせとか校正作業とか、いちいち東京の出版社まで行かなければならないのかな～、カンヅメとかあるのかな～と、不安でした。

実際には、年に一度会うかどうかで、ほとんどメールと郵便でのやりとりで終始しています。

日曜

(モーニングスターブックス『ダンジョンの魔王は最弱っ!?』)

Q1 出版社からどんなふうに連絡が来ましたか？ そのときの率直な心境も教えてください。
A1 うれしかったということしか覚えていないです。正直うれしすぎて、電話の内容は取っていたメモを読み返すまで忘れていました。結構細かい話もしてたんですね。

Q2 出版社とやりとりをするなかで、心配だったことや疑問に思ったことを教えてください。
A2 心配だったのは、実は自分は詐欺にでもあっていて、出版なんて嘘なんじゃないかと思っていたことです。新紀元社の方々と顔を合わせてご挨拶するまで、結構本気で心配していました。疑問だったのは、出版に関しての知識がなかったので、それに関することです。

早秋

(モーニングスターブックス『塔の管理をしてみよう』)

Q1 出版社からどんなふうに連絡が来ましたか？ そのときの率直な心境も教えてください。
A1 担当者から電話で連絡が来ました。そのときの心境は、ありきたりですが、嘘じゃないだろうな、というものでした。

Q2 出版社とやりとりをするなかで、心配だったことや疑問に思ったことを教えてください。
A2 初めは自分がなにを用意すればいいのか、どう対処すればいいのか、すべてが不安でした。もっとも、それは作業を進めていくなかで、少しずつ解消していきました。

時野洋輔

(モーニングスターブックス『成長チートでなんでもできるようになったが、無職だけは辞められないようです』『異世界でアイテムコレクター』)

Q1 出版社からどんなふうに連絡が来ましたか？ そのときの率直な心境も教えてください。

A1 私のところへ最初に書籍化打診が来たのは、〈小説家になろう〉の運営からのメッセージでした。今でも覚えています。公園でスマホを見たとき、新着メッセージがありました。

誤字報告かなと思って開いたら、運営からのメッセージで「書籍化打診のご連絡」とあって、そのときは目を疑いました。

その後、出版社にメールを送って、しばらくはメールでのやりとりが続きました。

Q2 出版社とやりとりをするなかで、心配だったことや疑問に思ったことを教えてください。

A2 一番の不安は、「やっぱりなし！」といわれることでしたね。書籍化打診をされて、果たして「その話はお流れになりました」といわれるのではと思って、それは不安でした。

そういう話もたまに聞きますから。

そればかりは、こちらはどうしようもありませんものね。

でも、もしも同じような不安を持つ人がいたら、こう思ってください。「一度書籍化の打診が来るくらいだから、きっと私の作品は面白い。なら、ここがダメでも次の打診があるさ」と。

伏 (龍)

(モーニングスターブックス『魔剣師の魔剣による魔剣のためのハーレムライフ』)

Q1 出版社からどんなふうに連絡が来ましたか? そのときの率直な心境も教えてください。

A1 ネット小説大賞に応募していたので、最初は〈なろう〉アカウントのメッセージにクラウドゲートさんから打診がありました。その後、クラウドゲートさんから評価していただいた出版社さんから連絡があり、連絡先の仲介をしていただきました。その後は出版社さんの担当さんとメールでやりとりをしています。

受賞の連絡が来たときは、最初はなにかの詐欺なのではないかと疑いました(笑)。でも何度見直しても正規の連絡でした。それでもまだ喜びよりも戸惑いのほうが大きかったです。というよりも、喜んでしまうとなんかどんでん返しがありそうで、必死に喜ばないようにしていました。「え、本当に? いやいや、まだ喜ぶのは早い。やっぱり間違えましたとかいわれるかもしれない」そんな感じでした。

Q2 出版社とやりとりをするなかで、心配だったことや疑問に思ったことを教えてください。

A2 なにぶんすべてが初めてのことで、全部が心配でした。でも、担当の人たちは皆さんいい人ばかり。こちらの連絡に対するレスポンスも早かったので、やりとりのなかで不安に思うことはあまりありませんでした。

書籍化作業の流れを見ていこう
原稿が1冊の本になるまでには、どんな作業がある？

✓ まずは編集部（出版社）と打ち合わせ

　書籍化が決定したら、刊行元である出版社と打ち合わせをすることになります。打ち合わせは、書籍化作業の第一歩です。

　特に最初の打ち合わせは、顔合わせ的な意味合いもあり、出版社まで作者が出向くこともありますし、作者のもとに出版社の人が行くこともあります。それ以降の打ち合わせは、メールや電話が中心になることもめずらしくありません。

　出版社との打ち合わせでは、果たしてどんなことをするのでしょうか。もちろん、出版社やレーベルによって多少の違いはありますが、初期の打ち合わせは、主にふたつの重要な点について話をしていくことになります。

　ひとつは、契約など事務的なことについてです。その出版社とどんな出版契約を結ぶのか、詳しい内容について出版社から説明があったり、刊行スケジュールについての説明などがあったりするでしょう。

　もうひとつが編集作業についてで、こちらが書籍化作業に関してのメインの打ち合わせ要素になります。

　打ち合わせから実際に本になるまでの流れのなかに、作者が関わらなければならないことは多々ありますし、書籍化作業に取りかかるにあたって、今後の作業についての説明もあるでしょう。

　原稿ができあがったからといって、すぐに本になるわけではありません。

　本として完成するまでには、いくつもの作業工程があるのです。

[書籍化作業の主な流れ]
①書籍化に向けて、加筆や修正などの改稿作業
②カバーや本文挿絵など、イラストの発注

③校正作業
④印刷所へ入稿
⑤書籍完成
⑥宣伝

　打ち合わせが重要な意味を持つのは、特に①の部分、原稿の改稿作業についてです。

　Web小説として発表されていた作品に、まったく手が加えられることなく書籍化されるということは、ほぼありません。程度の差はあれ、Web小説から書籍化された作品には、なんらかの形で加筆や修正といった改稿が施されています。

書籍化の流れ

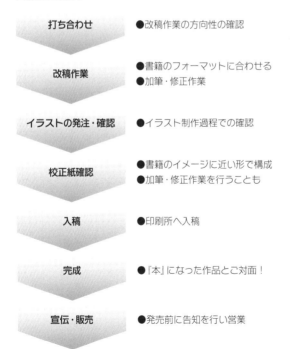

打ち合わせ	●改稿作業の方向性の確認
改稿作業	●書籍のフォーマットに合わせる ●加筆・修正作業
イラストの発注・確認	●イラスト制作過程での確認
校正紙確認	●書籍のイメージに近い形で構成 ●加筆・修正作業を行うことも
入稿	●印刷所へ入稿
完成	●『本』になった作品とご対面！
宣伝・販売	●発売前に告知を行い営業

たとえば、作品がすでに完結していて、その出版社の文庫なり単行本なりのフォーマットに合わせてちょうど1冊分くらいの分量だったら、作者の改稿作業量もずいぶん少なくて済むのですが、そのようなケースはめったにありません。1冊分に足りなくても、オーバーしていても、加筆や修正といった改稿作業は必要です。
　この改稿作業の方向性に関しては、打ち合わせを通して出版社（編集者）と作者の間ですり合わせが行われます。

　分量が足りない場合は、どのような要素を加えたり、どのエピソードを膨らませたりしながら改稿する必要があるか、打ち合わせをします。
　また、オーバーしている場合には、どこまで収録するかを中心に、加筆や修正が必要な箇所についてなどを話し合います。
　改稿の方向性に関しては、もとのWeb小説版を重視されることが多いようですが、出版社によっては、必要に応じて新しいキャラクターを登場させることなどを提案してくる場合もあります。

　打ち合わせの段階では、細かな修正箇所ではなく、作品全体に関する話が主になるでしょう。前述したような、その書籍にどのエピソードまで収録するのか、書籍版オリジナルのエピソードやキャラクターを加えるのか、といったことをはじめ、書き下ろし短編を加えるのかどうかなど、どんなふうに1冊にまとめるのかについても、出版社の意向を交えつつ、打ち合わせていきます。

　打ち合わせで大事なのは、自分が考えていることを出版社（編集者）にきちんと伝えることです。

　たとえば、その作品で特に大切にしているキャラクターやエピソードがある場合は、その気持ちを伝えるだけでもいいでしょう。具体的な構成案がある場合は、積極的に提案してもいいですし、修正すべきだと自覚している箇所があったら、そこについて触れるのもいいでしょう。もしかしたら、よりよい改善案が提案されるかもしれません。

改稿だけに限らず、書籍化作業を進めるにあたって不安や疑問があるなら、それが漠然としたものであっても、出版社（編集者）に投げかけてみることをおすすめします。打ち合わせは、出版社（編集者）と作者とのキャッチボールですから、相手のいうことを受け取るだけでなく、作者からも投げていいのです。そのボールのやりとりが、最初の打ち合わせを皮切りに何度も繰り返されるわけですから、変に遠慮することなく、相手にボールを投げましょう。

デビューまでの道のり MEMO

出版社と書籍化打ち合わせ。どんなことをするの？

出版契約、スケジュールなどの確認　　改稿作業についての打ち合わせ

書籍には、どこまで収録？

新エピソードや
新キャラクターを加える？

書き下ろし短編などを収録する？

加筆・修正時の注意点などについて

☆**自分の意見をしっかり伝える！**
☆**疑問点や不安に思ったことなどは、遠慮せずに相談！**

✔書籍化作業に関する編集部とのやりとり

　書籍化作業は、編集部（編集者）と作者が、電話やメール、ときには直接会って打ち合わせをしたりといった、密なやりとりを繰り返しながら、進んでいきます。編集部とのやりとりなしに進む作業はないといってもいいかもしれません。

　そのやりとりは、改稿作業だけに限ったことではなく、様々な作業が作者と編集部のやりとりを通じて進んでいきます。
　書籍化作業に関して、編集部と作者の間で行われる主だったやりとりについて、細かく見ていきましょう。

編集部との主なやりとり（例）

①改稿作業	●加筆・修正点の打ち合わせ ●原稿チェック→確認と修正を繰り返しながら、1稿、2稿と原稿のクオリティに磨きをかけていく
②イラスト関連	●キャラクター設定などの確認→イラストレーターに発注 ●キャラクターデザインやカバーイラストなど、イラストレーターからあがってきたものの確認
③校正作業	●校正紙チェック→修正（場合によっては加筆も）
④販促物関連	●書店特典ペーパー用の書き下ろしSSなど ●ポスター、ポップなどの確認
⑤その他	●出版社サイト用の企画などへの協力 ●事務連絡　　などなど

　①の改稿作業では、打ち合わせた改稿作業の方針に基づいて、作者がまとめ直した改稿原稿をまず編集部が確認します。
　基本的な誤字脱字、日本語の用法の正誤などをチェック。原稿に修正指示を入れていきます。それとあわせて、内容的に加筆・修正したほうがいいと思われる箇所について、編集部からの要望が作者に連絡されま

す。それを受けて、作者は改稿作業を再度進めます。これを繰り返すことで、原稿のクオリティに磨きをかけ、よりよいものに仕上げます。

②のイラスト関連とは、キャラクターデザインやカバーイラスト、本文挿絵に関する作業全般です。

作品に基づいて、イラスト化する主要キャラクターの設定を作者・編集部間で確認します。それをもとに編集部が担当イラストレーターに依頼し、イラストレーターから届いたキャラクターデザインのラフ画像を、編集部が作者に送付します。作者のイメージと異なる箇所をイラストレーターが修正しつつ、キャラクターデザインを確定させます。

その後、カバーイラストや口絵、本文挿絵を編集部がイラストレーターに依頼し、送られてきたラフを作者も確認します。編集部によっては、キャラクターデザイン以降のカバーイラストなどについて、確認を含む作業を編集部がすべて請け負っているところもあります。

③の校正作業では、実際の書籍のページと同じようにレイアウトされた校正紙（ゲラ）を、まず編集部や校閲がチェックしていきます（編集部のみが校正を担当する場合もあります）。

修正箇所や疑問点などが書き込まれた校正紙が編集部から作者のもとへ送られてきたら、今度は作者がその校正紙に目を通します。編集部や校閲からのチェックを確認するほか、文章の手直しなども行います。作業を終えたら、作者はそれを編集部に返送します。

加筆・修正箇所を反映した校正紙ができたら、再度確認作業を進めますが、作者が校正紙を確認する機会は、1回から複数回まで、編集部によって違います。校正作業中に生じた疑問などを、編集部と作者が直接やりとりして解消することもあります。

④の販促物関連についてのやりとりでは、たとえば販促特典ペーパー用に書き下ろすＳＳ（ショートストーリー）の内容の打ち合わせなどがあります。こういったＳＳでも、一般的には校正作業は行われます。

それから、書店用にサイン本の製作を依頼する連絡が編集部から作者に届く場合もあります。その際は、作家名以外に書かなくてはいけない

ものがあるか（日付けなど）を編集部に確認しましょう。

　また、書店用のポスターやポップなどの確認を、編集部から作者に依頼される場合もあります。作者ができる宣伝として、〈小説家になろう〉や個人サイト、ブログ、ツイッターなどを利用しての告知を行おうと考えているときは、情報の食い違いなどで発生するトラブルを避けるためにも、事前に作者と編集部で告知解禁日や告知内容などのすり合わせを行いましょう。

　そのほか、レーベルや出版社の公式サイト、作品の特設サイトなどがある場合は、そこに掲載される企画への協力（たとえば、作者インタビューや作者コメントなど）を求められることがあり、そのような連絡も編集部から作者に届きます。

　ほかには、もろもろの手続きなど様々な事務連絡も、編集部から作者のもとに届くことが多いでしょう。

　作者にとって、出版社との窓口が編集部（編集者）ですから、必然的に編集部とのやりとりは多くなります。主にメールでのやりとりが中心になることが多いので、普段あまりマメにメールチェックをしない人も、書籍化作業中は意識的にメールチェックをするようにしましょう。

デビューまでの道のり MEMO

書籍化作業。編集部とは主にどんなやりとりをするの？

▼

改稿作業
イラスト関連
校正作業
販促物関連
その他

↓

様々な作業を編集部とやりとりしながら進めていく
逐次、疑問点などは編集部に質問を！

✔改稿のポイント

　出版社と打ち合わせを終えたら、改稿作業の開始です。どんな出版社のどんなレーベルであっても、この作業が行われない書籍化はまずありません。編集部から改稿についての意見がどれだけ出されるかには違いがあるでしょうが、作者がもとの原稿を見返し、手直しする時間は与えられるものです。とはいえ、なぜ改稿作業が必要なのでしょうか。

　改稿とは、一度書き上げた原稿に加筆や修正を行うことです。
　Web小説の書籍化に限らず、完成原稿を書籍の形にするためには、ほぼ必ずといっていいほど行われる作業であり、それは文章の微調整だけにとどまりません。ときには設定や展開にも変更が加えられ、全面的に改稿され、もとの原稿とはまた違った印象の作品になることもあります。
　改稿作業は、その作品のクオリティアップを目指して行われるものです。読者により面白いと思ってもらえるように、より伝えたいことが伝わりやすくなるように、作品に磨きをかけるのです。

　作品の質の向上を目指して、改稿作業では主に次の3つのポイントを重点的に見直していくといいでしょう。

①構成
②内容
③文章

　改稿作業でもうひとつ意識しておきたいのが、Web小説を書籍化するという点です。
　主に横書きで書き、読まれていた作品が、例外を除いて縦書きになります。単なる文字列の方向の違いと思いきや、意外と画面（紙面）から受ける印象が違うものです。たとえば、〈小説家になろう〉の小説閲覧ページで読んでいたときは特に気にならず、読みやすいとさえ感じさせていた空白行の多さが、書籍のフォーマットにあてはめてみると、なんだかページがスカスカで違和感を覚える、なんてことも。そのため、書籍化にあたり、まずは不要と思われる空白行の削除が必須の作業として

求められることもあります。

　改稿作業に取りかかる前に、まずは作品のテキストを書籍のフォーマットに合わせてみましょう。

◎Point①　構成

　出版社（編集者）との打ち合わせで、書籍にどの回（エピソード）まで収録するかなど、基本的な構成は決まっていると思います。特に出版社から構成に関して意見や希望を出されていない場合は、書籍にどこまでまとめたいかを、まず考えましょう。

　大まかに固まっている構成に沿いながら、物語の流れに違和感がないか、また展開に齟齬がないかなどを見ていきます。その際は、1冊の本としてのまとまりを意識するといいでしょう。

　たとえば、書籍化される部分が作品全体から見て「起」と「承」のパートだったとしても、1冊の本として考えたときに、その部分だけでは盛り上がりに欠けてしまいます。たとえ全体では「起」「承」を担う部分であっても、その1冊内で起承転結のようなメリハリがついていないと、読者を物語に引き込むことは、なかなか難しいのです。

　そのメリハリをつけるために、エピソードの追加や展開の修正などが必要になる場合もあります。ただし、構成に手を加えたときは、物語の流れに違和感がないかなど、再度チェックするようにしましょう。

　また、決められたページ内に希望のところまで収めるために、エピソードやシーンの削除（短縮）、展開の変更などを余儀なくされることもあります。その場合、どこに手を入れていいか迷うときは、書籍収録分のストーリー展開に対する重要度で考えてみるといいかもしれません。ストーリーの骨組みに照らし合わせて、そのシーンは物語を展開させるのに必要不可欠かどうか。キャラクターを表現するのに必須のものか。重要度が低いものから削除（短縮）候補に挙げていきましょう。

◎Point②　内容

　ひとつの話を長く書きつづけていると、キャラクターを動かしたり、

エピソードをいくつも重ねていくこと自体が楽しくなったりして、本筋から外れてしまうなんてこともよくあります。書いている作者の楽しい気持ちが読者にも伝わって、好印象を与える場合もなくはありませんが、そういった展開を冗長に感じてしまう読者もいますし、そういうときは大概、物語の方向性がブレてしまっていることが多いものです。全体を通して、物語の方向性や、作品のテーマとして書こうとしていたことにブレがないかをあらためて見直す際には、自分が書いていて楽しかったところ、筆が乗ったところほど、厳しく見直すようにしましょう。それとあわせて、キャラクターの発言や行動、個々のエピソードの繋がりに矛盾がないかどうかも、意識してチェックするといいでしょう。

　改稿作業の際に、時系列に沿った各キャラクターの行動表を作ってみるのもおすすめです。横並びで各キャラクターの行動を追うことで、執筆時には気づかなかった齟齬が浮き上がるかもしれません。自分でも把握していなかったキャラクターの行動に気づく可能性もありますね。

　改稿作業で内容をチェックするときは、まずは作品の全体をあらためて把握してから、章ごと、エピソードごと、シーンごとといったように、大きなものから細かなものへと視点を移していきましょう。

◎Point③　文章
　改稿作業をするのであれば、文章の見直しにも力を入れたいところです。その際、一言一句、誤りがないかどうかチェックするというよりも、まずは段落単位や文章ごとに見直していくようにしましょう。誤字脱字といった明らかな誤りばかりに気を取られると、文章の齟齬や描写の足りないところなどを見落とす可能性が高くなります。

　改稿作業では、初めて推敲するような意識で見直していきましょう。特に気をつけたいのは次の点です。

・連続して、同じ言葉で描写していないか（表現の重複）。
・同じ語尾が続きすぎていないか。

・ひとつの文章が長くなりすぎていないか。
・主語と述語が一致しているか。目的語が抜けていないか。
・文章のなかで「が」「の」「を」「は」など同じ助詞が連続していないか。
・「彼」や「あの」といった代名詞がなにを指しているか、わかりやすいか。
・読点（「、」）の位置は適切か。

　ひと通り推敲を終えたら、今度は誤字脱字、二重表現（「頭痛が痛い」など）などの明らかな間違いがないか、意識して見直していきましょう。
　ただ、表現の誤用に関しては、それを誤用だと書き手が気づいていないことが多いため、書き手が自発的に見つけるのは難しく、こういったミスは、校閲からの指摘で判明します（校閲に関しては、次ページで詳しく触れます）。誤用を防ぐには、普段から表現や言葉の用法を意識して、文章を読むといいかもしれません。

　改稿作業を終えた原稿は、編集者や校閲者によって確認されます。そこで見つかった疑問点や修正すべき箇所などが指摘されたものをもとに修正作業を行い、また確認してもらいます。これを繰り返し、完成にたどりついたら、『本』ができあがるまではあともう少しです。

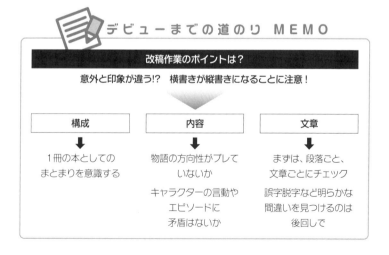

デビューまでの道のり MEMO

改稿作業のポイントは？

意外と印象が違う!?　横書きが縦書きになることに注意！

構成	内容	文章
1冊の本としてのまとまりを意識する	物語の方向性がブレていないか キャラクターの言動やエピソードに矛盾はないか	まずは、段落ごと、文章ごとにチェック 誤字脱字など明らかな間違いを見つけるのは後回しで

✔校閲（校正）とは

　原稿に誤字脱字がないか、言葉の用法・内容に不備がないかを確認する作業を校閲といいます。校正ということもありますが、厳密には、印刷前に確認用に刷られる校正紙ともとの原稿に違いがないかや、修正箇所が再度出された校正紙で正しく修正されているかなど、ふたつのものを比べて誤りを正すことを校正といいます。校閲・校正すべての作業をひっくるめて、校閲とも校正とも呼ばれることが多いようですが、ここではまとめて「校閲」と呼ぶことにします。

　専門の校閲者が作業をするか、編集者が校閲者を兼ねるか、出版社（レーベル）によって違いはありますが、書籍化の際には必ず校閲が行われます。改稿作業は、作者自身が作品を校閲しているともいえますね。ただし、作品に思い入れのある作者よりも、第三者のほうが冷静なためか、作者が見落としていることにも気づくようで、校閲された原稿の修正や疑問点などの書き込みの多さに、驚く作者も少なくありません。しかし、明らかな間違いはもちろん修正すべきところですが、校閲からの指摘の大半は、疑問出しと呼ばれる疑問点の提示で、そこを修正するかしないかは、作者と編集者の判断に任されます。

　校閲は主に、誤字や脱字、言葉の用法の誤りといった、一読ですぐに気づくような表面的なものから、作品を読み込むことでわかる内容の矛盾や展開の齟齬など深層部分についてまで、確認し指摘を入れます。

　誤字や脱字は、文章をきちんと読み返せば気づくのではないかと思われがちですが、特に作者は、頭のなかで文章を補完しながら読んでしまうようで、意外と見落としてしまうのです。校閲者が誤字や脱字をチェックする際は、文章を「読む」のではなく「見る」感覚だそうです。1文字ずつ「見る」ことで、誤りに気づきやすくなるのでしょう。Web小説では、誤変換による誤字がよく見かけられますので、推敲の際に意識するだけでも、校閲に指摘される誤字を減らせるはずです。
　言葉の用法の誤りについては、P.174でも触れましたが、それが誤用だと書き手が気づいていないケースが多く、校閲に教えられるようなこ

とが多いかもしれません。たとえば、人がショックのあまり倒れ込んでしまう様子を「崩れ落ちる」と表現してはいませんか？　正しくは「頽(くずお)れる」。「崩れ落ちる」でもよしとしている辞書もあるようですが少数派で、校閲からはチェックが入るでしょう。ほかにも、戦闘で傷つくシーンなどで「けがを負う」という表現もよく目にしますが、これも誤り。正しくは「けがをする」か「傷を負う」です。でも、間違って覚えていたら、誤用だと気づきませんよね？

　また、言葉としては間違っていないけれど、用法が違う場合もあります。「追求・追及」「伺う・窺う」「解放・開放」などは、漢字の使い分けによって意味が異なりますが、その場面にふさわしいものを選ぶためには、どちらの意味もきちんと知っていなくてはなりません。

　インターネットで意味を調べて使った言葉でも、それが正しいとは限らないこともありますので、意味や用法を調べるときは、できるだけ紙の辞書や電子辞書などを利用するといいでしょう。

　出版社によっては、表記の仕方が決められている言葉があります。「～するとき」は「～する時」と使用しても誤りではありませんが、ひらがなを使用するルールになっている場合は、校閲からチェックが入ります（事前に表記のルールを編集部から知らされることもあります）。

　表記のルールがない言葉でも、作者が作品内で「～するとき」と「～する時」や「～たち」と「～達」といったように、漢字表記とひらがな表記を混在して使用している場合などは、どちらかに表記を統一するためにチェックが入るなど、校閲から細やかな指摘が入るものです。

　作品の設定をはじめ、内容に関しても齟齬がないかなどが確認されます。

　設定に関しては、キャラクターの容姿や生い立ち、住居環境など、文中に登場したデータはすべて逐一メモを取っている校閲者が多いはずです。そのキャラクターが登場するたびに、照らし合わせて表現に齟齬がないか、確認するのです。作者が設定を間違えるわけがないと思う人もいるかもしれませんが、絶対はありません。右利きだったはずの主人公の利き手が突然左手になったり、西日が差し込んでいた自宅の窓に、別

のシーンでは朝日が差し込んでいるなんてこともあるのです。

　異世界ものでは、校閲は作者に並ぶくらい、その世界のことを考え、資料を作っているかもしれません。暦や神話、月の形、生物、風俗などなど、作中で新情報が出るたびにチェックが繰り返されます。矛盾点や不明な点などは、校閲から疑問として提示されるので、その指摘を受けて、設定の穴が判明するなどということもあります。

　キャラクターの発言内容に矛盾がある場合も同様です。ほかのページでいっているのと違うことを口にしていたり、異なる行動を取ったりなどしていると、校閲から指摘されるでしょう。作者のなかでは自然と納得してしまっているようなことでも、読者にしてみれば理解できないことはあるものです。校閲は読者に代わって、そういったことも指摘してくれるというわけです。

　このように、校閲は作品全体にわたって細かなところまでチェックします。誤字や脱字はともかく、設定や内容に関してのチェックなどは、作品に思い入れがある書き手にとって、重箱の隅をつつくような行為に感じられてしまうことがあるかもしれません。けれど、より質の高い作品を作り上げるのに、校閲は必要不可欠な存在なのです。

　本格的な校閲を一度受けてみると、自分の文章についているクセや、誤って覚えている言葉などが一目瞭然で、筆力アップに繋がるでしょう。

デビューまでの道のり MEMO

校閲（校正）ってなに？

原稿に誤りや不備がないかを確認する作業のこと
専門の校閲者が担当するか、編集者が校閲をする場合も

▼

誤字や脱字、言葉の用法の誤りなどをチェック
設定や内容に矛盾などがないかをチェック

▼

作者や編集者が修正の有無を判断

☆**作品のクオリティアップのためには必要不可欠！**

5つの質問 校閲者さんに聞きました！

1
Q 校閲作業に必要なものはなんですか？
A 根気と集中力ではないでしょうか。道具だったら、赤ペン、鉛筆、消しゴム。それと、辞書類。インターネット環境もあると、調べものが格段に楽になります。

2
Q どんなことを意識して校閲作業を行っていますか？
A 単純な誤字脱字を見落とさないようにすることはもちろんですが、作者が伝えたいことがきちんと伝わる作品になるよう、できる限りのことをしたいと考えています。

3
Q 校閲するときに特に気をつけていることは？
A 自分で正しいと思っている言葉や知識であっても、疑ってかかるようにしています。決して思い込みの知識で判断しないよう、確認の手間を惜しまないことが重要ではないか、と。それと、普段から語彙や言葉の知識を増やすことを心がけています。

4
Q 校閲の難しさをどんなところに感じますか？
A 作者が悩みながら生み出したり、気持ちよく書いたりした文章に対して、「間違いでは？」と確認を取る作業でもあるので、苦々しく思われるところもあるのだろうな、と思います。ただ疑問出しをするのではなくて、校閲が「なぜ疑問に思って、このように提案をしているのか」ということをわかってもらえるように指摘しなくてはいけないと思うのですが、それができているかは……。難しいです。

5
Q 校閲作業で大切だと思うことを教えてください。
A 作者とも編集者とも違う「目」であることだと思います。

宣伝活動に勤しもう!
自分の作品が書籍化されたなら、積極的に宣伝を

　書籍化の作業を終え、あとは発売を待つばかり……となっても、作者にできることがあります。それが宣伝です。

　もしかしたら、自分の本を宣伝することに、どこか気恥ずかしさを覚える人もいるかもしれませんが、せっかく自分の本が出るのです。胸を張って、どんどん宣伝していきましょう。

　とはいえ、出版社によっては、新刊の情報解禁日が決まっていたりしますので、勝手に告知し始めるようなことはせず、まずは担当編集者に告知内容を相談することが重要です。

✓宣伝するときのポイント

　宣伝するときは、正しい情報を伝えなくては効果がありません。特に、発売日や価格などは正確に。書籍化に際してペンネームを変えた人は、ユーザネームも変更するか、もしくは書籍版用ペンネームを宣伝情報のなかで必ず伝えるようにしましょう。

　ぜひとも伝えておきたい基本情報は以下の通りです。

・作品タイトル
・作者名
・出版社名／レーベル名
・発売日
・価格

　電子書籍化される場合、出版社名やレーベル名だけでなく、電子書籍だということがわかるようにしましょう。主な配信サイトがわかる場合は、サイト名も書き添えておくのをおすすめします。

　これらを踏まえて、次はどこでどう宣伝するか、です。

✔ 〈小説家になろう〉で宣伝する

〈小説家になろう〉作品の書籍化ですから、〈小説家になろう〉でもばっちり宣伝していきましょう。

ただ、〈小説家になろう〉では、一部の場所で書籍の宣伝を行うことが認められている一方、第2章でも触れましたが、書籍の宣伝を行うと規約違反とみなされる場所もあります。実際に宣伝をする前に、利用規約やガイドラインにもう一度目を通しておきましょう。

【○宣伝してもOK】
・前書き、後書き、ランキングタグ、活動報告を利用しての宣伝
・書籍紹介サイトなどの書籍情報のみが掲載されているページへの、直接リンクを貼っての宣伝

【×宣伝してはダメ】
・作品本文を使用
・メッセージ機能を利用して無差別に宣伝
・ほかのユーザの作品感想欄や活動報告のコメントなどでの宣伝
・販売サイトなどの購入用ページへの、直接リンクを貼っての宣伝
・R18作品の書籍宣伝を〈小説家になろう〉に掲載

ほかにも〈小説家になろう〉で書籍の告知をできるところがあります。
そのひとつが［書報　小説家になりました！］という出版作品紹介コーナーで、〈小説家になろう〉トップページの右にある［書報］のバナーから紹介ページに移動できます。また、バナー上の枠内では、過去30日間に紹介されたタイトルがランダムに10件表示されています。

▲書報バナー

【書報での紹介条件】

・〈小説家になろう〉で、小説を１作以上掲載中であること
・出版社から刊行された書籍または電子書籍であること
・書店あるいは通信販売などで購入可能な、一般流通作品であること
・絶版、品切れ状態ではなく、現時点で日本国内での購入が可能であること

※原則として、申請は作者本人がすること

　［書報］は、自分の作品が書籍化されたユーザが「書報掲載申請」をすることで書籍情報が掲載されるほか、〈小説家になろう〉グループの公式ブログにも掲載されますので、書籍化されたら申請しましょう（〈小説家になろう〉の掲載作品の書籍化でなくてもOKです）。申請は、［書報］のバナーから移動した紹介ページ上部（または最下部）にあるメニューから［書報掲載申請］をクリック。もしくは、〈小説家になろう〉トップページの右にある［出版作品紹介］の注意書き内「書報掲載申請」の文字に貼られたリンクから、申請ページに移動してください。

　同じく〈小説家になろう〉トップページの右にある［お便りコーナー］には、セミプロやプロ作家になったユーザからの、アドバイスや雑談などが投稿されているのですが、書籍化を記念してお便りを投稿するユーザもわりといます。ただし、新刊情報の告知のみでは投稿が認められない場合がありますし、新刊告知用に［書報］コーナーがありますので、宣伝のみが目的の場合は［書報］を利用しましょう。あくまでもお便りがメインで、少し告知がある程度なら、掲載が認められるようです。

▲お便りコーナー

　一番の宣伝は、書籍化された作品がまだ連載中なら、まめに続きを更新することですし、完結している作品なら番外編を書いてみるのもおすすめです。そのときに、前書きや後書きなどで宣伝するのを忘れずに。

書籍からその作品を知った読者が作者のマイページをのぞきにくる可能性は高く、そこから別の作品も読んでもらえるようになるかもしれません。書籍化作業が忙しく、更新から遠ざかってしまうようなこともありがちですが、作業がひと段落ついたら、宣伝も兼ねて創作活動に力を入れるといいでしょう。

✔個人サイトやツイッターも活用

〈小説家になろう〉以外に、個人サイトやブログ、ツイッターなど、告知の場を持っている場合は、積極的に活用していきましょう（ツイッターでのハッシュタグ #narou を利用するなど、作品を宣伝するときと同じ方法でもＯＫです）。

書籍の宣伝のため、活動報告に表紙など画像を貼るにはhtmlタグを利用しなくてはいけませんが、個人サイトやツイッターでは、画像を簡単に貼ることができるため、そこで告知するというのもいい方法です。ただし、表紙画像ではなく、表紙に使われているイラストやその他のイラスト、またはラフ画像（書籍化作業中に、確認のためなどで画像データが作者のもとに送られている場合があると思います）などを、くれぐれも無許可でアップしないようにしてください。イラストを掲載したいと思ったら、まずは担当編集者に相談しましょう。

書籍の発売に際しては、もちろん出版社も宣伝してくれます。レーベルの公式サイトに新刊情報が掲載されたり、書店用にポスターやポップなどが作られたりするかもしれません。それは、作者にはできないことです。同時に、〈小説家になろう〉の活動報告などで告知したり、[書報]に「書報掲載申請」を出したり、なにより連載の続きや新作を書くことができるのは、作者だけなのです（厳密には「書報掲載申請」は出版社が代理申請することも可能ですが、原則は作者が申請）。書籍化された際には、作者にしかできない告知をぜひやってみてくださいね。

デビューまでの道のり MEMO

書籍の宣伝をしよう！

事前に出版社に確認
⬇
情報解禁日はいつ？
告知していいこと、ダメなことはある？

〈小説家になろう〉で宣伝
⬇
前書き、後書き、ランキングタグ、
活動報告での宣伝は○

出版作品紹介コーナー[書報]を活用

書籍化作品が連載中
→がんばって続きをマメに更新

書籍化作品が完結済み
→番外編の投稿もあり

**個人サイトや
ブログ、ツイッターで告知**
⬇
基本情報はできるだけ掲載

イラストなど画像データは
アップ前に必ず出版社に相談

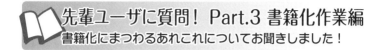
先輩ユーザに質問！ Part.3 書籍化作業編
書籍化にまつわるあれこれについてお聞きしました！

佐崎一路

（モーニングスターブックス『吸血姫は薔薇色の夢をみる』『リビティウム皇国のブタクサ姫』）

Q1 書籍化が決まり、もっとも不安だったことや、疑問に思っていたことを教えてください。
A1 こちらはまったくの素人ですので、そもそもどこまで口を挟めるのか、何巻まで出版可能なのか不安でした。

Q2 それらはどのように解消されましたか？
A2 幸い『吸血姫は薔薇色の夢をみる』は打ち合わせの段階ですでに完結していたこともあり、最初に4巻完結と明言され、3ヶ月に1回の発売とスケジュールも決まっていましたので、楽に話し合いを進めることができました。

Q3 書籍化にあたっての改稿作業で、意識するのはどんなことですか？
A3 Web版だとペース配分を考えずに、だらだらと章あたりの長さが長くなったりするのですが、書籍の場合は1冊300ページ程度で確実に起承転結を入れる。なおかつ私の場合はバトルシーンを必ず入れるようにしているので、そのあたりの配分を常に意識しています。

Q4 書籍化作業で一番大変だと思うことはなんですか？
A4 締め切りを守ることですね（笑）。Web版だとあくまで個人のソロ活動で好きに書いていますが、書籍版となるとたくさんの方々でのチーム作業となりますので、どこかの時点でイレギュラーな事態が起こる場合を考えて、余裕を持って原稿を渡すように心がけることでしょうか。

最初に渡す原稿が遅れると確実に各所にしわ寄せが来ますし、早めに原稿を出しておけば余裕も生まれて、あとになってから「あ、あの場面、やっぱりこういうふうに変えてください」と修正もしやすいので、きっちり締め切りには原稿を渡す。一度、ごちゃごちゃと手を加えすぎて締め切りを落とした痛い経験があるので、これだけは肝に銘じています。

Q5 楽しいのは、どんなことですか？
A5 やはりイラストがつくのが一番の楽しみです。『吸血姫は薔薇色の夢をみる』のときは、最初の打ち合わせの段階ですでにイラストレーターさんがまりも様と決まっていて、幸いというか、まりも様の作品は私も何冊か持っていたので、「うおおおおっ！」と即決しました。

次の『リビティウム皇国のブタクサ姫』も、こちらからお願いして、引き続きまりも様でのイラストとなりましたし、毎回、キャラクターラフや挿絵などを事前に確認できたり、「ジルは絶対領域完備でお願いします！」「オッケー!!」と、我儘を聞いていただいたりして、書籍版が出てよかったと心より感謝しております。

Q6 編集部からの指摘やアドバイスなどで、印象に残っているものを教えてください。
A6 「毎回、新キャラが出てくるんですけど、そのまま出てこなくなることが多いですねえ」というようなご指摘があったので、脇役の一部を書籍版では出さないようにしたり、以前に出たキャラをまた出すように調整したりした点でしょうか。そのあたりの整合性を取るために、ちょっと苦労しています。

Q7 書籍化した作品について、活動報告などで告知されていますか？その場合、告知に際して気をつけていることはありますか？
A7 毎回、出版社から「告知してもOK」の許可が出てから、活動報告で告知するようにしています。フライングは当然駄目ですけれど、早く告知しすぎてもまだ予約を受け付けていないとか、発売日までに忘れられる可能性もあるので、告知のタイミングがなかなか難しいですね。

あと個人的には、発売について告知する場合は、なるべくその作品を

Web版で更新するようにしています。更新した際に後書きで「○月○日に発売予定」とひと言書いておけば、活動報告を見ない方向けの告知になりますので。

Q8 書籍化作業を経験してみて、わかったことを教えてください。

A8 経験してみて大変だと思ったのは、思った以上に時間と労力がかかるという点です。事前準備から発売まで半年から数ヶ月はかかります。原稿、校正作業のほかにも、イラストレーターさんに指定するキャラクターの造形、作者紹介やあとがき、完成稿その他のチェック。さらにWeb版も連載しているのでしたら、そちらをないがしろにしないように、こまめな更新が必要でしょう。決して楽な作業ではありません。

ただ、やはり書籍という形のあるもので出版されるのは格別ですし、Web上においても、本になったという事実がその作品の信頼性や完成度を保証するひとつの指針ともなり、新たな読み手を獲得する要素にもなりますので、書籍化のチャンスがあるならそこを目指して、遠慮なんてしないでがんばってください。

Q9 これから書籍デビューを経験する人たちに、アドバイスをお願いします。

A9 書籍化が決まったとき、実際に自分が書いたものが本になって書店に並んだのを見たとき、ここらへんが最高に楽しくてテンションの上がるときだと思います。ただ書籍はWebと違って、読んでいる方から即座にレスポンスがあるというものではないので、だんだんと書籍化の実感が薄れてきたりしますが、どうか最初のときの楽しいワクワクした気持ちを忘れないでください。

日曜

(モーニングスターブックス『ダンジョンの魔王は最弱っ!?』)

Q1 書籍化が決まり、もっとも不安だったことや、疑問に思っていたことを教えてください。
A1 技術面は不安でした。いえ、今でも不安です。

Q2 それらはどのように解消されましたか?
A2 解消されていません。技術面は、完全に編集さんにおんぶに抱っこです。解消する努力はしているのですが……。

Q3 書籍化にあたっての改稿作業で、意識するのはどんなことですか?
A3 ネットと書籍という、媒体の違いを意識しています。1冊の本にひとつの話をまとめられるよう、がんばっている……つもりです。まとまっているかどうかは、読者様方のご判断にゆだねたいと思います。

Q4 書籍化作業で一番大変だと思うことはなんですか?
A4 過去の自分を、まざまざと見せつけられる羞恥に耐えるのが、一番大変です……。自らの未熟さと、そんな未熟を衆目に晒していたのかと思うと……。

Q5 楽しいのは、どんなことですか?
A5 イラストを描いてもらうことです。自分の書いたキャラクターが、イラストになって描かれているのを見たときは、かなりうれしいです。

Q6 編集部からの指摘やアドバイスなどで、印象に残っているものを教えてください。
A6 漢字統一表なるものの存在を知ったときは、きっと活版印刷や羅針盤、複式簿記を初めて知った人類の驚きと、同程度のものだったでしょう。

Q7 書籍化した作品について、活動報告などで告知されていますか？ その場合、告知に際して気をつけていることはありますか？

A7 告知をするのを、よく忘れてしまいます。新紀元社の皆様、本当に申し訳ありません。

Q8 書籍化作業を経験してみて、わかったことを教えてください。

A8 自らの未熟さと、それでも書きたいという欲求です。本当に、未熟な文章力と語彙しか持たない未熟な身ですが、それでも、自らの生み出した世界と、そこで起こる物語を読者に楽しんでいただきたいという気持ちです。

Q9 これから書籍デビューを経験する人たちに、アドバイスをお願いします。

A9 詐欺じゃないですよー。素直に喜んで大丈夫です。

早秋

(モーニングスターブックス『塔の管理をしてみよう』)

Q1 書籍化が決まり、もっとも不安だったことや、疑問に思っていたことを教えてください。
A1 最初は、書籍の規格（1ページ44字×18行）すらわからなかったので、それを確認することから始まりました。

Q2 それらはどのように解消されましたか？
A2 担当さんからのメールです。

Q3 書籍化にあたっての改稿作業で、意識するのはどんなことですか？
A3 縦書きと横書きでは、やはり見た目がまるきり違うので、縦書きで読みやすい文章になるようにしています。

Q4 書籍化作業で一番大変だと思うことはなんですか？
A4 集中力が続かない私にとっては、校正作業が一番大変です。

Q5 楽しいのは、どんなことですか？
A5 私にとっては、やはり過去に書いた文章ですので、あらためてそれぞれのキャラクターを、その当時はどう思って書いていたのか振り返られることでしょうか。

Q6 編集部からの指摘やアドバイスなどで、印象に残っているものを教えてください。
A6 当人はまったく気づいていなかった文章の癖などを、きちんと指摘してくれていることです。

Q7 書籍化した作品について、活動報告などで告知されていますか？ その場合、告知に際して気をつけていることはありますか？

A7 しています。気をつけていることは、〈小説家になろう〉のコンプライアンス違反にならないようにすることです。

Q8 書籍化作業を経験してみて、わかったことを教えてください。
A8 作者本人のみならず、書籍は本当に多くの人の手で作られているということ。そして、そうした人たちのいろいろな作業を経て、できていることがわかりました。

Q9 これから書籍デビューを経験する人たちに、アドバイスをお願いします。
A9 なにかわからないことがあれば、率直に担当者さんに聞いてみるのがいいと思います。わからないことはわからないと、はっきりいってくれるでしょう（笑）。

時野洋輔

(モーニングスターブックス『成長チートでなんでもできるようになったが、無職だけは辞められないようです』『異世界でアイテムコレクター』)

Q1 書籍化が決まり、もっとも不安だったことや、疑問に思っていたことを教えてください。
A1 本当に自分の作品が本になるのか？ よく皆さんから誤字の指摘をされるので、いくらプロが見ても見落としのふたつや3つはあるんじゃないだろうか？ そんな不安はありました。

Q2 それらはどのように解消されましたか？
A2 プロになって校正作業という作業について詳しく知りました。てっきりプロの校正者さんが一度読んでくれるだけだと思っていたら、まずは編集さんから気になったところに対して、ワードデータでの校正作業が待っていて、そのあとは印刷した紙で2度、3度に渡って校正を行います。

Q3 書籍化にあたっての改稿作業で、意識するのはどんなことですか？
A3 まずは文章の繋がりですね。〈小説家になろう〉で連載形式で掲載していると、そのまま原稿にしたら一話一話の繋がりがとても不自然なので、それは注意しました。

Q4 書籍化作業で一番大変だと思うことはなんですか？
A4 締め切りを守ることです！ 締め切りを守るのは大変ですよ。だって、私は夏休みの宿題は最終日にまとめてするタイプでしたから。それで、結局間に合わず、数学の問題に至っては、正解不正解関係なく適当な数字を解答欄に書く始末でしたね。

そんな私にとって、締め切りは辛いです。

でも、最近毎月のように締め切りがあるんですよ。もう泣きそうです。

Q5 楽しいのは、どんなことですか？
A5 ツイッターなどでほかのプロ作家さんと交流するのは楽しいです。そのプロ作家さんが、「時野さんの本買いますよ」とツイッターでおっしゃられたときは、恐れ多い気持ちとともに、とてもうれしい気持ちにもなります。

あと本当に楽しいのは、書籍化作業って、つまりは昔〈小説家になろう〉に投稿していた内容を、一度コピーして読むわけですから、そこで忘れていた設定を思い出すわけですよ。それを本編の内容に活かしたら、読者の方が「ここで伏線の回収来ましたか！　すっかり忘れていました！」と感想でいうわけです。内心では「すみません、私も忘れていました」と思っていたりします。

Q6 編集部からの指摘やアドバイスなどで、印象に残っているものを教えてください。
A6 あと4万文字くらい足りませんといわれたときは、本当にどうしようかと思いました。物語は完全にいい区切りまで仕上がっているのに、あと4万文字って……って。

2日ほどで4万文字を書いたときは、さすがに3歳は老けました。

でも、本気を出せば1週間で14万文字くらいの本を1冊書けるわけですよね。

学生時代の夏休み最終日が1週間続くと思ったら地獄ですけど。

Q7 書籍化した作品について、活動報告などで告知されていますか？その場合、告知に際して気をつけていることはありますか？
A7 書籍化告知はしていますね。でも、告知ばっかりになると、活動報告か告知板かわからなくなるので、たまに活動報告に小ネタを挟んだりして遊んでいます。

Q8 書籍化作業を経験してみて、わかったことを教えてください。
A8 私って本当に誤字が多いな、とは思いますね。校正中、誤字チェックが入るのですが、それが本当にチェックだらけで、「こんな初歩的な間違いがまだ残っていたのか」と鬱になりますね。

でも、そんな初歩的なミスをミスのままにしない校正さんには、本当に感謝してもしきれないです。

Q9 これから書籍デビューを経験する人たちに、アドバイスをお願いします。

A9 現在〈小説家になろう〉では、本当に様々な出版社がラノベ業界に新規参入するための作品を集めています。私がデビューを果たしたマッグガーデンノベルズ、モーニングスターブックスは、どちらも2016年にできたばかりのレーベルで、今後も新規レーベルは増えるといわれています。そして、増えた分だけ書籍化打診のチャンスは巡ってきます。

　〈小説家になろう〉に投稿することは、複数の出版社の公募に応募したのと同じ効果がありますので、プロを目指す方はぜひとも作品を書き続けてほしいと思います。

伏(龍)

(モーニングスターブックス『魔剣師の魔剣による魔剣のためのハーレムライフ』)

Q1 書籍化が決まり、もっとも不安だったことや、疑問に思っていたことを教えてください。
A1 特にありません。書籍化は本当に夢だったので、いざ書籍化できるとなれば作業には全力を尽くすつもりでしたし、やってくださいと頼まれたことはなんでもやるつもりでした。この段階になって「私にできるだろうか」なんて思うのは無意味なので「やる、やりたい、やろう!」という気持ちでした。

Q2 それらはどのように解消されましたか?
A2 前問の通りなので不安や疑問はありませんでしたが、やはり担当さんとのやりとりがちゃんとできていたことが、不安を感じないで済んだ理由かもしれません。

Q3 書籍化にあたっての改稿作業で、意識するのはどんなことですか?
A3 スケジュールを守ることでしょうか。やはり本を1冊完成させるというのは、たくさんの人たちが関わっていく大変な作業で、誰かになにかがあると全体に支障が出てしまうことになります。なので、少なくともスタート地点である私のところでは滞らないようにしようと心がけています。

作品の内容については、Web版をそのまま本にするだけではなく、書籍だけで読める新しいものを加筆していく必要があるのかなと思うようになりました。

Q4 書籍化作業で一番大変だと思うことはなんですか?
A4 これは間違いなく、初稿の赤字原稿を修正することです。原稿にこれでもかと書き込まれた赤字が、容赦なく心を折りにきますから

(笑)。この赤字を見るたびに、まだまだ未熟なんだなと実感します。

Q5 楽しいのは、どんなことですか?
A5 やはり、少しずつ本の形になっていくのはとてつもなく楽しいですし、うれしいです。特にイラストレーターさんの原稿が上がってきたときが、本当に楽しいです。自分の作品に絵がつくと、作品が一気に色づくんです。これは病みつきになります。

Q6 編集部からの指摘やアドバイスなどで、印象に残っているものを教えてください。
A6 あまり作品の内容については、なにかを指摘されたことはなかったように思います。まずは自由にやらせていただいたのかなと思っています。

Q7 書籍化した作品について、活動報告などで告知されていますか? その場合、告知に際して気をつけていることはありますか?
A7 発売日や進行状況などは、告知するようにしています。活動報告は意外と目に触れないのかなと思っているので、最新話の後書きですとか、ツイッターなどを使うことも多いです。たくさんの方に興味を持ってもらえるような告知を心がけているのですが、効果があったのかはわからないです。

Q8 書籍化作業を経験してみて、わかったことを教えてください。
A8 まず、本になるまでには本当にたくさんの人が関わっているんだということ。作者である私だけではなく、担当さん、営業担当さん、イラストレーターさん、校正担当さん、まだまだたくさんの人が関わっていると思います。書籍化された本は「私」の本ではなく「私たち」の本なんだなぁと思うようになりました。

それから、一応書籍化されたとはいえ、まだまだ私は小説家としては未熟だと実感しました。ですが一方で、本になる充足感を一度味わってしまうと、また「本にしたい!」という気持ちが強くなりました。やっぱり物語を書くのが好きなんだと再確認しました。

執筆速度はあまり速いほうではないのですが、これからもまた書籍化を目指して書くことは続けていこうと思います。

Q9 これから書籍デビューを経験する人たちに、アドバイスをお願いします。

A9 私もまだまだ誰かにアドバイスできるような立場ではないのですが、あえてなにかをアドバイスするのなら「なんでも確認する」ことでしょうか？

　頭の中で、これくらいは大丈夫だろうと思っていたことが、実はいろいろ問題だったりします。イラストレーターさんのイラストの著作権問題だったり、各種情報の公開のタイミングだったり……。

　書籍化が決まって、うれしくなって浮かれているとついうっかり、なんてこともあると思うので「これこれはやっても大丈夫でしょうか？」と、担当さんに確認するのがいいと思います。

第4章

小説を書くための
基礎知識

さてここからは、実際に小説を書くために知っておいたほうが得をする様々なことについて、紹介していきたいと思います。基本的な文章の書き方から、小説のアイディアの練り方、プロットやキャラクターを作るコツまで、小説を書くためにプラスになる情報を、盛りだくさんでお届けします。基本的なことはわかっていると自負する人も、もっと上手な文章を書きたいと思っている人も、最後まで目を通してみてくださいね。

小説を書いてみよう
～小説の書き方～

小説を書いてみたい。そう思っても、なにをどうしたらいいのかわからずに、足踏みをしている人もいるかもしれませんね。でも大事なのは、書いてみたいと思った気持ちなのです。

　小説を書くための第一歩は、「小説を書きたい」「小説を書いてみようかな」という気持ちを持つことです。
　そんなことは当たり前じゃないか、と思われる人もいるかもしれませんが、「小説を書く」ことをこれまでまったく考えたことがないという人も、世の中にはもちろんいるわけで、「小説を書いてみよう」と思い立つことは、実はとても重要な"はじめの一歩"なのです。
　では、その一歩を踏み出したときに、誰でもすらすらと小説が書けるものでしょうか。生まれて初めて書いた小説をきっかけにプロデビューしたという小説家もいないわけではありませんが、おそらく「小説を書こう」と思い立った人の多くは、そこで戸惑ってしまうと思います。
　絶対にこういうものが書きたいのだ、という確固たるものが最初からある人は、とても稀です。大多数の人は、小説を書いてみようと思ってはみたものの、いざ具体的に動くとなると、「さて、どうしよう」と早くも立ち止まってしまうような気がします。それは、小説を書くのになにから始めたらいいのか、よくわかっていないからです。

　そういう場合の特効薬は、『とりあえずなにかを書いてみる』ことです。
　クオリティが高く、完成された立派な小説をいきなり目指さなくてもいいのです。設定を作ったり、構成を考えたりといった準備に時間をか

けなくたっていいでしょう。どこかの一場面を書くだけでも、ちょっとした会話の応酬を書くだけでもいいのです。もちろん、オープニングから書き始めて、物語の終わりが見えなくたって構いません。

　大切なのは、「小説を書いてみたい」と踏み出した一歩から、もう一歩前へ進むこと。つまり、書き始めることだからです。

　自分が書いた小説を誰かに読んでほしい、楽しんでほしいという思いを、ほんの少しでも自分のなかに見つけることができたら、自分の小説を誰かに読んでもらうという次の段階を目指して、進んでみましょう。

　その場合、場面やセリフのやりとりなど、書きたいところだけを書いて見せるというわけにはもちろんいきませんし、小説の形をしたものを書くとしても、まったくの独りよがりで書き進めていくわけにはいきません。自分の好きなように書くだけでは、読んでくれた人に楽しんでもらえないかもしれません。独りよがりな書き方では、書いたことの半分も伝わらないかもしれないのです。

　「あくまでも自分の好きなように書いて、それを楽しんでくれる人がいればいい」と考える人もいるでしょう。それもひとつのやり方です。ただ、誰かに楽しんでほしいという気持ちが根底にあるなら、好きなようには書くけれど、書きたいことが伝わって、楽しんでくれる人がひとりでも増えたほうが、なおのことうれしくなるのではないでしょうか。

　自分が好きで書いた小説を、読んだ人にも楽しんでもらう。そのために必要なのが"ルール"です。

　世の中にはたくさんの文章があふれています。様々な書籍やニュース記事などなど、それらの多くが基本的なルールに則った文章で書かれているのは、そのほうが大勢の人に文意が伝わりやすいからです。あえてルールに反する場合も、そうすることで、伝えたいことが相手により伝わると確信しているからで、ルールがあってこそ、なわけです。誰かになにかを伝えたいなら、そのルールを利用しない手はありません。

　そういった、文章を書くうえでの基本的なルールについて、また小説を書くための基礎的な知識や、多くの人により楽しんでもらうためのちょっとしたコツなどを、ここから解説していきます。

小説を書くための基礎知識

小説を書いてみよう〜小説の書き方〜

文章の基本をおさらいしよう
読み手にストレスを与えない文章を書くには？
文章作法の基本を確認しましょう

✔小説執筆のルールとは
◯知っておきたい約束事

　小説を書くうえで、「こうしなければいけない」「これをしてはいけない」といった、厳密なルールはありません。

　〈小説家になろう〉の書籍化作品にも多いライトノベルジャンルにおいては、流麗で美しい文章や技巧を凝らした文章だけでなく、勢いや個性を感じる文章が好まれることもあります。とはいえ、思い浮かぶがまま、どこまでも自由に書けばいいというものではなく、押さえておくべき文章作法があるのも事実なのです。

　なかには「作法なんて関係ない！　書きたいものを好きなように書くんだ！」という人もいるでしょう。もちろん、それでも構いません。けれど、演出上の理由からあえてルールを破るのと、最低限のルールも知らずむやみに書きなぐるのとでは、読み手にかかるストレスの大きさがまったく違います。

　「この人は基本的な書き方も知らないんだな」と思われるだけならまだしも（小説を読み慣れている人には、まず間違いなくわかってしまいます）、「こんなに読みづらい小説、わざわざ読まないよ」とページを閉じられてしまうケースもあるかもしれません。キャラクターやストーリー、世界観がどんなに魅力的でも、肝心の小説を読んでもらえなかったら残念すぎますよね？

　まして個人的な趣味で書いているのではなく、いずれは賞にチャレンジしてみたい、プロの小説家になりたいと考えているのなら、なおさら基本作法は押さえておくべきです。

　というわけで、ここからは知っておきたい文章作法の基礎中の基礎を、簡単な例文を交えながら紹介していくことにしましょう。例文についている記号は〔◯＝ルールに則ったもの、△＝誤りではありませんが推奨

しないもの、×＝誤り］です。取り上げているルールについて、「こんなの常識でしょ」と思う人も多いかもしれませんが、意外と忘れていることもあるかと思うので、「文章のルールなんてすでに知っているよ」という自覚がある方も、チェックしてみてくださいね。

　読者に作品を楽しんでもらうためにも、読みやすい文章づくりを心がけましょう。

【段落の頭は１字あける】

　段落の頭や改行後の行頭は、全角で１文字分あけましょう（ただし、会話などのカギカッコから始まる文は除く）。

　行頭の１字アケは、小学校の国語の授業でも習う基本ルール。ですが、横書きが主流のインターネット上の文章は、行頭をあけずに揃えられていることが多いためか、Web小説でも１字アケをしていない作品を見かけます。しかし、段落の行頭があいていないと、文章が詰まっている印象を与えることもあり、読みづらさにも繋がります。

　行頭を１字あけて区切りを明確にすることで、読者が文章を読むのにひと息つかせることもでき、リズムが生まれますので、Web小説を書く際にも活用したいところです。

> ゴールデンウィーク明けの水曜日、美咲のクラスは朝から浮き足立っていた。なんでも季節外れの転校生がやってくるらしい。
> 担任教師の葉鳥が教室に入ってきた。
> 「おーい、みんな席に着け」
> その声に、クラス中が期待の眼差しを向ける。

> 　ゴールデンウィーク明けの水曜日、美咲のクラスは朝から浮き足立っていた。なんでも季節外れの転校生がやってくるらしい。
> 　担任教師の葉鳥が教室に入ってきた。

> 「おーい、みんな席に着け」
> その声に、クラス中が期待の眼差しを向ける。

【改行は適度に】

　段落の頭を全角で１文字分あけるのと同様に、文章を読みやすくするために必要なのが改行です。

　ある程度長い文章を読むことは、たとえ小説を読み慣れている人であっても疲れるものです。ページを開いたとき、改行がなく文字がぎっちり詰まっていたら、ほとんどの人はそれだけで読む意欲が削がれてしまうのではないでしょうか。だからこそ、改行を入れ、読みやすく「見せる」ことはとても大事なのです。

　とはいえ、見た目のことだけを考えて、やたらに改行すればいいというものでもありません。おかしなところで区切ると内容が的確に伝わりませんし、改行をこまめにしすぎると文章のリズムが作れません。つまり、改行にも一定のルールがあるのです。

　ポイントは「描写対象の変化」。それは誰（なに）について書かれた文章なのか。視点人物が同じでも、外見や行動、関係性など、描写の内容が変わるタイミングで改行していけば、上手に段落が作れます。

　描写対象は前後の文章から変わっていないけれど、「この１文を強調したい」というときにも改行は有効なので、ぜひ覚えておいてください。

> 　担任の葉鳥に続いて現れた転校生を目にした美咲は、思わず目を見張った。抜けるような白い肌、胸元に届く艶やかな黒髪、くっきりした切れ長の目、スラッと伸びた長い手足。田舎では見たこともない、とびきりの美少女だったのだ。途端に騒がしくなった教室を見回し、葉鳥が一歩前へ出る。どうやら転校生の紹介をするようだ。美咲は、彼女にどう声をかけようかと考えながら、葉鳥がしゃべりだすのを待った。

担任の葉鳥に続いて現れた転校生を目にした美咲は、思わず目を見張った。
　抜けるような白い肌、胸元に届く艶やかな黒髪、くっきりした切れ長の目、スラッと伸びた長い手足。
　田舎では見たこともない、とびきりの美少女だったのだ。
　途端に騒がしくなった教室を見回し、葉鳥が一歩前へ出る。
　どうやら転校生の紹介をするようだ。
　美咲は、彼女にどう声をかけようかと考えながら、葉鳥がしゃべりだすのを待った。

　担任の葉鳥に続いて現れた転校生を目にした美咲は、思わず目を見張った。
　抜けるような白い肌、胸元に届く艶やかな黒髪、くっきりした切れ長の目、スラッと伸びた長い手足。田舎では見たこともない、とびきりの美少女だったのだ。
　途端に騒がしくなった教室を見回し、葉鳥が一歩前へ出る。どうやら転校生の紹介をするようだ。
　美咲は、彼女にどう声をかけようかと考えながら、葉鳥がしゃべりだすのを待った。

【記述記号の使い方】

　日本語の場合、文の末尾に句点「。」を打つことは誰もが知っていると思います。では、読点などその他の記述記号は、どのように使うのが正しいのでしょう。実はここにもいくつかのルールがあります。

＊句読点

　句読点とは、文章の区切りに打つ「マル」と「テン」のことです。
　マル（。）＝句点は文字通り句（文、センテンス）を作るために、文の終わりに打つ記号。テン（、）＝読点は、ひとつの文のなかを区切る記号

で、ブレス（息継ぎ）や意味の切れ目、または読みやすさを意識して打ちます。

句点は文中で打つべき場所がはっきりしているので、使い方で迷うこともそうないかと思いますが、カギカッコを使用した会話文の末尾に句点をつけるか、つけないかに関して、悩む人はいるかもしれませんね。これは、どちらかが正しいということはなく、主に教科書では、閉じカッコの前に句点をつけて表記されていますが、新聞や出版物では、閉じカッコのあと（外側）には句点をつけず、閉じカッコの直前の句点も省略するのが一般的です。

記号	名称
。	句点
、	読点
・	なかぐろ
！	感嘆符
？	疑問符
…	３点リーダー
―	ダッシュ
（）	丸カッコ
「」	カギカッコ
『』	二重カギカッコ
〈〉	ヤマカッコ
""	二重引用符
・＼	傍点
〜	波形

「転校生の浅倉麻友だ。みんな仲良くするように。」

「転校生の浅倉麻友だ。みんな仲良くするように」。

「転校生の浅倉麻友だ。みんな仲良くするように」

一方、読点は打つ場所が明確に決まっているわけではないので、句点と違い、どこに打つかは書き手のセンスに任されている部分が大きいです。ただし、読点の数は少なすぎても多すぎても読みづらい文章になるうえ、打つ場所によっては文章の意味が変わることもあるので、要注意です。

[例]

美咲は、瞳を輝かせながら、麻友を見るクラスメイトたちを、眺めた。
➡ **読点が多すぎると文章が途切れ途切れになり読みづらい。また、語句の修飾関係も不明瞭になる。**

美咲は瞳を輝かせながら麻友を見るクラスメイトたちを眺めた。
➡ **読点がないとブレスができず息苦しい文章になってしまう。また、語句の修飾関係も不明瞭になる。**

美咲は、瞳を輝かせながら麻友を見るクラスメイトたちを眺めた。
➡ **瞳を輝かせているのはクラスメイトたち**

美咲は瞳を輝かせながら、麻友を見るクラスメイトたちを眺めた。
➡ **瞳を輝かせているのは美咲**

＊感嘆符、疑問符

感嘆符とは、いわゆるエクスクラメーションマーク（！）のこと。「びっくりマーク」とも呼ばれるように、驚いた表現をするときなど、言葉を強調する際、句点の代わりに文末につけます。

疑問符はクエスチョンマーク（？）のことで、疑問や質問を表現するとき、感嘆符と同じく句点の代わりに文末につけます。

どちらも記号のあとに空白を1字分入れるのが決まりですが、直後に閉じカッコがくるときは不要です。また、Web小説では疑問符や感嘆符がいくつも重ねて使われていることもありますが、本来小説では「語尾にひとつ」が基本です。重ねて使うことで、独特のノリを表現するこ

とができなくはないのですが、これをむやみに多用すると、読みづらいうえに、ノリに共感できない人には作品が安っぽく見えてしまうこともあります。

△ 「はじめまして、浅倉麻友です！！！よろしくお願いします」

○ 「はじめまして、浅倉麻友です！　よろしくお願いします」

× 「浅倉に質問したいやつはいるか？　」

○ 「浅倉に質問したいやつはいるか？」

＊3点リーダー、ダッシュ

　3点リーダー（…）、ダッシュ（—）は、ためらいや絶句、余韻など、主に言葉の「間」を表現する際に使われるものです。ダッシュはダーシとも呼ばれます。

　「……」「——」というように、どちらも2文字分連ねて使用するのが一般的ですが、長い沈黙などを表したくて重ねて使う場合は、3点リーダー、ダッシュともに、偶数単位（「…………」＝4つなど）で使うようにしましょう。

　また、ダッシュは丸カッコと同じように、補足説明の際にも使用できます。行頭に置くときもカッコ同様、頭を1字下げる必要はありません。
　時折、3点リーダーを全角や半角のなかぐろ（・／･）で入力したり、ダッシュをハイフン（-）やマイナス（−）で表したりしている作品を見かけます。「3点リーダー」や「ダッシュ」の変換方法を知らずに似た記号を使ったり、ネット上で誤用されている文章を参考にしていた

り、原因は様々だと思いますが、これらは「誤字」になりますので、賞に応募するときは注意してください。入力ソフトにもよりますが、3点リーダーは「てん」、ダッシュは「だっしゅ」と入力すれば変換されます。詳しくは、自分が使用している入力ソフトを調べてみてください。

　3点リーダーもダッシュも非常に便利な記号ですが、多用しすぎると文章のテンポが悪くなり、見た目にも美しくないので、「ここぞ」という場面で使うことをおすすめします。

「えっと…部活はもう決めていますか？」
「ずっと吹奏楽部だったので、ここでも入るつもりです──」

「えっと……部活はもう決めていますか？」
「ずっと吹奏楽部だったので、ここでも入るつもりです」

＊禁則処理

　禁則処理とは、句読点や感嘆符などを行頭に置いてはならないという禁止事項、あるいは、それを避けるために字詰めや文章を調整することを指します。パソコンで執筆していると、設定次第でソフトが自動的に処理してくれたり、〈小説家になろう〉でも自動で処理されますが、これは小説に限らず文章を書くうえで守らなければならないルールなので、一般的なものだけでも覚えておきましょう。

「じゃあ、私が部長に紹介してあげる！　楽器はなんだった
？」
　吹奏楽部に所属している有美子が手を挙げて言った。

「じゃあ、私が部長に紹介してあげる！　楽器はなに？」

> 吹奏楽部に所属している有美子が手を挙げて言った。

行頭にきてはいけない文字

閉じカッコ	」』)）}】＞》" など
句読点	、。．, など
拗促音	あいうえおっつやゆよアイウエオツヤユヨ など
なかぐろや音引き	・ー—- など
その他	！？ゝ々：；／ など

行末にきてはいけない文字

始めカッコ	「『（（【＜《" など

行をまたいで分けてはいけない文字

つなぎ罫	…… —— など
英単語	Japan fantasy など
連数字や組数字	50,000　1/2 など

【表記の統一】

必ずしも厳密である必要はありませんが、作中で同じ意味の言葉を使うときは、基本的に表記を統一しましょう。これは、表記がバラバラだと見た目が美しくないといった単純な理由だけではなく、読者を混乱させないためでもあります。

一言に「表記」といっても、漢字、数字、一人称、比喩など様々あるので、次に挙げるいくつかの例を参考にしてください。

> ①美咲は溜め息をついた。ほかにも溜息をついている人が数人……。
> ②時計を見ると８時55分だった。あと五分で１時限目が始まる。
> ③「わたしも彼女と話したいな。でもあたし、音楽は苦手なんだよね」

> ①美咲は溜め息をついた。ほかにも溜息をついている人が数人……。
> ②時計を見ると8時55分だった。あと5分で1時限目が始まる。
> ③「わたしも彼女と話したいな。でもあたし、音楽は苦手なんだよね」

①➡「溜め息」と「溜息」が混在してチグハグですよね。
②➡数字の表記統一は基本中の基本。縦書きでは漢数字、横書きではアラビア数字を使うのが一般的です。
③➡「わたし」と「あたし」では、言葉から受けるキャラクターの印象が異なります。キャラクターごとにどんな一人称を使うのか、きちんと決めておきましょう。ひとつの作品のなかで、最初は一人称が「ぼく」だったキャラクターが、途中から「僕」が交じり、終盤では「俺」に変わってしまった、なんてことになったら、いったい誰の話を読んでいるのかわからなくなってしまいます。

　漢字表記に関しては、どの程度まで難しい漢字を使用するか、どこまで厳密に漢字を使い分けるか、という問題もあります。
　手書きが当たり前だった昔と違い、文字を入力すれば簡単に漢字変換してくれるパソコンなどを使う人が多いためか、近頃は必要以上に漢字の多い文章が増えています。わざわざ常用外の漢字を使う必要はありませんし、あまり漢字が多くては読みづらさに繋がってしまうので、漢字の多用には気をつけたいところです。
　また「分かる、解る、判る」などといった使い分けの難しい漢字は、「わかる」とひらがなで統一してしまうのもひとつの方法です。「こと」「ところ」「もの」「〜いる」「〜ある」などの形式名詞や補助動詞は、一般的な出版物では、むしろ漢字にしないほうが好ましいとされています。

【重複は避ける】

　同じ意味の言葉を重ねて使うことを重複表現、あるいは重言、二重表現といい、文章を書くときには避けるべきとされています。「頭痛が痛い」は、まさに重複表現ですね。「頭痛」＝「頭が痛い」ことなので、「頭痛がする」もしくはそのまま「頭が痛い」と書けばいいのです。ほかには「馬から落馬する」も代表格でしょうか。

　しかし気をつけるべき重複は、こうした意味の問題ばかりではありません。一目でわかるのは、「違和感を感じる」といった漢字の重複です。「〜感を感じる」の簡単な重複回避方法は、「感じる」を「覚える」に置き換えること。そんな安直な方法は嫌だという人は、「なんだかしっくりこない」「どこか怪しい」など、別の表現を使うのもいいでしょう。

　では、ほかにどんな重複があるのか、例を挙げてみましょう。

＊音
　意味や字面には問題がないけれど、読んだときに「あれ？」と思う文章に出会うことがあります。そういうときは音に注目してみてください。ひとつの文章に、同音異義語（発音は同じだが意味の異なる言葉）や同訓異字語（同じ訓を持つ異なる漢字）などが入っていませんか？
　黙読していても、意外に音の重なりは引っかかるもの。ほんの少し表現を変えるだけでも、すらすらと読める文章を作ることができます。

　音楽以外の趣味もわかれば、意外な共通点が見つかるかもしれない。

　音楽以外の趣味もわかれば、思いがけない共通点が見つかるかもしれない。

＊表現

　決して間違いではないものの、意図的な使用でないのならやめておきたいのが、同じ言葉を使うこと。ひとつの文章のなかではもちろん、数行にわたって同じ表現が何度も出てくると、読者は読みづらさやしつこさを感じたり、書き手の文章力に落胆してしまったりするものです。

　たとえば、助詞の「も」「の」「に」や、「～こと」「～である」は連続使用されがちですが、意識すればすぐに気づく重複表現であり、ちょっとした工夫で省略・削除できるものです。

　固有名詞や普通名詞を続出させるときは、ところどころ代名詞に置き換えるといいでしょう。同様に、たとえば小説で頻繁に使われることが多い「言う」という動詞は、「発する」「語る」「切りだす」「口を開く」と様々に言い換えられます。「美しい」などの形容詞なら、「綺麗」「麗しい」といった言葉に置き換えるだけでなく、「ダイヤのような輝き」など、比喩を使った表現も可能でしょう。

　語彙不足で言葉の置き換えに困ったときは、同じような意味を持つ言葉をまとめた『類語辞典』を参考にしてみるのも手ですよ。

> 　麻友が教室に来てから、美咲の頭の中は麻友のことでいっぱいだった。
> 　チャイムが聞こえ、ドアの開く音が聞こえた。

> 　麻友が教室に来てから、美咲は彼女のことばかり考えていた。
> 　チャイムが鳴り、ドアの開く音が聞こえた。

＊文頭・文末

　セリフ以外の文——いわゆる「地の文」の文体は（演出目的でない限り）、「だ・である」もしくは「です・ます」のどちらかに統一する、と

いうのは文章を書くうえでの基本ですが、小説の基本として、同じ文頭・文末を連続させない、というものがあります。

このふたつは、別に矛盾しているわけではなく、「そして〜。そして〜。」「〜た。〜た。〜た。」のように、同じ始まり方、終わり方の文を続けないという意味です。それはどういうことなのか。例を挙げてみます。

　現代文の田中先生が教室に入ってきた。そこで入れ替わるようにして担任の葉鳥が出ていった。そこで麻友も席に着き、1限目の授業が始まった。

　現代文の田中先生が教室に入ってきた。入れ替わるようにして担任の葉鳥が出ていく。そこで麻友も席に着き、1限目の授業が始まった。

2回登場する「そこで」はしつこいような、「〜た。」という語尾の連続からは単調な印象を受けませんか？　「そこで」は両方もしくはどちらかを削ってしまったほうがすっきりしますし、「出ていった」を「出ていく」に変更するだけで、だいぶ雰囲気を変えられます。

難しいのは、過去のことを書くとき。英語ほど明確ではありませんが、日本語にも時制による使い分けがあり、過去を描写するシーンでは、「〜た。」や「〜だ。」を続けてしまいがちです。絶対に同じ文末を連続させてはいけない、などという決まりはないものの、合間に体言止めを挟んだり、完了・未完了を判断基準に「〜る。」を織り交ぜると、文章のリズムを作りやすいので、ぜひ試してみてください。

【「てにをは」に注意】

文章の書き方に関する本やサイトで、「てにをは」を正しく使うことの重要性について触れられているのを、目にしたことがある人は多いのではないでしょうか。

そもそも「てにをは」とは、助詞（または助動詞など）の別称で、「で」「に」「を」「は」「が」「も」など、語句と語句とを繋ぎ、その関連性を示したり、意味を加えたりする言葉のことです。日本語特有のもので、助詞の使い方が不適切だと文章そのものの意味が変わってしまうため、文脈がおかしいことや、話の辻褄が合わないことを、「『てにをは』が合わない」と表現します。

「この絵、素敵だね」「その服、似合っているよ」など、普段の会話では助詞を省略する場合も多いですが、声や表情、動作から微妙なニュアンスまで感じ取ることができる現実と違い、小説は作者が言葉を使って書かなければ、正しく意味を伝えることはできません。

「その服が似合っている」のか、「その服は似合っている」のか、それとも「その服も似合っている」のか。このように、助詞ひとつで文意は変わってしまいます。自分のイメージを正確に伝えるためには、「てにをは」の使い方を押さえておくことがとても重要なのです。

＊「は」の主な用法

助詞の使い方の一例として、日本語においてもっとも特徴的な助詞である「は」の使い方を、5つの働きとともに紹介します。「は」をほかの助詞に置き換えたり、削ったりした場合、文章の意味やニュアンスがどう変化するかを考えると、特徴がより見えてきます。

---

①主語・主題を示す
［主語］美咲は教科書を開いた。
［主題］美咲はお腹が鳴った。

---

②ほかと比較・区別する
［比較］いつもはしっかり朝食をとるのだが、今朝は寝坊して食べられなかったのだ。
［区別］このクラスではダイエットが流行っている。

③条件を表す
　[条件] 空腹では授業に集中できない。

④逆説を強調する
　[逆説] 田中先生の話を聞く振りをしてはいるが、まったく頭に入ってこない。

⑤含み（言外の意味）をもたせる
　[含み] 美咲の朝食も、用意されてはいたのだ。

＊その他の用法
　そのほかの助詞にも、似た意味を表すけれどニュアンスが微妙に異なるものがあります。

[例1] 選択を表す

　[で] 母親から紅茶かカフェオレかと聞かれた美咲は、「カフェオレでお願い」と答えた。

　[を] 母親から紅茶かカフェオレかと聞かれた美咲は、「カフェオレをお願い」と答えた。

　どちらの文章も正しく選択の結果も変わりませんが、「で」は「（本当ならもっと別のものがよかったけれど、その2択なら）カフェオレで」というニュアンスも含むため、「を」ほど積極性を感じないのです。

[例2] 場所を表す

[へ] 急いで学校へ行く。

[に] 急いで学校に行く。

　一般には、「へ」は動作の方向を示し、「に」は動作の到達点を示すとされています。つまり「へ」は学校へ向かっている様子を喚起させ、「に」は到着する結果をイメージさせるのです。「へ」が、ただ方向だけを表すのに対し、「に」には動作の目的も含まれるため、「学校に行く」⇒「学校に（勉強をしに）行く」というニュアンスも含まれることがあります。

【一文を長くしすぎない】

　読みやすい小説を書くために誰もが簡単に実践できる方法、それは一文（センテンス）を短くすることです。
　文章を書くことに慣れてくると、読点で文節を繋ぎ、つい描写過多になってしまいがちです。しかし、長いセンテンスが続くと文章のテンポが悪くなるだけでなく、書き手の意図が正確に伝わらなかったり、読み手を混乱させたりして、ストレスフルな小説になる危険があります。文章術に長けた上級者以外は、短文を心がけるのをおすすめします。

　とはいえ、短文ばかりでは稚拙に見えてしまい、作者が個性を出しづらいのも事実です。つまり小説では、悪文にならない長文を適度に織り交ぜる必要があるのです。
　そこで、長いセンテンスを作るときに注意するべきポイントをお教えします。

＊主語に注意

　日本語の文章には主語がなくても成り立つという特徴がありますが、主語を省いてもいいのは主体がはっきりしているときだけです。誰（な

に）の言動や状態を書いた文なのか、読み手が容易に推測できない場合は、きちんと主語を入れます。

その際、主語の位置にも配慮が必要です。主語がなかなか出てこない文章は読者を混乱させる可能性があるので、主語は早めに出し、述語はなるべく主語の近くに置くようにするといいでしょう。

＊修飾語に注意

修飾語とは、ほかの文節にかかる語のことです。つまり主語・述語を除く、「いつ」「どこで」「どんな」「なにを」「どのように」など、対象となる言葉（被修飾語）の内容を説明する語を指します。

長いセンテンスというのは、この修飾語が長かったり、いくつも使われていたりするのですが、その際、修飾語は被修飾語の直前に置くのが文章の基本です。修飾語と被修飾語が離れていると、どの言葉を修飾しているのかが把握しづらく、文意が伝わりにくくなってしまうのです。

また、ひとつの名詞に複数の修飾語がかかるときは、修飾語の順番によって文章の意味が変わってしまうことがあるので要注意です。

[例1]

> 現代文の教科書を開いて、ノートを取っている綺麗な麻友が、美咲の視界に入った。

上の文では、「現代文の教科書を開いて」「ノートを取っている」「綺麗な」という3つの修飾語が「麻友」にかかっています。このなかで「綺麗な」の位置を変えてみると……。

[例1-1]

> 綺麗な現代文の教科書を開いて、ノートを取っている麻友が、美咲の視界に入った。

[例1-2]

　現代文の教科書を開いて、綺麗なノートを取っている麻友が、美咲の視界に入った。

　[例1-1]だと綺麗なのは現代文の教科書になり、[例1-2]だとノートが綺麗なことになります。わかりやすい例ですが、描写が複雑になればなるほど、こうした修飾語を入れる位置は迷うものです。

　複数の修飾語を並べるときは、修飾したい言葉はどれか、しっかり確認しながら書きましょう。また、同じ言葉に複数かかっている場合は、長い修飾語から先に出していくと、読み手にやさしい文章になります。

【会話文では発言者を明確に】

　P.202で「改行を入れ、読みやすく『見せる』ことはとても大事だ」と説明しましたが、地の文に改行を入れていく方法のほかにも、読みやすく「見せる」コツがあります。

　そのひとつが会話文の挿入です。セリフは基本的にキャラクターの発言ごとに改行するので、ごく自然に、ページに余白を作ることができます。また、会話文を中心とした構成には、文章が軽妙になり、キャラクターの個性を出しやすいといったメリットもあります。では、会話文を書くときに注意すべきポイントはなにか。もっとも重要なのは、発言者を明確にすることでしょう。

　小説は、漫画や映画などと違い、すべての情報を文字で伝えなければなりません。つまり、このセリフは誰のセリフなのか、という基本情報も、文章によって表現しなければならないのです。発言者が不明瞭な会話文は読み手に不親切なばかりか、物語を読み進めるうえで重大な誤読を招く危険性もあります。ですから、あえて伏せる場合を除き、セリフやその前後には、必ず発言者がわかる情報を入れましょう。

「出席番号8番、この言葉はどういう意味だ?」
「すみません! 聞いていませんでした」
「お前はなにを浮ついているんだ」
「じゃあ、18番はどうだ」
「……」

「出席番号8番、この言葉はどういう意味だ?」
　田中先生の言葉に、美咲はビクッとして立ち上がった。
「すみません! 聞いていませんでした」
「お前はなにを浮ついているんだ」
　先生に叱られて着席すると、隣の席の勇太が笑っていた。
「じゃあ、18番はどうだ」
「……」
　無言で立ち上がる勇太の困った表情を見て、美咲はつい吹き出しそうになった。

【視点のごちゃまぜはNG】

　小説を書くときの基本メソッドとして必ず取り上げられるのが、「視点の統一」です。では、反対に「視点が混在する文章」とはどういうものなのか、簡単な例を挙げます。

[例]

　美咲は呟いた。
「麻友さんは素敵だな……」
「お前、どこ見てるんだよ」
　勇太は呆れるように言った。

この文章は一見特に問題がないように感じられますが、美咲を主人公とし、これまで物語が美咲の視点で語られてきたのだとしたら、最後に出てきた勇太視点の文章に違和感を覚えるのではないでしょうか。4行目の文を「勇太の呆れたような声が聞こえてきた。」とすれば、視点が主人公である美咲に統一され、ひっかからずに読めるはずです。

　小説は創作物なので、視点の混在する作品を書くことも作者の自由です。要は、読者にきちんと内容が伝わればいいのですから。ただし、この「読者に伝わる」という点が重要なのです。ずっと主人公視点で進んできたところに、明確な意図もなく突然別の人物の視点が入ったら、読者は驚きますよね。それに、わかりやすい区切りも規則性もなくコロコロ視点が変われば、読み手は物語に感情移入しづらくなる可能性が高まります。視点の混在にはそうしたリスクがあるため、文章力に自信がないかぎり、視点は固定することをおすすめします。

✔視点とはなにか

　小説を書き始めるときに、「視点を決めなさい」といわれることがあります。これは「物語を誰の目（どういう角度）から書くのか、語り手の立ち位置を決めなさい」という意味だと考えていいでしょう。
　小説における「視点」には、「見る」だけでなく、「聞く」「感じる」「考える」といった要素も含まれます。小説は一人称であれ三人称であれ、語り手が誰か（主に読み手）に向けてお話を語る、というスタイルで成り立っているので、すべての基点となる視点は、小説を書くときに必ず決めなければなりません。

　そして、視点を決めるのと同時に考えなければならないのが、「人称」です。なぜ視点と人称を一緒に考えるのかというと、視点をどこに置くかで人称が決まり、人称によって視点の位置が変わるからです。それほど視点と人称は密接な関係にあるのです。
　では、その「人称」にはどんなものがあるのでしょうか。

【一人称と三人称】

　小説は基本的に一人称か三人称のどちらかで書かれており、一人称の場合は語り手が物語の当事者（作中に登場する人物。多くは主人公）、三人称の場合は語り手が物語に属さない第三者、となります。「基本的に」と書いた通り、一人称でも三人称でもない二人称小説もありますが、これは特殊なスタイルなので、ひとまず一人称と三人称の特徴について説明したいと思います。

＊一人称

　一人称は語り手自身、すなわち自称のことなので、一人称小説とは作品の登場人物のひとりが、「私は」「僕は」と語ることで進行していく物語を指します。簡単にいえば、地の文の主語が「私」「あたし」「僕」「俺」、時代ものなら「拙者」「吾輩」などになる、ということですね。視点が「自分」（＝語り手）に固定されるため、語り手の主観が投影されやすいのが特徴で、語り役は主人公が務める場合が多いです。

　視点の人物が、自ら経験している（あるいは経験した）出来事を語っている、というスタイルなので、臨場感を出しやすいのが大きなメリットといえます。また、視点の人物の気持ちや考えをストレートに描けるため、読者に感情移入してもらいやすいことも強みでしょう。

　ただし一人称には、語り手である「自分」が知っている情報しか書けないという縛りがあります。たとえば、人は他者の心や頭の中を覗くこ

となどできないので、ほかのキャラクターの心情に触れたければ、「だろう・かもしれない・らしい」といった書き方をするしかありません。同じく「自分」がいないところで起きた出来事についても、直接的描写はできないため、誰かから聞いたことにしたり、メディアを通して知ったことにしたりと、「伝聞」の形を取る必要があります。

一人称で書くと視点が限定されるぶん、作品に奥行きを持たせるのが難しくなりますが、作者が視点人物になりきるように臨場感たっぷりに場面場面を描ければ、読者を物語に引き込みやすくなるのも確かです。感情の掘り下げが読みどころになる恋愛ものや日常ものには、特に向いているスタイルといえるかもしれません。

＊三人称

一人称が自称なのに対して、三人称は他称です。三人称小説とは、作品の登場人物と無関係な第三者によって語られる物語のこと。語り手は物語に属さず、客観的な視点で話が進行します。地の文の主語は「彼」「彼女」「誰々（名前）」です。

三人称（多元視点）

語り手は物語に属さず、視点も固定しないで小説世界を客観的に見て語るスタイル

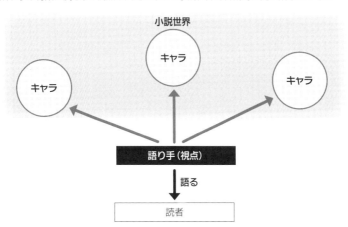

語り手と登場人物たちとの間に距離があるため、一人称よりも描写範囲が広いことが特徴で、なかでも自由度の高いスタイルが、三人称多元視点です。

　これは、作品に登場するすべてのキャラクターの行動と心の内を書くことができ、いつ、どこで起きた出来事でも描写できる万能型です。小説では原則NGといわれる視点の移動も可能で、登場人物たちの心理を見透かすことから、「神の視点」とも呼ばれます。設定の入り組んだファンタジーにはとても向いているでしょう。

　しかし、自由度が高いがゆえにコントロールが難しく、どの場面で誰を中心に据え、どのくらいの状況描写・心理描写をするかなど、作者はすべての判断をしながら物語を書き進めなければなりません。頻繁に視点を移動すれば、読者は物語の情景をイメージしづらくなりますし、心理描写をするときには、それが誰の心の内かをはっきりさせなければ、やはり読者を混乱させてしまいます。もし、読者が何度も前のページをめくり返さなければその場面を理解できないとしたら、それは読みづらい構成だということです。なんでも書けるからこそ、読みやすさへの配慮が必要です。特に複数のキャラクターがいる場面では気をつけましょう。

三人称（一元視点）

語り手は物語に属さず、特定の人物（キャラA）に視点を添わせて小説世界を語るスタイル

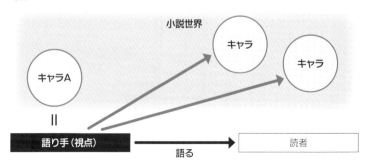

ここまでを読んで、「三人称は少しハードルが高いな」と感じた人もいるかもしれません。しかし、どうぞ安心してください。同じ三人称でも、初心者に扱いやすいスタイルがあります。作中に登場するどのキャラクターのどんな描写も可能な多元視点とは違い、一人称小説のようにひとりのキャラクター（多くは主人公）の行動を追う、三人称一元視点です。

　このスタイルの大きなメリットはふたつあります。ひとつは、特定のキャラクターを追うことで、一人称小説に近い臨場感を出せること。もうひとつは、一人称よりも広範囲の描写が可能なことです。語り手自体は物語に属さないため、一人称と違い、中心に据えたキャラクターを外側からの視点でも描くことができるのです。三人称をベースに一人称の利点を加えたようなスタイルで、ライトノベルをはじめ、近頃は様々なタイプの小説で主流となっています。
　といっても、もちろんメリットばかりというわけにはいきません。心の声が書けるのは追っているキャラクターのみ。それ以外のキャラクターの心理を描写すると、視点の混在を招いてしまいます。ひとりのキャラクターを追うといっても、あくまでも三人称視点ではあるので、視点人物に寄り添いすぎないよう、客観性を保つことも大切です。

＊二人称
　先ほど「特殊なスタイル」と説明した、二人称小説についても触れておきましょう。
　二人称とは対象、つまり語り手に対する受け手のことです。二人称小説とは、読者（もしくは主人公など、読者が感情移入するべきキャラクター）に向かって、「あなたは」「君は」と語りかけるように綴るスタイルで、メッセージ性が強く、読者をまるで小説の世界にいるような気分にさせることができます。しかし、失敗すると作者の独りよがりに見え、読み手を白けさせてしまう危険も……。描写範囲が狭いわりに高い文章力と演出力が必要なので、挑戦するときにはご注意ください。

○人称の混在はダメ

　P.218で「視点のごちゃまぜはNG」という話をしましたが、同じように人称のごちゃまぜも基本的にはNGだといわれています。理由は、やはり読み手が混乱するからです。

　人称ごとに語り手の立ち位置が異なることは、これまでに説明した通りですが、人称が急に切り替わるということは、見えなかったはずのものが見えるようになったり、見えるはずのものが見えなくなったりする、ということになるわけです。そんなことが同一場面で突然、あるいは頻繁に起こったら、読者は頭の中で「絵」を作ることができませんし、話を追うのも大変です。「この作品は主人公の一人称でいく」と決めたのなら、書き手の都合で主人公以外のキャラクターの心の声を挟んだりするのはやめましょう。人称による特性の違いを理解し、話に合ったスタイルで書き通すことが大切です。

　とはいえ、そうした特性の違いを活かして、一作のなかで複数の人称を使い分ける方法もあります。ポイントは「区切り」を作ること。これについては、次ページの〈章立てを活用〉の項目で詳しく触れることにしましょう。

○視点の切り替えには配慮を

　読者の混乱を招くため、「視点や人称のごちゃまぜはダメ」だとされています。でも、主人公の一人称小説の中に別のキャラクターの一人称、あるいは三人称が入ったり、1冊の長編小説に複数の主人公がいて、それぞれの視点で描かれた話があったりと、視点や人称が変わる作品はたくさんあるじゃないか、と思う人も多いでしょう。それらは小説のタブーを犯しているのかというと、そんなことはありません。なぜかというと、そうした作品の多くは、章または節単位で視点や人称を切り替え、読者を混乱させない配慮がされているからです。

　もちろん、節で区切ったからといって、同一シーンでコロコロ視点を変えるのはタブーですし、視点人物が多すぎては読者がキャラクターに感情移入できず、散漫な印象の小説になってしまうため、気軽に切り替えるのはおすすめできません。しかし、上手に使えば物語に広がりをも

たせることができます。

【章立てを活用】

　小説において章立てをする際のルールは、特にありません。日本の長編小説なら、1冊を5章から10章くらいに分けることが多いかもしれませんが、章ごとの長さも、数も、タイトルの有無も、すべてが書き手の自由です。そもそも、必ず章立てしなければならないというわけでもありません。ただ、あればなにかと便利なのも確かです。なにより作品の構成が明確になるため、読み手にとっては物語を把握しやすくなります。

　終わりまで書き上げてから章を割ることも可能ですが、書き始める前にあらかじめ章立てを決めておくと、話を展開させていく際の目安にすることができます。話の展開に合わせる形で、ひとつの作品の中に大きめのまとまりをいくつか作るイメージでしょうか。プロットを無視してずるずる書いてしまう、なんていう事態を防ぐこともできるので、長めの話を書く場合は、全体の構成を考えるときに章立ても決めてしまうことをおすすめします。

○章立てのポイント

　では、章立てをするときはどんなところに着目すればいいのでしょうか。まず押さえておきたいポイントは、章の区切りには大きく分けて、ふたつの種類があるということです。ひとつは「大きめの場面転換」、もうひとつは「演出上の区切り」です。

　前者は、物語の舞台が変わるときや大きく時間が飛ぶとき、キャラクターの出入りがあるときなどに、ひとつのエピソードが決着したり、話の流れがいったん切れたりしていることを読者にはっきりと示し、気持ちを切り替えてもらう意味で利用できます。後者は、舞台もメンバーも変わらないけれど、「ここから物語が大きく変化・展開していきますよ」という場所で章を移して区切りをつけることで、読者の期待や緊張を煽ることができます。

　どちらにしても、演出上の理由もなく話の流れをぶつ切りにするような章立てはNGです。章が移れば物語になんらかの変化があるものだと

読者は考えますので、意図のわからない章替えをして、「どうしてここで切り替わったの？」などと、読み手に違和感を与えることのないように注意しましょう。

○起承転結にあてはめてみる

活用しやすいのは、「演出上の区切り」を目安に章立てすることでしょう。それを自分の作品にどうあてはめたらいいのかわからないという人は、小説構成の黄金パターン「起承転結」をベースに考えてみるのも有効な手段のひとつです。

古代中国の漢詩の詩型、絶句の形式を由来とする「起承転結」は、プロットを考えるときのひとつの指標であり、章立ての目安にもなる物語の基本スタイルです。

小説にあてはめて考えると次のようになります。

起（始まり）	キャラクターや世界観、状況など、物語の前提を紹介
承（展開）	【起】を受けて物語を膨らませ、【転】に繋げる
転（急変）	大きなイベントが起こり状況が一変、読者を驚かせる
結（終わり）	テーマを昇華し、物語を締める

ここで押さえておきたいのは、展開を考えるうえでの「起・承・転・結」の配分は、4等分が必須ではないということです。

【起】が長いとお話が動かず読み手はじれったくなり、【結】はいわゆるオチなので、長すぎると締まりがなくなってしまいます。物語に奥行きを生み出す【承】と、驚きを作る【転】にボリュームをもたせ、【起】と【結】はコンパクトにまとめると、展開にメリハリが生まれ、読者に好まれやすい物語作りができるでしょう。

また、必ずしも起承転結の4分割ではなく、「起承転結結」（2段オチ）にしたり、「転」の部分をちら見せするところから物語をスタートさせるなど、構成に変化をつけることもできます。

執筆の目安という意味でも、章立ては利用できます。いきなり長い物語を細かく考えて、ひたすら結末に向けて書くよりも、全体を何分割かしてそれをもとに章立てし、ひとつひとつの章を書き上げることをとりあえずの目標に書き進めていくのです。いわば、道しるべのようなもの

ですね。章の区切りで、作者もひと息つくことができるでしょう。物語全体のあらすじとは別に、章ごとのあらすじも考えておくと、執筆の助けになるはずです。

○章内に節を作る

章替えをするほど大きな場面転換ではないけれど、短い時間の経過や気持ちの切り替わり、小さな場所移動などがあったとき、それを読者にわかりやすく伝えたい場合はどうしたらいいか。もっとも簡単で効果的な方法は、「空行」──つまり空白行を入れ、章内に節（パラグラフ）を作ることです。

空行の入れ方にも明確な決まりはありません。いわば書き手のセンスに任されており、横書きが主なWeb小説では読みやすさ（見やすさ）が非常に重視されるため、空白行を多用するスタイルが流行っています。話の区切りではもちろん、地の文と会話文を明確に分けるために使う書き手が多いのです。ただし、一般的な紙の書籍では空白行の多用は好まれないことは、頭に留めておきましょう。

○時系列の入れ替え

例外はありますが、小説の時系列は現在から未来へ流れていくのが基本であり、原則的に物語の出来事は起こった順番の通りに並べるものです。作中の時間が過去・現在・未来を行ったり来たりしては、読者は今がいつなのかわからなくなってしまうので、特に小説を書き始めたばかりの人は、時系列をまっすぐに書くことを意識するのがおすすめです。

とはいえ、漫画や映画のように回想シーンを挟みたいと思うこともあるでしょう。そういうときはどうすればいいか。

視点移動と同じように章や節によって区切り、過去の出来事を挿入すればいいのです。

ただし、それは誰の過去なのか、前後の脈略は理解できるようになっているかなど、読者を混乱させないように、しっかり気を配ることをお忘れなく。回想シーンが長すぎると物語が進まず読者をイライラさせてしまう危険性もあるので、時系列の入れ替えを行うのであれば、そうしたデメリットも考慮したうえで効果的に利用しましょう。

読みやすい文章を書く
人に伝わる文章の書き方とは？

✔文章構成を考える
○主語と述語を明確に

ここでは主語と述語の関係について触れていきたいと思います。

主語・述語といえば、文章を構成するもっとも基本的な要素、「誰がなにをしたか」を表します。このふたつが上手く組み合わさっていないと、意味が通じなかったり、読んでいて違和感を覚えたりします。

主語と述語を合わせるくらい、とても容易なことのように思えますが、実はプロを目指して小説を書いている人でも、主語と述語が合っていなかったり、主語が曖昧な文章を書いてしまったりしていることが結構あるのです。

2種類の例文を見てみましょう。

[例１：主語と述語が合っていない]

①野球部のマネージャーの仕事は、選手のコンディションを管理する。

②野球部のマネージャーの仕事は、選手のコンディションを管理することだ。

③野球部のマネージャーは、選手のコンディションを管理する。

①は一瞬問題なく読み流してしまいそうですが、よく見ると主語と述語が対応していません。

これを正しく直したものが②と③です。②は主語に合わせて述語を変

え、③は述語に合わせて主語を変更しました。

こうした間違いは意外と多いものなので、推敲する際には主語と述語がきちんと対応しているかもチェックしてくださいね。

[例２：主語と述語の繋がりが曖昧]

> ④叔母さんが就職したばかりの娘さんが具合の悪そうな上司に声をかけたら「口を動かすより手を動かせ」と叱られたといって怒っていた。

> ⑤就職したばかりの娘さんが具合の悪そうな上司に声をかけたら「口を動かすより手を動かせ」と叱られた、といって叔母さんが怒っていた。

> ⑥叔母さんが、就職したばかりの娘さんが具合の悪そうな上司に声をかけたら「口を動かすより手を動かせ」と叱られた、といって怒っていた。

④は、ひとつの文章のなかに「叔母さん」「就職したばかりの娘さん」というふたつの主語と、「叱られた」「怒っていた」というふたつの述語が入っているため、どの主語がどの述語にかかっているか、わかりづらくなっています。

これを書き直したのが⑤と⑥。文意が伝わりやすくなりました。ただ、⑤は主語が文の終わりまでわからないところがややマイナス。⑥は主語と述語が離れているところが少し気になりますが、このなかではもっとも読みやすいのではないでしょうか。

主語と述語が複数ある長い文章では、主語や読点の位置に気をつけて、文意をはっきりさせるように意識しましょう。

ただし、一文のなかに主語と述語がいくつも入る長い文章は、複雑で

ややこしくなりがちなので、ほどよく文を分けることも忘れずに。

○長すぎる修飾語に注意

　修飾語と聞いて思い浮かぶのはどんなものですか？　「美しい」といった形容詞？　それとも「はっきり」のような副詞でしょうか。

　しかし、思考、感情、行動、情景など、様々な描写を求められる小説では、先ほどの［例2］のように、主語と述語を含む長い文節も修飾語となり得ます。

　たとえば、

> 　母親が作ってくれたフレンチトーストを食べ損ね、学校まで猛ダッシュするはめになった美咲は、寝坊を後悔した。

という文があるとします。これは、「母親が作ってくれた」から「ダッシュするはめになった」までの文節が、主語である美咲の修飾語になるわけですが……どうでしょう。修飾語がやたら長いのに述語は短くて、わかりづらいうえに格好悪いですよね。

　長い修飾語を使うときは、文の主体は明確か、文節のバランスに問題はないか、細かく気を配ることが大切です。

✔人物・状況描写に意識を
○視点・人称を統一する

　視点・人称の統一は、小説を書くうえでとても大切なことなので、あらためて要点をまとめてお伝えしたいと思います。

　まず大前提として、小説とは基本的に文章のみで構成されているものです。それはつまり、漫画やアニメのように、視覚から得る情報がほとんどないということ。そのため、多くの読者は物語を読みながら、頭の中でその場面を想像しています。

　では、ひとつの場面に複数の視点や別の人称が交ざったとしたら、頭の中の「絵」はどうなるでしょう？　自分はどこに立ち、誰の目線から物語を見ているのか、きっとわからなくなってしまいますよね。読者に

そういった混乱をさせずに、書き手の伝えたいイメージがきちんと伝わるように、文章における視点や人称の統一が必要になるのです。

　逆にいうと、読者を混乱させなければ、視点や人称を切り替えることは可能です。展開上、もしくは演出上、視点や人称を変更したくなるときもあるでしょう。その場合は節や章で話を区切り、「ここから視点・人称が切り替わりますよ」と読者に知らせればいいのです。実際、『side○○』『○○視点』（○○にはキャラクター名が入る）など、明示して切り替えている書き手もいます。その場合も、同一場面に「混在」させるのではなく、ひとつのまとまりのなかで「統一する」ことを心がけてください。
　三人称多元視点の作品も、ほんの数行でコロコロ視点を切り替えることは、なるべくやめておきましょう。

○**状況描写に必要なこと**
　小説は、よほど特殊な作品でない限り、登場人物が発するセリフと地の文とで成り立っているものです。そして繰り返しになりますが、小説は基本的に視覚から得る情報がほとんどありません。このことが、文章で伝えなくてはならない要素に大きく関わってきます。
　というのも、漫画やアニメなら一目でわかること——その場面には誰がいて、場所はどこで、なにをしているのか、といった情報も、地の文やセリフといった文章で読者に伝えなければならないからです。つまり「５Ｗ１Ｈ」の描写が欠かせないということになります。

　文章を書くうえで、「Who（誰が・誰と）」「What（なにを）」「How（どのように）」が抜けてしまうことはあまりないでしょう。しかし、「When（いつ）」「Where（どこで）」「Why（どうして）」は、重要であるにもかかわらず、案外忘れられてしまうことがあるものです。
　「いつ」「どこで」がわからなければ、読者が「絵」を想像した場合、人物の背景が真っ白になってしまいますし、「どうして」＝動機付けがなければ、たとえ前後に熱い会話の応酬があったとしても、薄っぺらい印象は拭えないでしょう。

状況を描写する際に気をつけたいのは、「自分（作者）だけがわかっている」という事態です。書き手は伝えているつもりでも、読者には伝わっていないなんて、よくあること。その理由の大半は、描写の不足だったりするのです。かといって、場面が変わるごとにすべてを事細かく書く必要はありません。その場面がどこで誰がなにをしているのかといった基本的な要素が推察できればいいのです。それでも、作者だけがわかっているということにならないよう、状況描写に不足はないか、必ず確認するといいでしょう。

○ただの「説明」にならないように
　「状況描写に不足がないように」とはいいましたが、あまり説明的になるのはいただけません。このバランスが難しいところかもしれませんが、必要な情報を盛り込みつつ、自分の中にあるイメージを文章に落とし込んでみてください。
　状況や情景を描写（説明ではない）するところに、小説を書く醍醐味があるともいえます。その文章で、読者の目の前に見たこともない世界を繰り広げることができるのです。読者の想像力を喚起すること、読者を楽しませることを意識して書いてみましょう。

> 　簡素な木の扉を開いたら、部屋の奥にベッドがあった。その横には小さなテーブルが置かれていて、本が開いて伏せられていた。私がベッドに近づくと、横たわっていた彼が「やあ」と短い挨拶を口にした。

> 　簡素な木の扉を開くと、部屋の奥のベッドに彼が横たわっているのが見えた。ベッド脇の小さなテーブルには読みかけの本が伏せられている。彼は近づいてきた私に「やあ」と短い挨拶を口にした。

ここに挙げた例のように、状況を描写しようと思うと、そこにあるものすべてについて、まず触れておこうとしがちですが、全部最初に説明する必要はありません。扉を開けた「私」がまず目にしたのは、おそらく奥にあるベッドでしょう。もしも周囲のものから視点をベッドに移していくのなら、ベッドを目に入れるのを後回しにしたい心情を加えるといいかもしれませんね。

　場面の中で、なにに触れてなにに触れないか、描写する順番をどうするか。自分のイメージがもっとも明確に読者に伝わる文章になるよう、推敲を繰り返してみてください。

○空間を描く

　「５Ｗ１Ｈ」は書かれているけれど、なんだか平面的な「絵」しか浮かばない。そんな文章に出会うことはありませんか？　それはおそらく、その文章から「空間」を感じることができないからです。

　ひとつの部屋で３人のキャラクターが会話をしているとします。こういう場合、あまり横１列、または縦１列になって話しているとは思いませんよね？　では、３人の位置関係はどうなっているのでしょうか。部屋の大きさは？　それぞれの距離は？　そうした描写が入ると、その場に立体感が生まれます。しかし、それだけではまだ無味乾燥に感じられるのではないでしょうか。

　そこで加えたいのが、「見る、聞く、嗅ぐ、触れる、味わう」といった五感の情報です。部屋の匂いや温度、外から聞こえてくる音や、窓から見える風景。現実で当たり前のように得ている"情報"をさりげなく盛り込んで描写すると、リアリティがぐっと増すものです。

　目で見たものだけを書いていても質感は出せません。五感を使った表現をしてみましょう。

✓ 感情・心理描写をする
○誰のなにに対する感情なのか

　小説において、キャラクターの心理描写は読み応えのあるものです。そのキャラクターがなにを考え、どう行動しようとしているのか。その心理を追ううちに、物語に引き込まれていくこともよくあります。

書く立場からしてみても、キャラクター先行タイプの人などは特に、キャラクターたちの感情や思考の流れを、細やかに書き込みたいものなのではないでしょうか。
　キャラクターの気持ちが表れる心理描写は、書き手が自分の個性を出しやすい部分であり、読み手が心の内を明かされた人物に共感し、感情移入していくポイントでもあります。つまり、物語を書くうえで重要なものなのです。

　しかし、重要だからといって、書き手の好きなように好きなだけ書いていいわけではありません。心理描写が多すぎると、物語への客観的な視点が少なくなり、読者は状況を把握することが難しくなります。また、複数のキャラクターの内面を描く場合は、誰のなにに対する気持ちなのかを明確にしなければ、読者を混乱させてしまいかねません。
　それを防ぐためにも、キャラクターの内面を描くときには、独白にするか、セリフで表現するか、地の文に入れ込むか、効果的な見せ方を考えましょう。見せ方を変えることで、心理描写をより活かすこともできます。どの形がいいのか悩むときは、試しにいろいろなパターンで書いてみるのもいいでしょう。心理描写に限ったことではありませんが、トライ＆エラーを恐れずにチャレンジしましょう。どう描けば、その場面にとってぴったりくるものになるのか、探し出してみてください。
　P.220で触れた通り、その小説を書くのに使用している人称によって、直接的な心理描写ができる人、できない人がいるので、その点は注意してくださいね。

○表現にバリエーションをつける

　先ほど「心理描写は書き手が個性を出しやすい」といいましたが、これは表現のバリエーションをつけやすいという意味でもあります。
　キャラクターの感情を描写するときに、「うれしい」「悲しい」「腹が立つ」など、ストレートな表現ばかりしていると、そこに書き手の個性は表れません。それに、そういった描写ばかりでは文章に奥行きが感じられず単調ですから、読者からも、内面描写が浅い、拙いと思われてしまう可能性は大きいでしょう。

とはいえ、書き慣れないうちはどうしても表現がストレートになってしまうものです。

そこで、表現にバリエーションをつける簡単な方法をお教えします。感情そのものを表す言葉を使わず、声や顔、身体の表現で伝えるのです。

いくつか例を挙げてみましょう。

✔感情表現の例
◎喜び

> 瞳がキラキラ光る、顔が輝く、顔に喜色があふれる、頬が緩む、頬を紅潮させる、喜色満面になる、ニコニコせずにいられない、晴々とした顔になる、充足した顔になる、ホクホク顔になる、鼻を膨らませる、鼻歌を歌う、胸を躍らせる、胸が小躍りする、天にも昇る心地がする、心が弾む、歓声をあげる、陽気な声を出す、浮かれた声を出す、声を弾ませる、はしゃいだ口調でいう、バンザイをする、ハイタッチをする、ガッツポーズをする

◎悲しみ

> 顔を曇らせる、憂いに満ちた顔をする、悲痛な面持ちになる、顔色が青ざめる、表情をかげらせる、目を伏せる、目に悲痛の色が宿る、沈んだ目をする、憂いを帯びた瞳になる、胸が痛む、胸が締め付けられる、胸を押しつぶされる、心が張り裂ける、心にぽっかり穴が開く、胸がからっぽになる、重い息を吐く、溜め息を吐く、絶句する、膝を抱える、項垂れる、うつむく、肩を落とす、うずくまる、泣きはらす、しんみりした口調になる、沈痛な声を出す

◎怒り

頭に血がのぼる、腹を立てる、腹に据えかねる、腸が煮えくり返る、五臓六腑が煮えくり返る、目が険しい、目をつり上げる、目を三角にする、目を尖らせる、額に青筋を立てる、顔が火のように火照る、憤然とした面持ちになる、声を尖らせる、とげのある口調でいう、声を荒らげる、怒鳴り散らす、罵声を浴びせる、低い声を出す、血が沸騰するよう、頭から湯気を立てる、心持ちが悪い、唇をひん曲げる、拳を握り締める、背中の毛を逆立てる

◎恐怖

手のひらに汗がにじむ、顔がこわばる、顔が蒼白になる、震え上がる、背中を丸くする、身を震わせる、背中がゾクゾクする、背筋がヒヤッとする、身体が竦む、首を竦める、心が慄然とする、冷や汗をかく、額に脂汗がにじむ、戦慄する、身体が萎縮する、鳥肌が立つ、身の毛がよだつ、悲鳴をあげる、足が竦む、足が震える、膝がガクガクする、血が凍る、歯の根が合わない、奥歯が鳴る、後ずさる、心細くなる

◎驚き

目を丸くする、目をパチパチさせる、目を見開く、目をむく、目をみはる、瞬きを忘れる、二度見する、腰を抜かす、心臓が跳ね上がる、面食らう、鳩が豆鉄砲をくらったような顔になる、頬を打たれたような顔になる、ハッと息を呑む、頭を殴られたような衝撃をうける、舌を巻く、足元がぐらつく、心臓がひっくりかえる、心臓が口から飛び出しそうになる、心臓がバクバクと脈打つ、開いた口が塞がらない、口をパクパクさせる、弾かれたように飛び上がる

ほかにも、「天にも昇る気持ち」(喜び)や「土の中に埋没していくような気分」(悲しみ)のように、比喩を用いるのもひとつの手です。
　こういった方法を使うことで、ひとつの場面で複数回、驚いたり笑ったりしたときにも「驚く」「笑う」という言葉を重複させることなく、表現することができますね。いわば、言い換えのテクニックです。

　また、言葉を置き換えるだけでなく、キャラクターの心にその感情が生まれた経緯を丁寧に描写していくと、場面に深みが出て、より読者の感情移入を誘うことができます。ただし、あまり書きすぎると話が停滞して、妙なくどさが出てしまうので要注意。自分らしい、作品に合った表現方法を見つけてください。

✔セリフに注意！
○会話シーンで注意したいこと
　セリフと地の文の割合は作品によって異なりますが、ライトノベルやライト文芸といったキャラクター性の強いジャンルは、比較的会話シーンが多いとされています。
　その理由のひとつは、会話文が入るとテンポよく話を展開でき、個性豊かなキャラクターたちを生き生きと描くことができるからです。そうはいっても、キャラクター任せで好きなように書くばかりでは、せっかくの面白い会話も読みづらくなってしまいます。では、どんなところに注意するべきか、会話シーンで気をつけたいことをご紹介します。

＊同じキャラクターのセリフを連続で並べない
　小説には、「セリフが連続している場合、前と後ろのセリフは別人のセリフである」という原則があります。

「今日はいい天気だね」
「外へ出かけたいな」

この場合、ふたりが会話をしていると思うわけです。読者はこのルールに則って物語を読みますので、作者もこの約束を守りましょう。ひとりが一度に口にしたセリフとして書きたいのなら、「今日はいい天気だね。外へ出かけたいな」とカギカッコでまとめましょう。書いたり削ったりしているうちに、気づいたら同じキャラクターのセリフが連続してしまっていた、なんてこともありえるので、よく確認しましょう。

＊セリフを長くしすぎない
　ひとつのセリフがあまり長くなると、リズムが悪くなるばかりか、要点がボヤけてしまいます。なにか狙いがある場合を除き、適度に区切りを入れるクセをつけましょう。どうしても長ゼリフになる場合は、動作を間に挟んで区切る方法もあります。

＊セリフの間に地の文を入れよう
　複数のキャラクターが会話をしている場合、セリフのかけあいばかりが長く続くと、読者は情景を想像しづらく、発言者が誰かわからなくなってしまう可能性があります。そのため、会話が続く場面では、発言者がわかるようセリフの間に地の文を入れましょう。
　ただし、セリフの前後にいちいち「～はいった」と書くのはＮＧ。そればかりでは言葉が重複しますし、その場面描写が単調に感じられてしまいます。セリフとセリフの間に「私は彼が口を開くのを待った」「僕は彼女の顔を覗き込む」「僕が声をかけようとしたとき、彼女が振り向いた」など、キャラクターの動きや情景描写を挟むことで、そのセリフが誰のものかわかるようにするといいでしょう。
　また、発言者を明確にする方法としては、セリフの間に地の文を入れるのではなく、「それを知った彼が、『なんでそうなるんだよ』とふてくされた顔をした。」のように、セリフを地の文に組み込むというのも有効です。

○セリフの書き分け
　「セリフの間に地の文を入れましょう」と説明した直後に矛盾するようですが、展開によっては、地の文の挿入をしないほうがいい場合もあ

ります。たとえば、即答できる簡単な会話の間に情景描写が入ると「ムリヤリ感」が出てしまいますし、スピード感を出したい場面のときに人物描写が入れば、せっかく作った会話の流れが途切れてしまいます。

そういうときは地の文を入れずに、口調や会話の内容で誰のセリフかわかるように工夫しましょう。キャラクターを作る際、主要キャラクターは一人称が被らないようにしておくと、こういった場面でキャラクターの書き分けがしやすくなりますね。

＊大人数の場面はしゃべらせる人数を絞る

5人や6人、あるいはもっと大勢のキャラクターが集合している場面では、しゃべらせる人数を絞るといいでしょう。会話の参加者を限定したり、はじめにこのふたり、次にこの3人と、セリフのかけあいをするキャラクターを分けたりすると、読者を混乱させずにすみます。人称によるキャラクターの書き分けができているとしても、大勢で会話ばかり連続するシーンでは、読者がそのセリフがどのキャラクターのものなのか、すぐにわかってくれるとは限りません。大勢が登場して話す場面では、会話を描写する難易度も上がりますから、気をつけたいポイントをすべて反映させるくらいの気持ちで書くといいかもしれませんね。

✔やりがちな間違いに気をつけて
○言葉の誤用に注意

「頭痛が痛い」といったような重複表現は、間違いに気づきやすい面があるのですが、その言葉が持つ本来の意味を知らず（または忘れて）、間違った使い方をしているケースも、実はたくさんあります。

書籍化作業についての説明内でも少し触れましたが、本来の意味を知らないと、間違っていることに自ら気づけないのが厳しいところです。それが間違っているとは思っていないわけですから、自分の作品を読んでくれた誰かに指摘をされたり、それこそ書籍化作業などで編集者や校閲からチェックでも入らない限り、なかなか気づくことはできません。ほかの人が書いた作品などで、自分が普段使っている表現とは違うものを目にしたときに、「もしかしたら、自分の表現は間違っているのかも？」と気づく場合があるかもしれませんが、言葉に敏感にならないと案外そ

ういう文章は読み流してしまうものなので、普段から誤用に関する記事や日本語表現の本を読むなど、基本的な語彙や知識を増やしていくのが、こういったミスをなくす一番の近道だったりします。

　Web小説でよく見かける誤用表現は、だいたい2パターンに分かれています。ひとつは、正しい表現を間違って覚えているであろうもの。よく見かける「頽れる」－「崩れ落ちる」については、校閲作業に関連して触れました。「崩れる」というのは、まとまって形を作っていたものが支えを失って壊れたり、整っていた状態が乱れることを意味しますので、人間はそうはならない以上、誤表現なのです。ただ、あまりに使用している人が多く、それを見かけた人が正しいと思ってまた使うので、そちらの表現のほうがまかり通っているのが現状です。日本語は変化しますので、いずれはこちらでもよしとするようになるかもしれませんが、今のところは誤用ですから、気をつけてくださいね。

　同様に、卑怯な手段で隙をつかれて失敗させられることを意味する「足をすくわれる」という表現ですが、「足もとをすくわれる」と書く人が結構います。こちらが浸透しつつあるのですが、正しくは「足をすくわれる」。「足もと」は、立っている足の下や足の下の付近のことを意味し、「すくわれる」は、「すくう（掬う）」が下から上へ持ち上げる動作を意味しますから、「足の下あたりを誰かにすくわれる」というのは、ニュアンスとしてはわからなくはないですが、おかしいですよね。興味や関心を持つことを示唆する「食指が動く」という表現も、「食指を伸ばす」とよく誤用されます。この表現は中国の故事に由来するもので、「食指」とは人さし指のこと。一般に、指は伸びませんよね。つまり落ち着いて考えてみれば、誤用だとわかるはずなのです。

　もうひとつは、表記は正しく使っていても、意味を取り違えているパターンです。有名な誤用として「確信犯」がありますね。この言葉を「悪いとわかっていながらあえてやること」といった意味合いで使用する人が結構いるのですが、正しくは「信念に基づいて正しいと信じて行われる犯罪」を意味します。つまり、悪いとは思っていないのです。

　ほかには、「敷居が高い」も間違った意味で使われることが多い表現

書き間違いをしやすい言葉

正しい表記	間違った表記
間が持てない	間が持たない
足をすくわれる	足もとをすくわれる
頽れる（くずおれる）	崩れ落ちる
上には上がある	上には上がいる
食指を動かす	食指を伸ばす
声を荒らげる（あららげる）	声を荒げる（あらげる）
寸暇を惜しんで働く	寸暇を惜しまず働く
押しも押されもせぬ大人物	押しも押されぬ大人物
采配を振る	采配を振るう
怒り心頭に発する	怒り心頭に達する
愛嬌をふりまく	愛想をふりまく
半数を超える	過半数を超える
極めつき	極めつけ
しかつめらしい	しかめつらしい
目端が利く	目鼻が利く
熱に浮かされる	熱にうなされる
笑みがこぼれる	笑顔がこぼれる
満面の笑み	満面の笑顔
見掛け倒し	見掛け倒れ
上を下への大騒ぎ	上へ下への大騒ぎ
胸三寸に納める	胸先三寸に納める
火ぶたを切る	火ぶたを切って落とす
血と汗の結晶	血と涙の結晶
1月も半ば	1月も中ば
興味津津	興味深深
強迫観念	脅迫観念
危機一髪	危機一発
憂き目	浮き目
生憎	相憎

です。たとえば、「あの店は高級すぎて、なんだか敷居が高くて入りにくい」といった感じで使ったことがある人はいませんか？　こちらは正しくは、「不義理などをした人に面目が立たず、相手の家に行きづらい」ことを意味します。これに関しては、「入りづらい」という意味が独り歩きしてしまったのかもしれないですね。

　言葉のイメージ先行で間違えやすい例としては、「小春日和」でしょうか。字面から、「小さな春……早春かな」と思ってしまう人が多いようですが、正しくは晩秋から初冬の頃に訪れる暖かな気候のことです。「小春」というのが旧暦10月の異称であることを覚えておけば、もう春のことだとは思わないですよね？　豆知識としては、この「小春」は新暦（現在、一般的に使われている暦）だと11月から12月上旬にあたるので、12月半ばを過ぎた時期に暖かな晴れた日があったとしても、それを「小春日和」と呼ぶのは誤用になりますよ。

　決まった言い回しというのは、本来の言葉の意味や由来を知っていれば、書き間違いや使い間違いを防ぐことができるものが大半です。普段なんとなく意味がわかったつもりで読み流している表現のなかに、誤って認識しているものが結構あるかもしれません。語彙や言葉の知識は、ただなんとなくでは増えないものです。そして、語彙をたくさん知っていて、正しく日本語が使えることになんのマイナスもありません。積極的に正しい日本語をどんどん吸収していきましょう！

✓推敲は大事！

　作品は、書き終わったらそれで終わりではありません。書き上げた物語を読み、言葉の間違いはないか、展開の齟齬はないか、読みづらいところはないかと見直す「推敲」をし、必要に応じて修正しなければなりません。これは作品の質を上げるために決して欠かせない作業です。

　推敲は最低でも１回、できれば３回繰り返すといいでしょう。書き上げた直後ではなく、しばらく時間をおいて（理想は２週間くらい）行うと、より客観的な視点で見ることができます。書き上げた直後では、自分の文章が頭の中に残っていて、つい補完しながら読んでしまうのか、ミスも見落としがちになるのです。

間違った意味で使われやすい言葉

言葉	正しい意味	間違った意味
確信犯	道徳的・宗教的・政治的信念に基づき、悪ではないと確信して行われる犯罪	罪と知りながら、意図的に行われる犯罪
役不足	実力に比べて役目が不相応に軽いこと	実力に比べて役目が不相応に重いこと
破天荒	誰も成し得なかったことをすること	豪快で大胆な様子
失笑する	思わず笑いだしてしまう	笑いも出ないほど呆れる
敷居が高い	相手に不義理などがあり、行きにくい	高級すぎたり、上品すぎたりして入りづらい
姑息	その場しのぎ	卑怯
他力本願	自身の修行により悟りを得るのでなく、仏の力で救済されること	自分で努力せず、他人任せにすること
小春日和	晩秋から初冬の暖かい気候	早春の暖かい気候
雨模様	雨が降りそうな様子	雨が降っている様子
情けは人のためならず	人に思いやりをかければ、巡り巡って自分によい報いが返ってくる	人に情けをかけることは、結局その人のためにならない
一姫二太郎	子どもはひとり目が女の子、ふたり目が男の子が理想的	子どもは女の子ひとりと、男の子ふたりが理想的
うがった見方	物事の本質を深く捉えた見方	ひねくれた見方（考え方）
おもむろに	落ち着いて、ゆっくりと	不意に、急に
やぶさかではない	喜んで○○する、努力を惜しまない	仕方なく○○する
話のさわり	話の要点、最大の聞かせどころ	話の最初の部分
なし崩し	少しずつ物事を進めていくこと	うやむやにしてしまうこと。曖昧なまま勢いで進めること
檄を飛ばす	人々を急いで呼び集める。自分の意見を広め、人々に同意を求める	激励する。（元気のない人に）刺激を与え、奮い立たせる
煮詰まる	（十分に討議がなされて）結論が出る段階に近づく	行き詰まって結論が出ない

推敲で確認するべき点は大きく分けてふたつ。文章面と物語面です。

○**文章を推敲する**
　文章の推敲で目指すのは、間違いをなくし、読みやすい文章にすることです。

【推敲ポイント】
・誤字脱字はないか
・表記の揺れや表現の重複、言葉の誤用はないか
・一文が長すぎないか
・句読点、改行の位置は問題ないか
・主語、述語、修飾語、接続詞などの対応は正しいか
・５Ｗ１Ｈが曖昧になっていないか
・視点や人称は統一されているか
（移動がある場合、読み手が把握できるようになっているか）
・セリフとキャラクターが対応しているか

　誤字脱字の確認は基本。大切な見せ場に誤変換があったら、読者は興ざめしてしまいます。推敲を繰り返して間違いを潰しましょう。一文の長さや句読点の位置、表現の重複、文章のテンポを確認するには、作品を音読するのが一番。声に出して読むと、主体の混乱も見えてきます。

○**物語を推敲する**
　物語全体のバランスにおかしいところがないか、各種設定の描写に矛盾や問題がないかをチェックしましょう。

【推敲ポイント】
・テーマがボケていないか
・キャラクターの言動にブレはないか
・章や節の区切りはおかしくないか
・物語の整合性は取れているか
・エピソードや描写の過不足はないか

・物語にメリハリはあるか

　たとえプロット通りに書けたとしても、思わぬところに齟齬があったり、どこか盛り上がりに欠けたりと、改善点は見つかるものです。そういった場合、修正には思い切りが大切なのですが、やみくもに修正して物語が破綻しては元も子もありません。可能なら誰かに読んでもらい、意見を聞いてみましょう。

　プロなわけじゃないし、推敲はまあいいか、と読み返す作業を面倒くさく思ってしまう人もいるかもしれません。しかし、推敲を重ねることで自分の作品の粗も見えるようになりますし、文章力アップにも繋がっていく大切な作業です。完成する前でも、ある程度書いたら自分の文章を見返すクセをつけておくといいかもしれません。

アイディアの練り方
小説を書くための第一歩、アイディアの練り方を教えます！

✔どんな小説が書きたいか
○とっかかりは小さくても大丈夫
　一言で小説といっても、そのなかにはジャンルも形式も様々あります。どんなタイプの作品を選ぶかによって、ストーリー作りもキャラクター作りも変わってくるので、まずは自分がどんなものを書きたいのかを考えることが大切です。

　ジャンル、世界観、キャラクター、ストーリー、シーン、テーマなどなど、小説を書くうえでとっかかりとなる最初のアイディアは、些細なものでも漠然としたものでも構いません。

　たとえば「異世界ものが書きたい」と思ったら、そこはどんな文明の異世界なのか、どういう生き物がいるのか、メインキャラクターは異世界人なのか、それとも人以外なのかなどと、少しずつ膨らませていけばいいのです。

　「書きたいもの」がピンとこなければ、自分の「読みたいもの」を着想のきっかけにするのもいいでしょう。アイディアがひとつである必要

はありません。むしろ、閃いたものを端からメモして、そのなかから特に関心のあるものを選んだり、ネタとネタを結びつけたり、アレンジしたりすればいいのです。今回は使わないなと思ったアイディアも、捨てずに取っておけば、なにかの機会に日の目を見るかもしれませんよ。

○設定を詰めていき、作品の大枠を作ろう

　さて、執筆のとっかかりとなるアイディアは見えましたか？　それはキャラクターに関することですか？　それともストーリー？　シーンや舞台の人もいるでしょう。最初に思いついたアイディアがなにかによって、設定を練っていく順番とポイントが変わります。

　はじめにキャラクターが思い浮かんだ場合は、次にそのキャラクターが生き生きと動く世界観・舞台設定、それからストーリーを考えていきます。反対にストーリーが先に思い浮かんだ場合は、おそらくその時点で世界観・舞台設定のイメージもあるでしょうから、世界観にマッチし、ストーリーを盛り上げてくれるキャラクターを考えていきます。シーン先行型なら、そのシーンを掘り下げていくことでキャラクターや世界観が見えてくるでしょうし、世界観先行型なら、その舞台設定が活きるキャラクターを考えることで、ストーリーも見えてくるはずです。

　キャラクター・ストーリー・世界観のいずれかが決まれば、自ずとジャンルも定まってくるので、あとは各設定の密度を上げていきましょう。

○小説でなにを表現したいか

　アイディアを練り作品の大枠が見えたら、テーマについても考えたいですね。「小説のテーマを決めよう！」といわれると、なんとなく身構えてしまう人もいるかもしれませんが、これはつまり「その作品で表現したいことはなにか」ということを考えればいいのです。特に奇をてらったものにする必要はありません。むしろ、共感や興奮、好意や怒りなど、読者になにかしらの感情を抱かせるような普遍的なテーマでいいのです。たとえば恋愛、友情、家族愛、誇り、約束、復讐、喪失……。

　それじゃあ、みんな同じようなテーマになってしまうじゃないか、と思うかもしれませんが、キャラクターや世界観をひと捻りするだけで、オリジナリティはちゃんと出せるもの。テーマに沿ったエピソードを作

れば作品の芯がブレることはありませんし、逆にテーマに直結しないエピソードを加えることで、物語に幅を出せます。テーマは作品の主軸になるので、しっかり考えて決めておくことが大切です。

✓発想力を磨こう
○なにはなくともメモをとれ！

 小説を書くなら鍛えたいのが発想力です。アイディアのひとつも閃かなければ、執筆のスタートラインに立つこともできません。

 発想力を磨くにはどうしたらいいのかというと、もっとも基本的かつポピュラーな方法は、メモ帳を持ち歩くことです。いざ書こうと机の前に座ったり、ネタを求めて出掛けたりしても、そう都合よくアイディアは降ってきてくれません。けれど、通勤・通学で電車に乗っているときや、ぼーっとテレビを見ているとき、犬の散歩で外へ出たときなど、日々の生活のなかでフッと思いつくことはありませんか？　そんなときにアイディアを書き留める癖をつけておくのが、実はとても重要なのです。

 メモの内容はキャラクターやストーリー、世界設定のちょっとした要素、セリフや会話、シチュエーション、テーマなどもいいでしょう。テレビや本を見て気になったフレーズ、外出先で見かけた面白い光景、綺麗な景色、変わった建物なんかも、メモに残しておけばなにかの着想のきっかけになるかもしれません。

 せっかく思いついたアイディアも頭の中だけに留めておくと、忘れてしまったり、なにかとすり替わったり、変質してしまったりする可能性もありますが、メモがあれば確実に見直すことができます。

 この「メモ」は、必ずしもメモ帳である必要はありません。要は記録として残ればいいわけなので、携帯電話やスマートフォンのメモ機能、またはボイスレコーダーを使用するという手もあります。

 また、ふと閃いたことだけでなく、その日に起きたことや考えたことを日記に書いたり、夢日記をつけてみたりするのも効果的。普段なら気に留めないような何気ない出来事も、日記に残しておけば、あとで意外なネタに変わるかもしれませんし、夢日記からはユニークなアイディアが見つかるかもしれません。

慣れないうちは面倒に感じると思いますが、続けていれば自分がどんなときに閃きやすいかもわかってくるはず。記憶＆記録はアイディアの源、活用しない手はありませんよ。

○既存作品に学ぶ

アイディアのヒントを既存の作品から得る、ということもあります。「既存の作品」は小説に限りません。漫画にアニメに映画に舞台、物語性のある作品は、どんな媒体にも存在します。既存の作品から刺激を受けることと、他人のマネをすることとは違います。アイディアの構築や発想法の練習のつもりで、既存のネタにひと捻り加えて考えてみたり、既存のネタ同士を組み合わせて新しいものを作り出してみると、自分のオリジナリティを見つけることに繋がるかもしれません。

キャラクターにしろ、ストーリーにしろ、パターン化されたものは、多くの読者に受け入れられるものだからこそ「お約束」になるのです。独自性に固執しすぎると、読者にとってはなんの面白みもない、独りよがりな作品になってしまう危険があります。そもそも、世界中に膨大な数の物語があふれているのですから、それらとどこも被らないものを生み出すなんて、できるわけがありません。だからこそ、アレンジ力がポイントになるのです。

では、アレンジ力を磨くにはどうすればいいのか。これもまた、既存の作品が素敵な教材になってくれます。小説を書きたいと思っている人なら、日常的に本を読んだり、アニメを見たり、様々なエンターテインメント作品に触れているのではないでしょうか。そうした作品に触れたあと、「自分がこれをアレンジするとしたら、なにをどうするか」を考えてください。キャラクターの性別や性格、職業、周囲との関係性を変えてみますか？　舞台を現代日本から平安時代へ、もしくは思い切って中世ヨーロッパ風の異世界へ移してみましょうか。思考をめぐらせていれば、次第にネタのバリエーションが増え、自分らしいアイディアが閃く可能性もグッとアップします。ぜひとも試してみてください。

○アウトプットするためのインプット

普段からエンターテインメント作品に触れていない人は、積極的に触

れる機会を持つといいでしょう。アイディアというものはなにもないところ――「無」からは生まれず、アウトプットするためには、インプットが欠かせないのです。

自分が書きたいと思っているジャンルの本はもちろん、なんの関連性もないと思うような本にも、アイディアのヒントは隠れています。また、物語のパターンを自分の中にいくつも蓄積していけば、応用も利くようになるでしょう。巷で人気の作品に目を通してみるのもおすすめです。どんなところが人に好まれるのか分析してみることで、自分の創作にフィードバックできるものが見つかることでしょう。

インプットはエンタメ作品以外からもできます。テレビやインターネットなどのニュースから分野に関係なく知識を得れば、それまでになかった発想が生まれるかもしれません。いつも人間観察を心がけていれば、多彩なキャラクターを描く助けにもなります。

プロットの立て方
作品の設計図、プロットを作るときに押さえておきたいポイントとは?

✔プロットの役割

プロットとは、簡単にいうと作品のストーリーラインのことです。

「なんだ、あらすじのことか」と思うかもしれませんが、確かに「物語の筋を書いたもの」という点では、プロットとあらすじには共通する部分があります。しかし、あらすじが主に「作品に興味を持ってもらうため読み手に向けて書かれた物語のダイジェスト」であるのに対し、プロットは「書き手が執筆にあたって物語の全体像を把握するために書く作品の設計図」です。このふたつは、性質が異なるわけです。

○プロの「なにも決めずに書き始めた」は罠

プロットが「書き手が執筆にあたって物語の全体像を把握するために書く作品の設計図」だといわれたところで、いまいち必要性がわからない人もいるかもしれませんね。

プロットは小説を書くうえで必ず作らなければならないものではあり

ませんし、ときどき「この話はなにも決めずに書き始めたんです」といったプロ作家のコメントを見かけることもあります。事実、その方はそうして作品を書ききってしまえたのでしょう。もしかしたら、頭の中には漠然とストーリーラインがあったのかもしれませんし、設計図もなしに行き当たりばったりで進めても、最後まで物語としてまとめあげる力を持っていたのかもしれません。

しかし、小説を書こうと思い立ったばかりのアマチュアが、プロの言葉を鵜呑みにして「よし、自分も！」となにも決めずに書き始めたら、おそらく物語を最後まで破綻なく描ききるのは難しいのではないでしょうか。「直感に従って突き進む」が成立するのは、ある程度執筆経験を積んだ人だからこそ、と思っておいたほうが無難です。

特に長編小説の場合は、あらかじめプロットを作成しておくことをおすすめします。なぜなら、完結まで時間のかかる長い物語は、書いている途中でいろいろな問題が生じる可能性が高いからです。

エピソードのネタが尽きて尻切れトンボになってしまったり、突然閃いた要素を追加したら前後の辻褄が合わなくなったり、張っておくべき伏線を張り忘れたり、途中退場させたキャラクターがあとで必要になったり、序盤で書いたことを忘れてしまったり。こうした問題の多くは、事前にプロットを作っておくことで回避できますし、ネタや設定を書き出すことで、情報や頭の中を整理することもできます。

○プロットにはなにを書けばいいの？

プロットをどの程度決めておくかというのは、本当に人それぞれです。事前に物語の結末まできっちり作る人もいれば、結末は方向性を決める程度で漠然としたものにしておく人もいますし、小さなエピソードの詳細まで考えておく人もいれば、エピソードの大枠程度しか考えておかない人もいます。

書き方についても同様で、文章で書く人、箇条書きの人、フローチャートを作る人、エピソードを付箋に書き込んで、それを並べ替えながら考える人、脚本にする人……など様々です。なので、実際にいろいろな形でプロットを立てて小説を書いてみることで、自分に合うスタイルを

テーマ	主題。作品を通してもっとも伝えたいこと、読者に注目してほしいところ。キャラクターの言動やエピソードを取捨選択するときの基準になります。
舞台・世界観	時代や世界設定について。舞台を異世界にする場合は特に、その世界ならではの特徴やルール、モデルとなる時代や国はあるかなど、思いついたことを書き出しておきましょう。世界観が複雑な場合は、プロットとは別に設定表を作成しておくと便利です。
メインキャラクター	主要キャラクターの年齢、外見、性格、家族構成、立ち位置、一人称はなにかなど。こちらもプロットとは別に、設定表も作成しておくといいでしょう。
ストーリー	プロットのメイン。エピソードの骨子(いつ、どこで、誰が、なぜ、なにを、どうしたか)を書きます。章ごとにまとめ、伏線もメモしておきます。エピソードにまとまらなくても、書きたいシーンや入れたいセリフがあれば書き出しておきましょう。

探るしかないのですが、プロットを立てるときに押さえておくと執筆に活用しやすい要素を紹介しておきます。

組み立てのコツ
○プロットの芯は「主人公が○○する話」でいい

　自分が書きたいものはなにか。そのアイディアを練っていくなかで、テーマやキャラクター、世界観、ストーリー、シーンなど、だいたいの要素が見えた人は、盛り込みたい内容をメモして、物語の筋を組み立てていけばプロットが完成します。

　といっても、みんながみんな、そんなにポンポンと必要なアイディアが浮かぶものでもないですよね。それに、「プロット」と聞くと難しそうな気がして、思考が進まない人もいるのではないでしょうか。そんな人たちも、ご心配なく。プロットの芯は、ものすごくシンプルに「主人公が○○する話」でいいのです。ラブストーリーが書きたければ「主人公が恋をする話」、バトルファンタジーが書きたければ「主人公が戦う話」、ロードノベルが書きたければ「主人公が旅をする話」、日常ものが書きたければ「主人公が日常を送る話」などなど、スタートはそんな一文で構いません。それを膨らませていけばいいのです。

[5W1H]

| When（いつ） | Where（どこで） | Who（誰が・誰と） |

| What（なにを） | Why（どうして） | How（どのように） |

　では、どうやって膨らませていけばいいのか。ここで役に立つのが「５Ｗ１Ｈ」です。これは６つの英単語の頭文字を取った情報伝達のポイント。おそらく、みなさんどこかしらで聞いたことがありますよね。

　これをどう活用するのかというと……。

　たとえば、はじめに考えたプロットが「主人公が戦う」だとします。そうしたら、「いつ」「どこで」「誰と」「なにを」「どうして」「どんなふうに」戦うのか──と、「５Ｗ１Ｈ」の欠けている要素を埋めていくと、お話の骨格が見えてきます。そして、そこへさらに「このお話はどうやって始まり、最終的にどうなるか」という、作品の冒頭と結末を加えれば、プロットに１本の筋が通ります。

　書きたい１シーンがまず浮かんだ人は、どうしたらそのシーンにたどりつくことができるのか、逆算するように「５Ｗ１Ｈ」を考えていくといいでしょう。

○骨格ができたら、そこに肉付け

　「主人公が○○する話」に５Ｗ１Ｈと冒頭・結末を加えたら、次に考えるといいのは、話の枝葉となる要素です。

　主人公があっさり目的を達成してしまったら、読者は拍子抜けしてしまいますよね。ということは、物語を盛り上げるためには、物語のスタートと結末をまっすぐな一本道にせず、主人公が目的を達成しづらくする＝障害をおく必要があるわけです。だとすると、主人公が戦う話なら、すぐに思いつくのは仲間との衝突や別れ、葛藤、敗北、ピンチあたりでしょうか。障害ばかりでは読み手が疲れてしまうので、友情や成長、出会い、思い出、それから恋なども入るといいかもしれません。こうした要素を大小のエピソードに作り変え、最初に考えた１本の筋に組み込んでいくことで、物語に膨らみを持たせることができます。

ストーリーから枝葉のエピソードを作るのが難しい人は、キャラクターや世界観のディテールを考えていくことで、書きたいシーンや話の筋にふさわしいエピソードが見えてくる場合もあります。行き詰まったときは発想を変えてみてください。

　シーンのイメージはあるけれど、それをエピソードにできないという人は、もう一度５Ｗ１Ｈを思い出してください。頭の中にあるシーンには誰と誰がいますか？　場所はどこ？　そこでなにをどうしているのでしょう。と、ここまでが見えてきたら、続いてそのシーンはいつの出来事なのか、なぜそういう事態になったのかを考えてみてください。これをすべて埋められたら、漠然としたシーンもエピソードのネタに作り変えることができるはずです。

　エピソードは、個性あふれるユニークなものである必要はありません。エピソードの要素そのものはベタであっても、切り口を変えたり、捻りを加えたりすることで、自分なりのオリジナリティは出せるものです。既存のパターンを忌避せず、上手く取り入れる方法を考えましょう。

○物語の構成を考える

　ひとつひとつのエピソードは面白いのに、通して読んでみるとなんだかパッとしない、なんて感じたことはありませんか？　それは物語の構成に問題があるのかもしれません。キャラクターがチャーミングでも、題材がキャッチーでも、話が単調だと飽きてしまいますし、説得力も生まれません。そんな残念なことにならないために、物語の構成にはエピソードを作るときと同じくらい気を配ってください。

　小説の構成を考えるうえで参考になるものといえば、もっともよく知られているのは、P.226で説明した「起承転結」でしょう。そう、〈章立てを活用〉の話のなかで触れた、【起⇒始まり、承⇒展開、転⇒急変、結⇒終わり】という、古くからある物語の基本スタイルです。

　起承転結は小説の展開に必要な要素が入っているだけでなく、これを押さえておくことで、読者を物語に引き込む理想的な盛り上がりを作品にもたらしてくれます。おまけにこれはフラクタル構造（入れ子状構造）

になっていて、起・承・転・結の各パートをさらに起承転結に分けたり、起起承転結、起承転結結と形を変えたりすることも可能です。

似たような方法論に「序破急」という三部構成（序⇒始まり、破⇒承・転、急⇒終わり）もあるので、構成に悩んだときはこのどちらかに自分の作品をあてはめてみると、作品としての統一感をエピソードに持たせつつ、メリハリをつける方法が掴めるのではないでしょうか。

構成を考える際の参考として、物語の盛り上がり方とそれを読む読者のテンションを表したグラフをいくつか挙げておきましょう。
①〜④は盛り上がり方としては推奨しない例です。いずれも物語が一本調子の展開だと読者は飽きてしまうため、テンションがいずれ下がってしまうのです。
⑤〜⑦は「起承転結」の型を使った一般的な展開パターンです。「起承転結」にあてはめることで、自然と展開にメリハリが生まれます。ヤマ（もっとも盛り上がるポイント）をどこに持ってくるかが大切です。

○エピソードは足すだけじゃダメ

キャラクターや世界観の設定を詰めていくうちに、書きたいエピソードがたくさん浮かんできた、あるいはストーリーを掘り下げていったら思った以上に枝葉の数が増えた、ということもあるでしょう。作品のイメージが膨らんで、物語に幅や奥行きが出るのはいいことです。しかし、小説は書きたいシーンや思いついたエピソードを、なんでも詰め込めばいいというものではありません。

起承転結の型を例にお話しした通り、面白い小説を作るためには、展開を意識しなければいけません。どのように読者を物語に引き込んで、どのあたりにどのように盛り上がりを作るか、そして物語をどう終わらせるか、構成にも気を配らなければならないのです。

ここでポイントとなるのは、考えついたたくさんのエピソードやシーンのなかから、その作品にふさわしいものを取捨選択することです。ただし、物語の流れだけを考慮してエピソードを決めていけばいい、というわけでもありません。

【推奨しない構成】

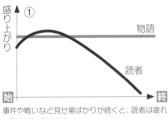

事件や戦いなど見せ場ばかりが続くと、読者は疲れて飽きてしまいます。

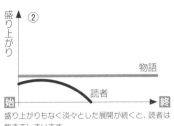

盛り上がりもなく淡々とした展開が続くと、読者は飽きてしまいます。

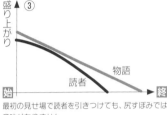

最初の見せ場で読者を引きつけても、尻すぼみでは意味がありません。

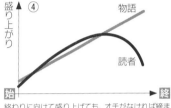

終わりに向けて盛り上げても、オチがなければ締まりのない物語になってしまいます。

【起承転結を使った構成】

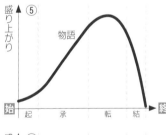

起承転結。グラフでは大まかなヤマがひとつですが、実際には各パートをさらに起承転結に分け、小さなヤマやターニングポイントなどを作ります。特に承では壁や葛藤などを盛り込んで小波を作るようにすると、読者を飽きさせずに見せ場である解決編・転に繋げることができます。

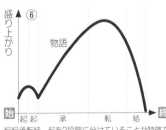

起起承転結。起を2段階に分けていることが特徴です。ひとつめの起で軽く見せ場を作って読者の興味を引き、ふたつめの起から本編を始めます。

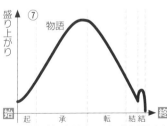

起承転結結。結のあとにもうひとつ結を作る、いわゆる2段オチ。起承転結をベースとしながらも、4分割にこだわらず発展させていくことで、自分らしい物語を描くことができます。

物語にどんなエピソードを選べばいいのか。その際、判断の基準となるのが作品のテーマです。テーマがブレてしまうと物語に統一感がなくなるので、テーマを表現するために必要なエピソードは決して省くわけにはいきません。しかし一方で、テーマと直接関係のないエピソードもなければ、物語の味わいとして単調になり、面白みに欠けた物語になってしまいます。両者のバランスを上手く見極めることが、魅力的な物語作りに繋がるのです。ただし、本筋からずれて脇道に逸れるエピソードを入れるときは、そうすることでテーマがぼやけてしまわないか注意して、そのエピソードを描くようにしましょう。

　また、エピソードの選択に迷ったときは、テーマそのものを掘り下げてみてください。書きたい物語のなかで、もっとも焦点をあてるべき要素（感情・事象・事情・行動など）がわかっていれば、エピソードの優先度を把握することができます。

　エピソードを思いついたときは、いったん捨てる勇気も持つといいでしょう。そのエピソードは次作でも使えるかもしれませんから、メモしておくなどすればいいのです。

✔プロットで重要なこと
○因果関係を明確に
　最初に「プロットとあらすじはどちらも物語の筋を書いたもの」と説明しましたが、ここではふたつの違いについて掘り下げたいと思います。
　ポイントは出来事をどう扱っているか。そもそも物語というのは、基本的に出来事（エピソード）の積み重ねで成り立っています。
　では、そうした出来事をあらすじで書くときに意識することといえばなんでしょう。答えは「流れ」です。一方、プロットはどうかというと、出来事の流れではなく、その出来事が起きた原因と結果に重点がおかれます。あらすじでは出来事の前後関係が、プロットでは因果関係が重視されるのです。……ちょっとわかりづらいでしょうか。

　では、例文を見てみましょう。「Aは雪の日に外出した。」と「Aは風邪を引いた。」というふたつの出来事を、あらすじタイプの文章とプロ

ットタイプの文章にしてみます。

【例】

> ①Aは雪の日に外出した。そして風邪を引いた。

> ②Aは雪の日に外出した。身体が冷えたため、風邪を引いた。

　①は出来事が起こった順番（時系列）を意識し、ふたつの出来事を「そして」で繋いでいます。対して②は、「～ため」という説明を挟み、原因と結果の繋がりを明確にしています。①は「それからどうなったか」を書き、②は「なぜそうなったか」を書いている。つまり、①があらすじタイプで、②がプロットタイプということです。

　プロットを書くときは、この「なぜそうなったか」を意識するとよいでしょう。そうすれば、作品を書き始める前にストーリー上の矛盾点を見つけ、修正することができます。凝った文章にする必要はありません。自分が見てわかる、メモ書き程度でOKです。

○大切な伏線はプロット段階でメモしよう

　小説では物語を盛り上げるために、イベントの前フリとなる描写「伏線」を入れることがあります。伏線は特にミステリーものでは作品の面白さを左右する重要な仕掛けですが、謎解きものに限らず、ラブストーリーでも異世界冒険ファンタジーでもバトルアクションでも、物語のスパイスとして重宝されることが多い手法です。

　伏線にも大小様々あり、必ずしもすべてを回収する必要はありません。伏線によっては張ること自体に意味があり、ネタ明かしが蛇足になる場合もあります。しかし、回収するときに意外性や説得力、感動をアップさせるために張ったもの、とりわけ物語の中枢に関わる伏線は、万が一にも回収し損ねるわけにはいかないものです。また、回収ばかりに気を

取られて事前の「ほのめかし」を忘れると、せっかく明かした真実が作者のご都合主義に見えてしまいます。そのため重要な伏線は、張るタイミングと内容、回収するタイミングを、プロットに書き込んでおくことをおすすめします。

○着地点を考えておこう

　プロ作家のなかには結末を決めずに書き始める人もいます。しかし、小説を書き慣れていない初心者や、何度書いてもラストまで書き切ることができないといった人は、プロットの段階であらかじめ結末を考えておくようにしましょう。

　結末が決まれば、そこへ向かって物語を収束させていくことができますし、結末から逆算して物語を組み立てていくこともできます。また、着地点が見えていれば、執筆中にテーマを見失うことも、終わりどころがわからなくなることもないはずです。細部まできっちり決める必要はありませんが、方向性くらいは考えておくといいでしょう。

　小説というのは、結末によって作品の印象が大きく変わります。たとえ途中でなかだるみがあったとしても、ラストが素晴らしければ読者は「いい小説が読めた」と感じます。反対に、中盤までどんなに面白くても結末が中途半端だと、読者はガッカリしたり腹立たしく思ったりするものです。そんな残念な印象を与えないためにも、プロットでじっくり結末を考えておきましょう。

○作り込みすぎないことも大切

　ここまで、物語の骨格を作って、肉付けして、構成を決めて……とプロットの立て方について細かく説明してきましたが、忘れてはいけないのは、プロットはあくまで設計図であり、執筆を助けるためのガイドであるということです。なので、プロットの段階ですべてを決める必要はありません。特に、小説を書き慣れていないうちは、最初に細部まで作り込みすぎると、いざ書き始めたときに融通が利かず、かえって書きづらくなってしまう場合もあります。

　そもそも、小説を執筆するうちに物語の筋に多少の変化があるのは、

めずらしいことではありません。むしろ、始めから終わりまで完全にプロット通りに行くことのほうが、稀なのではないでしょうか。キャラクターや物語が書き手のなかに深く根付いてくると、俗にいう「キャラクターが勝手に動く」「物語が独り歩きする」状態になることも少なくなく、どうしてもプロット通りには話が進まなくなるものです。

　そして、これは別に悪いことではありません。たとえば、途中で思いついたアイディアを盛り込んだほうが作品が面白くなると思えば、当初の予定になくても採用したほうがいいでしょうし、キャラクターの心の動きに焦点をあてた物語なら、話の軸がブレないよう大筋だけを決めておき、ある程度キャラクターを自由に動かしたほうが魅力的な作品になるかもしれません。

　プロットに固執しすぎると、プロットが執筆の「助け」ではなく「縛り」となり、キャラクターの動きを狭めることになった結果、なんとも窮屈な作品になってしまう可能性もあります。

　ただし、プロットの骨格である物語の大筋から大きく外れるようなアイディアを取り入れることは、やめておいたほうがいいでしょう。なぜなら、そういうものほど伏線と矛盾することになったり、テーマがぶれて散漫な作品になる原因になったりするからです。

　もしも、書き進めていくうちに本筋とは違うエピソードが膨らみすぎたり、脇道が増えすぎてどれが本筋かわからなくなったり、サブキャラクターばかりが目立って主人公の存在感が薄れてしまったりするようなら、それは書いていて楽しかったとしても、「筆が乗る」を通り越した状態にあると考えるべきです。特に、主人公以外のキャラクターの暴走には気をつけましょう。

　物語を破綻なく結末に着地させるためには、キャラクターの動きを縛らない程度にコントロールする必要があります。それを可能にするのが、作品の設計図であるプロットです。

　プロットを立てるときに、結末に至るまでに通過すべきいくつかのストーリー上のポイントを明確にしておきましょう。そうすれば、キャラクターが自由に動いて本筋から外れていきそうになったときも、キャラ

クターを強引に連れ戻すのではなく、周囲の状況とリンクさせながら上手に本筋へ誘導する道を見つけることができるはずです。作者である自分がきちんと道をわかっていなくてはなりませんので、そのための地図がプロットというわけです。

　もちろん緻密な構成で魅せるミステリーや、専門性の高い題材を扱う作品のときには、計算されたプロットを作っておいたほうが穴を防げて安心でしょう。一方、アクションものを勢い重視で書きたいと考えるなら、大枠や展開のポイントだけ押さえたプロットにして、あとは好きに書けるよう執筆の自由度を上げておくといいかもしれません。
　要は書き手の好みと作品のテイストによって、そのときに「合う」プロットを作成すればいいのです。

　もうひとつ気をつけてほしいこと。
　プロット作りをがんばりすぎて、執筆前に力尽きては本末転倒ですよ。「そんなバカな」と思うかもしれませんが、意外とあることなのです。微に入り細をうがってプロットばかりを考えても、その小説を書き始めないことには、決して完成しません。執筆よりプロット作りが楽しい、なんていう人もいなくはありませんが、せっかくですから考えたプロットを形にしてみてください。

キャラクターの作り方
魅力的なキャラクター作りとは

✔ キャラクターの重要性
○ヒット作こそキャラクター重視

　小説を構成している三大要素といえば、世界観・キャラクター・ストーリー。そのなかで一番重要なのはなんだと思いますか？　そんなのは書き手や作品のジャンルによって違うだろう、と思った方、当然といえば当然です。キャラクターとストーリーは切り離せるものではない、と思った方、確かにその通りです。そして、「キャラクターではないか」と思った方は案外多いのではないでしょうか。ことエンターテインメント小説に関しては、近頃特にその傾向が強く見られます。

　アニメやドラマなど、メディアミックス化された小説を思い浮かべてみてください。どれもキャラクターが際立った作品ではありませんか？　発行部数何百万部突破、あるいは何十巻と続くロングセラーシリーズはどうでしょう。キャラクターが非常に重視されていると思いませんか？　近年、新レーベルの創刊が相次いでいるライト文芸ジャンルは、キャラクター文芸とも呼ばれるほど、キャラクター性の強さをアピールしています。これらの状況を考えたら、「一番」とまではいいきれなくても、エンターテインメント小説におけるキャラクターの重要性を無視できる人はいないでしょう。

○キャラクター＝物語を動かす人

　とはいえ、自分はストーリー先行タイプだから、キャラクターはそこまで重視していない、という人もいるかもしれません。しかし、物語というのは、基本的にキャラクターの行動と、それに対する他者のリアクションによって動いていくものです。つまり、あなたが書きたいと思っているストーリーを動かすのはキャラクターなわけですから、ストーリー先行タイプだからといって、決してキャラクターを軽視していいものではないということになります。「ストーリーにふさわしいキャラクター」を作る必要があるはずですね。

ただし、この「ストーリーにふさわしいキャラクター」とは、単純に「ストーリーに合わせて使いやすい、作者にとって都合のいいキャラクター」という意味ではないのでご注意ください。

　作者にとって便利なキャラクターというのは、どうしても型にはまりすぎていたり、妙に説明くさくなったりしがちなものです。物語の運び手がそれでは、作品に広がりを持たせることはできません。「ストーリーにふさわしいキャラクター」とは、ストーリーの魅力を引き出してくれるキャラクター、つまりストーリーをちゃんと盛り上げてくれるキャラクターなのです。それがわかれば、ストーリー先行の人もキャラクター作りに気合が入るというものですね。

○キャラクターが読者を作品世界に引き込む

　自分の知らなかったことを知ったり、現実を忘れてひたすら没頭できたりと、読書の楽しみは様々にありますが、キャラクター性の強いライトノベルやライト文芸などを好んで読む人たちにとって、もっとも大きな楽しみといえば、日常とは違う非現実の世界に入り込んで、現実では体験できないことを追体験することではないでしょうか。そして、そんな読者を作品世界に引き込む役割を担うのが、キャラクターです。

　では、読者を自然に作品世界に引き込むために必要なキャラクターの要素とはなんでしょう。この場合、「要素」は「魅力」と言い換えることもできます。自分の読書体験を振り返ってみてください。「こんな人になりたいな」「こんな人に会いたいな」「こんな人が自分の〇〇だったらうれしいな」と思ったことはありませんか？　その気持ちを端的に表す言葉は「憧れ」です。キャラクターが持つ「非現実感」のなかに、読者が憧れるであろうなにかを盛り込むのです。

　さて、そうなると読者の「追体験」を誘う要素もほしいですね。それにはやはり、「共感」が一番効果的です。憧ればかり詰め込んでは、読者との間に距離ができてしまいます。そのため、読者がキャラクターを身近に感じて、感情移入できるような隙を作ることが大切なのです。

　どんなに練り上げられた世界観でも、どんなに面白いストーリーでも、どんなに美しい文章でも、キャラクターが魅力的でなければたくさんの読者の心を掴み続けるのは難しいもの。一方で、世界観やストーリーに

多少の齟齬があっても、文章の語彙が少しばかり物足りなくても、キャラクターが魅力的に描かれていれば、読者は物語に引き込まれるのです。

✔キャラクターの個性づけ
○主人公を考える

　キャラクターを作るうえでもっとも重要な人物といえば主人公です。「主人公＝作者が一番書きたい人物」とは限りませんが、物語の中心人物である以上、その重要性は誰もが認めるところでしょう。

　特に主人公の一人称小説の場合、読み手は物語のすべてを主人公を通して追体験することになるので、読者が感情移入できるキャラクターにする必要があります。もしも主人公が読者の共感をまったく呼べないキャラクターだったら、作品を好きになってもらうのは難しい、あるいは読んでもらうことすらできない可能性があるので、要注意です。

　では、魅力的な主人公とはどうやって考えればいいのでしょう？

　それを知るために、まずは自分がこれまで好きになった小説の主人公を思い出してみてください。お気に入りの主人公を思い出したら、続いてあなたがそのキャラクターに惹かれたきっかけや理由を考えてみてください。外見的特徴が思い浮かんだ人もいるでしょうし、セリフや行動、性格など、キャラクターの内面に関わる特性が浮かんだ人も多いでしょう。つまり、なにかしら特徴づけ、個性を持たせることで、人の心に残るようなキャラクターの魅力が生まれるのです。

　主人公の設定次第で作品の出来栄えも、読者を掴めるかどうかも変わってきます。決して「なんとなく」キャラクターを把握して終わらせるのではなく、ある程度キャラクターのリアクションが想像できるようになるまで、自分の中で設定を掘り下げていくことが大切です。

○主人公はテーマを体現する存在

　エンターテインメント作品のキャラクターにとって、際立った個性は強みとなる場合が多いのですが、主人公に関しては、ただ突飛だったり、エキセントリックすぎる設定をつけるわけにはいきません。主人公というのは、作者があえて「傍観者」に位置づけない限り、基本的に作品のテーマを体現する存在になります。そのため、なんの脈略もなく、テー

マを無視した個性を乗せることはできないのです。

　そういわれると、キャラクターの幅が狭まって個性が出しづらくなるように感じるかもしれませんが、そこはご心配なく。気性や価値観、行動規範など、内面の一部を極端に設定するだけで、個性的なキャラクターとして印象づけることはできます。

　ファンタジーものに見られる異能はもちろん、それ以外でも、明晰な頭脳や優れた運動神経といった際立った能力や才能も、ある意味、極端な個性といえるでしょう。また、周囲のキャラクターたちに及ぼす影響力でいえば、美少女、イケメンなど外見的な特徴も大きな個性になります。たとえば、悪魔のような外見に天使のような心を持ったキャラクターなど、外側と内側のイメージがアンバランスだと、それぞれの印象がより強まり、読者の心にも印象づけられます。

○「憧れ」と「共感」のバランス

　主人公の個性づけで意識しておきたいのが、P.261の〈キャラクターの重要性〉でも触れた「憧れ」と「共感」です。

　憧れに関しては、「美少女」「イケメン」といった容姿のほか、能力（例：ずば抜けた推理力、人の心の声が聞こえる）、立場（例：社会的身分が高い、華族の生まれ、グループのリーダー的存在）、性格（例：どんなときも人を思いやることができる、信念を曲げない強い心を持つ）など、あらゆる面に憧れポイントを作ることができます。

　共感も、キャラクターと同じ場面で泣いたり笑ったりするばかりではありません。こちらも立場（例：年齢が近い、部活や職業が同じ）、好み（例：異性のタイプ、食べ物）、欠点（例：苦手な人のタイプ、動物アレルギー）など、様々なところで共感ポイントを作ることができます。どこを際立たせ、どこを等身大にするか、書き手のセンスが表れるところなので、じっくり考えてみてください。

　ポイントはふたつのバランス。作者が自分の理想をキャラクターに投影しすぎたり、個性の強化を狙って憧れを詰め込みすぎたりすると、いわゆる完璧超人や理解不能な奇抜人間ができあがり、読者が感情移入できなくなってしまいます。たとえ「俺TUEEE」系の主人公でも、どこ

かに共感できる要素を入れましょう。ただし、キャラクターに隙を作ろうとして弱点や欠点を増やしていくと、ただのヘタレ主人公になってしまいかねないのでご注意を。

弱点・欠点ではなく、主人公が成長できるような伸びしろを作って読者に示したり、「不良が猫を拾う」的な意外性（ギャップ）のある顔を見せることで、読者に親近感を抱かせるという手もアリですよ。

○属性で個性づけ

キャラクターの個性を考える際、属性から決めていくというのも方法のひとつ。次の表は、属性パターンの一例をまとめたものです。この場合の属性とは、キャラクターの特徴や性質を表す言葉のことです。これはある種の「記号」なので、属性に振り分けただけではキャラクターを掘り下げたとはいえません。けれど、複数の属性を組み合わせ、そのキャラクターならではの個性をつけることはできます。

属性パターン

職業・身分	学生（委員長、生徒会長）、教師、医者、弁護士、政治家、芸能人、自営業、アルバイト、巫女、神父、神主、坊主、姫、王子、無職　など
容姿・服装	黒髪、茶髪、金髪、ロングストレート、ツインテール、ポニーテール、ツリ目、タレ目、制服、軍服、白衣、眼鏡、眼帯、帽子　など
種族	人間、人間（特種能力あり）、宇宙人、サイボーグ、神、精霊、悪魔、獣人、ヴァンパイア、竜、ゾンビ　など
気性・志向	強気、クール、おっとり、マイペース、腹黒、ひねくれ、毒舌家、ヤンキー、優等生、正義感、ピュア、ツンデレ、ヤンデレ、不思議ちゃん、ドジっ子、S、M　など
特技・能力	スポーツ、勉強、推理・観察、家事、コミュニケーション、語学、武道、ケンカ、パソコン、ゲーム、歌、楽器、美術、ダンス、異能（霊感が強い、魔力がある）　など
苦手・欠点	スポーツ、勉強、家事、虫、動物、暑さ・寒さ、コミュニケーション、音痴、家事、機械、日光　など
口調	敬語、方言、ボクっ娘、オネェ言葉、フレンドリー、乱暴、カタコト、幼児語　など

属性をつける際に気をつけたいのは、「主人公っぽさ」を意識するあまり、これといった理由もなく「ツンデレ」や「生徒会長」など、ありがちな属性ばかりを選んでしまうこと。先ほども書いた通り、主人公はテーマを体現する存在なので、ストーリーとの関係を無視した記号を乗せてしまわないようにしましょう。また、属性を考える際にも、見た目や内面とのギャップを意識するといいでしょう。

○**サブキャラ、対立キャラを作る**

　作中に登場するキャラクターが主人公ただひとり、という物語はほぼありません。だいたいは家族、友人、恋人、あるいは師匠といった、主人公の助けとなるキャラクターや、ライバルや敵など、主人公と対立するキャラクターがいて、突然起きたトラブルを通して、主人公が葛藤・成長し、ドラマ性のある物語が描かれていきます。そのため、小説を書き始める前に、主人公と深く関わる、もしくは物語の本筋に絡む主要キャラクターたちを作る必要があるのです。

　サブキャラクターや対立キャラクターを作るときは、まず作品内での立ち位置（役割）と、主人公との関係性を決めましょう。物語が進むなかでそれらが変わる場合は、なにをきっかけにどんな変化が起こるかも考えておいたほうが安心です。

サブキャラクター・対立キャラクターとは……

サブキャラクター （仲間、恋人、家族、師匠　など）	＊主人公を直接、あるいは間接的に助けるサポーター ＊主人公や対立キャラクターが動かないときに、物語を展開させる（または、そのきっかけを作る）ことができる人 ＊主人公の「おまけ」にならないよう、主人公とは違う目的を持たせる ＊作者や主人公にとって、ただの「都合のいい人」にならないように注意
対立キャラクター （ライバル、敵　など）	＊主人公と相反する立場や欲求、価値観の持ち主 ＊主人公と衝突することで、主人公を成長させる存在 ＊必ずしも「敵」とは限らない ＊対立キャラクターを単純な「悪」にせず、事情や背景を垣間見せることで奥行きを持たせられる

また、読者を混乱させず、物語を盛り上げるためにも、キャラクターの差別化を意識することが大切です。属性を使い分けることも有効ですし、「憧れ」と「共感」はどのキャラクターの魅力にもなりうるので、主人公とは別の個性（主人公よりも自由な発想が可能です！）をつけてあげてください。
　キャラクター同士が絡むことで、お互いに魅力が倍増するような設定を作ることを目標にしましょう。

○キャラクターシートを作る意味
　キャラクター作りの最初の一歩は、「こんなキャラクターを書いてみたい！」という単純な欲求や閃きで構いません。もしも先に、頭の中にプロットの芯になるようなストーリーがあれば、そこから広げていくのもいいでしょう（例：「主人公が世界を救う話」を書きたい⇒なぜ主人公が世界を救うのか⇒主人公は正義感が強い？　面倒ごとに巻き込まれがちな性格？　……というふうに発想を進めていく）。

　では、そうして生まれた人物に強烈な個性と共感ポイントをつけたら、キャラクターを魅力的に書けるのでしょうか。
　なかにはそれだけで、面白い物語と心惹かれるキャラクターを書ける人もいるかもしれません。けれど、設定上はどれだけ味があるように見えたキャラクターも、いざ動かしてみたら思っていたほどチャーミングには書けなかった、という人も多いのではないでしょうか。それはおそらく、キャラクターたちが物語を動かすための単なるコマになってしまっていることが原因でしょう。
　本来キャラクターが持っているはずの魅力をしっかり引き出し、生き生きと描くにはどうすればいいのか。
　一番の解決策は、作者自身がキャラクターを知ることです。そのために、ぜひ主要キャラクターの設定表（キャラクターシート）を作成してみてください。

　キャラクターシートには、様々な項目が並んでいますので、それを埋めるつもりで、そのキャラクターのことを考えてみましょう。そのとき、

年齢、性別、外見といったデータ的な特徴ばかりでは、魅力的なキャラクター作りにあまり意味がありません。それよりは、そのキャラクターがどこで生まれ、どう育ち、それによってどんな性格になったのか。物語が始まるまでなにをしていたのか。現在の生活環境はどうなのか。物語においてそのキャラクター（特に主人公）はどこに向かおうとしているのか。その理由はなにかなど、キャラクターの思考や行動の動機となる設定を、あらかじめ詰めておくのです。

　物語によって必要な情報は違いますし、設定を考えたからといって、すべてを作中で語る必要はありません。大切なのは、作者がキャラクターを知り、その言動を想像し、説得力を持って描けるようになることです。

　次ページにキャラクターシートのサンプルを用意しましたので、試しに各項目を埋めてみてください。あなたが最後の項目に書き入れた内容は、作品のオリジナリティにも繋がるはずです。

○相関図を書いてみよう

　主要キャラクターが出揃ったら、キャラクター同士の関係性や、簡単な属性などを書き込んだ相関図を作ってみるのもおすすめです。
　頭の中でキャラクターを林立させていても、表面的な関係性しか見えてこなかったり、把握できなかったりすることがあります。
　キャラクター同士の繋がりを設定として考えてはいるものの、文字情報としてしか理解しておらず、キャラクターの肉付けに役立つには至っていないのです。
　キャラクターシートなどを利用して、そのキャラクター個人のことを理解したとしても、それだけではキャラクターは際立ちません。

　では、キャラクターを際立たせるためにはどうしたらいいか。そのひとつの解決方法が、キャラクター同士の関わりのなかでキャラクターを描いていくやり方です。別のキャラクターと反目させたり、強い絆ができあがるまでを書いたり、気の置けない間柄にしてみたりなど、キャラ

キャラクターシート

名前／ニックネーム

性別／種族／年齢

職業／家族構成／一人称

外見（体型、髪型・服装の好み、仕草・クセ）

性格・人格（長所、短所、好きなもの、嫌いなもの、自己評価、他者評価、ポリシー、口調）

能力（特技、弱点、特殊能力の有無）

履歴（生い立ち、トラウマ、重要な体験）

作中の立ち位置、主人公との関係性

作中の葛藤、目標

特記事項（作者として押さえておきたいこと）

小説を書くための基礎知識

小説を書いてみよう〜小説の書き方〜

クターとキャラクターの間にある関係性を決めておくと、おのずと必要なエピソードまで見えてくるのではないでしょうか。そのためには、人間関係におけるキャラクターの立ち位置を把握しておかなくてはいけません。それに役立つのがキャラクター相関図というわけです。

　あらためて図にすることで、キャラクターの情報や他キャラクターとの関係性が整理され、それぞれの設定を確認しながら全体のバランスを微調整できますし、関係性を俯瞰で見て把握することで、エピソードの過不足もチェックできます。
　ミステリーやサスペンスなら、キャラクター名の下に事件の動機や目撃者、共犯者といった情報を書き添えておけば、執筆時の設定確認にも非常に役立つことでしょう。

　こういった相関図は手書きのざっくりしたものでも十分ですが、最近は簡単に相関図が作れる専用ツールもいくつかあるので、機会があったら活用してみてください。

○キャラクターを増やしすぎない
　あなたが現在構想している作品に登場する主要キャラクターは、全部で何人いますか？　慣れないうちは、主要キャラクターの人数を絞ることをおすすめします。

　キャラクターをひとりの人間として物語の世界に生かすことは、それほど簡単ではありません。作品にふさわしい個性的なキャラクターたちを考えることも、そのキャラクターたちをしっかり書き分けることも、それ相応の発想力と文章力が必要で、これはキャラクターが増えれば増えるほど、難易度は高まる一方です。
　そのうえ、主要キャラクターが多くなりすぎると、読者は誰が誰だかわからなくなってしまう可能性が十分にあります。特に、序盤からいきなり５人も６人も登場したら、名前すら覚えられず、誰かがしゃべるたびに、前のページをめくって設定を確認しなければならなくなる危険性が大です。そもそもキャラクターの数が多ければ多いほど物語は複雑に

相関図例(恋愛もの)

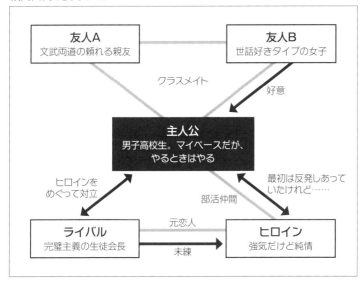

相関図例(ミステリー)

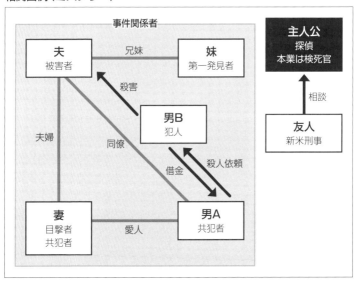

なるものなので、いきなり無理をせず、ひとりひとりをしっかり描き切ることに重点をおいて考えてみましょう。

初心者だったら最初は主要キャラクターは３人程度に留めておき、多少慣れてきたら４人〜６人くらいに増やしてみるといいのではないでしょうか。物語の中で大切な役割を持つ主要キャラクターに関しては、ゆとりをもって丁寧に描いてあげてください。

○**書き分けのコツ**
まだ小説を書き慣れているとはいえないけれど、この作品にはどうしても主要キャラクターが３人以上必要なんだ！　という人もいると思いますので、キャラクターを書き分けるコツを教えます。

執筆を始める前に、主要キャラクターたちのキャラクターシートを作成してください。なぜなら、キャラクターを血の通った人間のように描くためには、その人物のバックボーンを作者が知っておいたほうがいいからです。それはつまり、そのキャラクターが物事に対してどんな言動を取るか、その原点を把握しておくことにほかなりません。
ですから、「設定を作って終わり」ではないのです。シート上でどんなにバラエティに富んだ個性をつけても、物語のなかでキャラクターたちがみんな同じような言動をしていたら、シートを書き込んだ意味がありません。そのキャラクターが現在の性格になった背景を把握したうえで、場面ごとにセリフとリアクション、仕草、思考や心の動きをシミュレートし、キャラクターに忠実に反映させることが大切なのです。

キャラクターに感情移入してもらうためにも、キャラクターの『存在感』を表現する努力をしましょう。フィクションの世界でも、丁寧に描写すればリアリティをもたせることはできます。異性のキャラクターを描くのが難しいと思ったら、異性が書いた作品を読んで「らしさ」を学ぶのもいいでしょう。積極的に書き分けの工夫をしてみてください。

そして、キャラクターの描写に関して大切なことがもうひとつ。キャ

ラクターの「共感ポイント」を入れておくことを忘れずに。

　キャラクターの個性を強調しようとするあまり、つい共感ポイントがなおざりになってしまいがちです。しかし、たとえばツンデレタイプの強気な部分だけをつい強調していくと、書き方によっては、ただ生意気なだけのキャラクターに見えてしまうかもしれません。要所要所にデレ要素を入れるのが必要で、それが読者に愛されるキャラクターを作ることに繋がっていきます。自分の作ったキャラクターが読者に愛されるよう、丁寧な描写を心がけるといいでしょう。

✔モデルを見つける
○身近な人をモデルに
　テーマやストーリーから上手くキャラクターをイメージできない、ゼロからキャラクターを作れないという人は、誰かをモデルにしてキャラクターを作ってみてはどうでしょう。小説や漫画、アニメのキャラクターでも構いませんが（P.248参照）、お気に入りの俳優や身近な友人、知人など、実在の人間をモデルにするのもおすすめです。特に友人、知人をモデルにした場合、実際に接する機会があるぶん、よりリアリティのある描写が可能でしょう。周囲を見てみてください。当然ながら、誰ひとりとして同じ人はいません。それはつまり、全員がそれぞれ個性を持っているということ。意識的に見てみれば、思いがけず素敵なモデルが見つかるかもしれませんよ。

○観察＆アレンジ
　「この人はかっこいいな」「この人のこんなところが好きだな」「この人のここが面白いんだよね」などと思ったときには、とにかくメモを！　キャラクター作りのきっかけになるかもしれません。そして、「モデルにしてみようかな」「モデルにしたいな」という人が見つかったときは、とにかく観察を！　容姿や性格、しゃべり方、クセ、仕草、仕事に取り組む姿勢……様々な角度で見ておけばイメージが膨らみ、立体的なキャラクター作り＆描写ができるようになります。

　とはいえ、その人をそのままキャラクター化するわけにもいきません。性格のある一部を強烈にしたり、裏の顔を持たせてギャップを演出した

りと、物語に合った特徴づけをすることは大事ですし、ある人の容姿とある人の性格を組み合わせてみるのもいいかもしれません。取り入れるのはプラス面に限りません。その人のマイナス面にも目を向けると、より人間味のあるキャラクターを作ることができます。

ただし、観察するときは不審に思われたり、誰かの迷惑にならないことが大前提です。それと、キャラクター化する際には、読者へのアピールポイントを作ることもお忘れなく！

作品の世界観を表現する
読者を引き込む世界観はいかに構築すればいいか

✔魅力的な世界観は読者の心を捉える『武器』に

小説に限らず、様々なジャンルのエンターテインメント作品が評されるときに、『世界観』という言葉をよく耳にすると思います。もともとは、自分が生きる世界全体をどのように見るかという、その見解のことを指しますが、転じて、作品世界を支える根幹的な設定のことを意味する言葉としても、使われるようになりました。

フィクション要素の強い作品は、世界観が重要視されることが多いのですが、それは作品の世界観がしっかり構築されていることや魅力的であることが、その作品の受け手を物語に引き込む強い原動力になるからです。ファンタジーものは独自の世界観を構築しやすく、人気のジャンルのひとつです。なかでも現実世界とは異なる世界＝異世界を舞台としたファンタジーものは、小説をはじめ漫画や映画などにも人気作が多く、たくさんの人が楽しんでいます。大人気小説『ソードアート・オンライン』(川原礫)、『ログ・ホライズン』(橙乃ままれ)のように、オンラインゲームの世界に転移し、そこを舞台に物語が進んでいく作品も異世界ものといえます。同時に、創作をしたい人にとっても、異世界ファンタジーものは作家心を刺激するジャンルなのか、プロ、アマ問わず多くの人が、異世界ファンタジーものを手掛けているのです。

実際〈小説家になろう〉でも、異世界転生ものや異世界転移ものをはじめとした、異世界を舞台にしたファンタジー作品が人気を博し、数多

く執筆されています。異世界ファンタジーを書いてみたくて、〈小説家になろう〉で書き始めた人も少なくなさそうです。ガチガチに設定が固められた異世界で主人公が活躍するものから、緩い設定の異世界を登場人物たちが楽しむものまで、硬軟たくさんの異世界小説が〈小説家になろう〉にあふれていることから、自分なりに『異世界』へのアプローチをしてみようと、チャレンジしやすい土壌ができているのかもしれません。そういう意味では、異世界ものを書きやすい場所だともいえます。

では、実際に異世界ファンタジーものを書いてみたいと考えたとき、どんなことに気をつけて書けばいいのでしょうか。

○異世界とはなにか
まず初めに、『異世界』という世界そのものについて考えてみることにしましょう。

【現実世界】
私達が実際に生活している世界。
もしくは、私達が実際に生活している世界をベースとして、そこから派生したとの判断が容易な世界を指します。(一般的な生活や文明は変わらないが、魔法が存在する等の世界は「現実世界」となります)

【異世界】
「現実世界」とは異なる、かかわりのない世界。
物理的に一切つながりが無く、移動手段も確立されていない世界を指します。

(〈小説家になろう〉ガイドラインより)

「異世界転生」「異世界転移」をそれぞれ登録必須キーワードとしている〈小説家になろう〉では、異世界とそれに対する現実世界について、上記のように定義しています。
作品によっては、特定のアイテムや装置などを使って、現実世界と異世界を自由に行き来するものもありますが、主人公が活躍する舞台とし

ては異世界の割合が多いことから、異世界ものと認識されています。

　現実とは異なる世界を訪れ、不思議な体験（ときには冒険）をするというのは、古今東西を問わず魅力的な題材なのでしょう。時代を超えて親しまれている作品にも、異世界ものといえる作品が多く存在しています。
　たとえば、ウサギを追いかけて現実世界とは違う世界に迷い込んでしまう『不思議の国のアリス』や、竜巻に家ごと巻き込まれて不思議な国へ飛ばされてしまう『オズの魔法使い』もそうですし、小人の国や巨人の国、空飛ぶ島など、現実離れした国々を訪れる風刺小説『ガリヴァー旅行記』も、ある種の異世界ものといえるかもしれません。

　"ここではないどこか"を舞台とすることは、作者や読者の想像力を刺激すると同時に、現実だけを舞台にするよりも創作の自由度が高まる一面があります（同時に制約される面もあるのですが、これについてはP.281で詳しく触れます）。それゆえ、多くの作品が現実とは異なる世界を、主人公たちの活躍の場所として選んできたのでしょう。物語との相性がとてもよい舞台設定のひとつといえます。

○現実世界との関わり方
　異世界ものと呼ばれる物語において、現実世界と異世界がどう関わっているかには、大きく分けてふたつのパターンがあります。

　ひとつは、私たちが実際に日々を送っている現実世界とまったく繋がりのない異世界が舞台になっているもの。物語はその架空世界のなかで始まり、その世界で完結します。そこには、独自の神話体系があり、生態系があり、風俗があり、文化があり、そこに現実世界からの影響はありません。主人公が現実世界と行き来するようなこともありません。主人公をはじめとした登場人物にとっては、その架空世界こそが"現実世界"なのです。物語の代表的な例としては、『指輪物語』や『ゲド戦記』などが挙げられます。

もうひとつは、異世界と現実世界に繋がりがあるものです。なんらかの『道』のようなものを通るなどして、登場人物が現実世界から異世界を訪れるパターンと、異世界から現実世界へ登場人物がやってくることで異世界との関わりができるパターンがあります。

　前者は、先ほど異世界ものの一例としてタイトルを挙げた『不思議の国のアリス』や『オズの魔法使い』、それから『ナルニア国物語』も代表的な作品でしょう。シリーズの一作「ライオンと魔女」では、衣装だんすの中を通って異世界の国ナルニアを訪れるペベンシー兄弟の冒険が描かれています。このように、「現実世界から異世界へ」とひとまとめにいっても、穴に落ちたり（『不思議の国のアリス』）、竜巻に飛ばされたり（『オズの魔法使い』）、衣装だんすの中を通ったりと、現実世界から異世界への行き方には、様々なバリエーションがあります。

　後者は、ライトノベルや漫画、アニメなどで多く見られるものです。異世界からやってきた人物や存在によって、主人公が不思議な力を授けられ、目的のため敵と戦うなど、異世界からやってきた存在ではなく、その存在ともっとも関わりを持つ人物が主人公になることが多いのが特徴です（異世界からやってきた存在を主人公にした場合は、その存在にとっては現実世界が『異世界』になりますので、パターンとしては前者に含まれるものになりますね）。

　異世界ものとして多いのは、現実世界から異世界へ移動するものです。〈小説家になろう〉でも、主人公が異世界へ転生したり、転移したりする作品が数多く書かれており、ある意味"異世界ものとして書きやすい"形なのでしょう。

　現実世界との繋がりがない"完全異世界"の物語は、繋がりがないぶん読者を物語の世界に引き込むのに力を要します。作られたその世界に魅力を感じられなかったら、物語に没頭することは難しいですよね。そして、ひとつの世界をきちんと構築することは、やはりそう簡単なことではなく、設定の粗が目立ちやすいこともあって、自分の力量不足を鑑みて、果敢に挑む人が少ないのかもしれません。

　異世界から現実世界へなにかがやってくることで異世界と関わりがで

きるタイプの物語は、主な舞台が現実世界であることが多く、非日常的な展開を持ち込むことは容易なのですが、現実世界と照らし合わせたときにどうしても制約が多くなってしまいます。たとえば、異世界からやってきた存在をどう周囲に納得させるのか、隠しておくならどうやって隠すのか。そもそも「異世界から来た存在」をなぜそういう存在だと信じたのか……などなど、些末なことから大きなことまで、考えなくてはいけないことが多いというわけです。

それに対して、現実世界から異世界へ主人公が移動（転生含む）する物語では、知らない世界に困惑する主人公と同様に、読者もその世界のことを知りません。これは、その世界で生きる者を主人公にする"完全異世界"的な物語と大きく違う点です。現実世界→異世界の物語では、その世界がどんなところなのか、主人公と一緒に読者が知っていけばいいのです。そして、主人公とともに知っていくという感覚は、読者を物語に引き込む手助けをしてくれます。世界観をガチガチに固めなくても書ける点が、現実世界→異世界の物語を書くにあたって、ハードルを低くしてくれているのかもしれません。

○**異世界の魅力**
書くにあたってのハードルの低さだけが、現実世界→異世界ものの魅力なわけではありません。これはどのパターンの異世界ものにもいえることですが、現実世界とは違う"日常"や、同時に魔法が存在していたり、モンスターと戦ったりといった"非日常"を書ける、そして読者に見せることができるのは、とても大きな魅力といえるでしょう。

現実世界でそういった"非日常"を描くには、ある程度の根拠が必要ですが、異世界を舞台にしていれば、そのハードルは簡単に越えられます。「その世界ではそういうもの」なのですから、なぜ魔法が使えるのか、なぜモンスターが存在しているのか、ということを事細かに説明する必要はないのです。もちろん、そういったことをきちんと設定し、読者に説明しても構いませんが、異世界ものを書く初心者には高い壁になるかもしれないので、その場合は「書いて楽しい」を優先してもいいのでは

ないでしょうか。小説を書くことそのものや、異世界を舞台にすることに慣れてきたら、設定をきっちり考えて、それを物語に絡めながら読者へ上手く説明することや、それこそ"完全異世界"の構築にチャレンジしてみてはどうでしょう。

　物語を楽しむとき、現実では起こりえないであろうことを楽しみたい気持ちが誰にでもあると思います。それはファンタジーに限らず、恋愛ものであってもミステリーやホラーものであっても、実際そんな状況には陥らないだろうけれど、もしも陥ったら？　そんな『IF』を楽しみたくて、小説を読んでいる人もいるでしょう。
　もしも。
　もしも、魔法が普通に使える世界に行ったら。魔物が跋扈し、魔物と戦う世界に行ったら。獣人をはじめとした様々な種族が共存する世界に行ったら。そこでどんなことが体験できるのか、どんな人生が待ち受けているのか。
　空想の広がる『IF』の世界を楽しむためのひとつの手段が、異世界ものを書くことであり、読むことなのです。

✔実際に『異世界もの』を書くとしたら？
　異世界ファンタジーものを実際に書いてみるとして、まずはどのように話を考えていけばいいのか、構想の手がかりになりそうな思考の道のりを、シミュレートしてみることにしましょう。
　あくまでも一例として、今回はまず、作品の世界観を作るところから始めてみます。世界観を決めるとは、その作品において、主人公はなにができてなにができないかなど、その世界の理（ルール）を決めることでもあります。いきなり『世界』を考えるといっても、なかなかピンとこなくて考えも進まないと思うので、手始めとして「現実世界との繋がりをどうするか」から決めてみましょう。

①主人公を異世界の住人にして、完全な架空世界を舞台にする。
②主人公は現実世界の人間で、異世界へ転移（転生）する。
③異世界から現実世界にやってきた存在と主人公が出会う。

現実世界との繋がり方には、だいたいこの３つのケースがありましたね。今回は②で異世界転移することにします。次に、どういう形で主人公が異世界に行くのかを考えましょう。行き方としては、だいたい次の３つに分けられます。

A　召喚されて、行く。（あくまでも受け身）
B　異界との門らしきものを通って、行く。（一応、自発的行動の結果）
C　気がついたら異世界にいる。（無意識）

　Aのケースは、いろいろな理由で窮地に陥った異世界の人々が、勇者（聖女）などを召喚しようとしたことで、異世界へ呼び出されてしまうパターン。既存の作品では、勇者（聖女）召喚に巻き込まれる、召喚されるが勇者（聖女）として認められないなどのバリエーションがあります。
　不思議な光の環をくぐったら、奇妙な森を通り抜けたら、などなど、異世界と現実世界の境目らしきところを自分で渡る形で異世界に行くのがBです。といっても、その光の環が召喚のためのもので、Aといえる場合もありますが。
　Cは、街角を歩いていたはずなのに、ベッドで寝ていたはずなのに、自分の部屋から廊下へ出たはずなのに、ゲームで遊んでいたはずなのになど、気がつけば異世界にいたというケース。交通事故に遭ったり、階段から落ちたりして意識を失い、気がつけば……というパターンも人気ですね。この場合、なぜ主人公が異世界へやってきたのか、謎なことが多いようです（作品によっては、実は召喚だったとか、のちのち理由がわかることもあります）。
　どのパターンを選ぶかで、世界観やストーリーを考える手がかりを得られます。
　たとえば、Aを選んだとしましょう。異世界の人々が勇者を召喚した結果、主人公が異世界にやってきたことにします。なぜ、勇者を召喚しなくてはならなかったのか？　魔王が復活して世界のピンチ、増えた魔物に脅かされている、天変地異に苦しめられている……どんな理由を選ぶかで、その世界のことが少し見えてくるはずです。召喚の儀を実行しているくらいだから、魔法が普通に使える世界なのかもしれませんね。

勇者として呼ばれた主人公は、どんな性格でしょうか。正義感が強くてなんとか期待に応えようとする？　それとも面倒くさがって早く現実世界に戻ろうとする？　こんなリアクションを書いてみたい、というところから性格を考えていくのもひとつの方法です。

　世界について先に考えたほうがやりやすければ、もちろんそれでも構いません。その世界で暮らすのは、どんな種族が中心なのか。魔法は使えることにするのか、しないのか。現実世界にイメージに近いモデルにできそうな時代はあるのか。どんな文化があるのか。宗教は存在しているのか。一般的な人々はどんな暮らしをしているのか。どんなことでもいいので、片っ端からあれこれ想像してみてください。繰り返し様々なことを想像することで、頭の中で小さな断片だった異世界が、どんどん形作られていくはずです。

　どのような方法でも、設定をあれこれ考えるときには、創作メモを取るようにするといいでしょう。大切なことは頭に残るはずだからメモなんかいらない派の人も、普段なら忘れてしまうようなことが、メモが残っていることで、次回以降の作品に役立つものになるかもしれません。無駄だと思うことも、一度やってみるのがおすすめです。それでもやっぱり無駄だと思ったら、次からはやめればいいのです。

　構想の仕方、世界観の作り方に決まった方法はありません。自分に合った方法を見つけるために、あれこれ試してみてくださいね。

✔異世界設定の注意事項
　せっかく異世界を舞台にして小説を書くなら、あれこれ設定を考えてみたいところですが、中途半端に設定を詰め込むと、ボロが出やすくもなるものです。ここでは、自分の作品で舞台にする異世界の世界観を考える際に、気をつけたいポイントについて触れていきます。異世界ものの小説を書きたい人のなかには、「そんなに設定的に正しくなくてもいいし、ふんわりと『異世界』な雰囲気を楽しめる小説を書きたいし、読みたい」という人もいると思うのですが、そういう人も「ふんわりとし

たものじゃないものが読みたい人は、こういうところが気になるのだな」
と、参考として目を通してもらえたらと思います。

○難しいぞ、言葉の問題

　異世界を舞台にしたときに、ついて回るのが言葉の問題です。ただ、現実世界と繋がりのない異世界の場合は、たとえば「ロケットのように速い」や「みんなのアイドル」といった現実的な言葉を描写に使わないよう注意すれば、大きな問題は避けることができるでしょう。要は、その世界にない言葉をたとえに使ったり、登場させたりしてはいけないということです。そういった言葉をむやみに使うと、異世界の雰囲気を壊してしまいます。

　主人公が現実世界から異世界に行く話では、その世界で言葉が通じるのかどうかを、最初に設定としてはっきりと決めておきたいところです。通じるのであれば、なぜ通じるのか、理由づけが必要になります。一番辻褄をあわせやすい設定例としては、なんらかの"不思議な力"で、主人公が話す言葉（日本人が主人公のことが多いので、日本語とします）は異世界の言葉に、異世界の住人たちが話す言葉は主人公が話す日本語に自動翻訳されるというもの。そのうえで主人公視点で語られるとしたら、現実的な言葉が描写に出てきても違和感はありません。異世界の住人が「四面楚歌」だなんて故事成語を口にしても、それは異世界のそれらしい言葉が翻訳されたものだからセーフ、というわけです。

○時の流れにご注意

　その世界で暮らす人々が時間をどう把握しているのかも考えておきましょう。異世界ものとして書かれている作品の多くでは、1秒1秒時を刻む時計というものが存在していません。そういった作品では、異世界の住人たちは、日の出と前後して活動を始め、日の入りを区切りとし、夜が更けたら就寝し、時は鐘で告げられることが多いようです。同じように、自分が考える異世界にも太陽（のようなもの）があり、昼夜が存在するとして、現実世界の時計のようなものはないとします。そうすると、時間を正確に把握することはなかなか難しいことですよね。そうい

う場合は、ついうっかり「あと1時間ほどで」「30分くらい待って」など、時間の表現をしてしまわないように気をつけましょう。

　また、1月、2月、3月…という言い方自体は、言葉が自動翻訳されたことにしても、1年を365日とする現実世界の暦（グレゴリオ暦）は、地球が太陽の周りを回る周期をもとに作られたものなので、異世界が現実世界とまったく同じ暦なわけはなく、その世界での暦はどうなっているかも、ちらりと考えておきたいものです。

　ただ、異世界ものといっても、ガチガチに設定を固めた本格ファンタジーを書こうという意欲がある場合はともかく、ふんわりとしたファンタジーっぽいものを書いてみたいという程度なら、「異世界でも時間の流れは現実世界と同じなのだ！」と開き直るというのも実は手です。異世界用の暦法を考えるのは大変ですし、物語の内容にそれほど暦が関係してこないのであれば、暦については極力触れない、漠然としたまま進めるというのが、現実的な対応策だと思われます。

○固有名詞に気をつけて

　言葉の問題と被るところもありますが、異世界での固有名詞の扱い方も、ときに厄介です。

　たとえば、現実世界と異世界とで存在する動物の種類にさほど差がないと設定するとして、イヌやネコ、馬といった動物は、まったく同じでなくてもそれに似た存在がいたら、便利な自動翻訳機能で「イヌ」「ネコ」などと訳されることもあるかもしれませんが、自動翻訳がないものとするならば、そういった動物の呼称も考えなくてはなりません。

　異世界にどんな動物がいるのか、その種類は現実世界と同じなのか、大きく違うのか、動物をたくさん登場させるつもりがなくても、考えておくといいでしょう。異世界ものの多くでは、電気やガスがない生活が描かれます。そういった世界では、移動手段として馬車が登場したり、騎士が出てくるときに馬に乗っていたりすることがよくあるのですが、現実世界から異世界へやってきた主人公の目を通しても、動物の種類がなぜ現実世界と同じなのか、特に言及はないことが多いのです。すると、設定に敏感なタイプの読者は、もやもやした気持ちになってしまうこと

でしょう。

　ドラゴンやゴブリン、ゴーレムといった、現実世界では空想の産物とされている存在の名称も気をつけたいところ。ドラゴンやゴブリンというのは、イヌ、ネコ、馬と同じように、現実世界での呼称だからです。主人公の頭の中にあるもっとも近い呼び方に翻訳されているのでもない限り、異世界で「ドラゴン」「ゴブリン」と呼ばれているはずはないのです（ちなみに、ドラゴンやゴブリンは英語をカタカナ読みしたものです）。

　食材についても同じですね。現実世界と同じ名称にするか、しないか。するなら、同じになる理由づけを（自動翻訳機能など）。しないのであれば、名称を考えてみてください。異世界で、料理をメインとした話や食べ物屋を舞台にした話を書きたいと思っている人は、ここをなおざりにせずに考えておきましょう。

○ "中世ヨーロッパ"風の罠

　特に女性向けの異世界ファンタジーもので、主人公が異世界の暮らしを眺めて「中世ヨーロッパ風」と判断するケースがあります。もしくは、はっきり明言していなくても、書き手のなかで「なんとなく中世ヨーロッパみたいな感じで」と、自分が書きたい異世界のイメージを把握している場合もあるでしょう。

　もしもイメージの参考にしている時代があるのなら、せっかくですからその時代についての知識を再確認したり、増やしてみたりするのはどうでしょう。漠然と「中世」とイメージしていても、実はほかの時代のイメージとごちゃまぜになっている可能性があります。

　ちなみに、西洋史での中世というのは、一般的に5世紀から15世紀のあたりとされています。15世紀といえば、東ローマ帝国が滅ぼされ、大航海時代に突入した頃です。華やかな宮廷文化が栄えたのは17〜18世紀あたりで、時代区分的には「近世」になります。

　現実世界の文化や風俗などを異世界に取り入れるときは、ある程度アレンジを加えておくといいでしょう。そのままストレートに使ってしまうと、異世界にない言葉を普通に登場させて雰囲気を壊してしまうのと同じになってしまいます。

　ここでも"開き直る"という必殺技を使って、その異世界は、現実世

界と文化の進歩くらいしか違いがないことにしたとしても、そのことをなにかしらの描写で読者に伝えておきたいものです。

○キャラクターの名前も気をつけて

　書きたい異世界が西洋風の世界の場合、キャラクターの名前はカタカナで表記されるようなものになるかと思います。クレアだとかジェームスだとか、どんな名前をつけるかはもちろん作者の自由なのですが、たとえば、レインボーやティアドロップ、アクアマリンといったように、現実世界で意味を持つ言葉や、現実世界に実在するものの名前などは、避けたほうがいいでしょう。これも、現実世界とは違う異世界を構築しているところに、読者が毎日を送っている現実世界の匂いを持ち込んでしまうことになるからです。それと、その言葉や実物を知っていると、作品においてなにか『意味』を持ったり、『役割』があったりするのではないかと、つい探ってしまう読者もいるでしょう。そういう仕掛けがなにもなかったときに、読者は意外と肩透かしにあったように思ってしまうものです。いらぬ"がっかり"を招かないためにも、深読みされるようなネーミングは、しないでおくに越したことはありません。

　どんな異世界にするかの設定を考えるのは、どんな作品にしたいのかにも通じるものがあります。設定を詰めるのはややこしそうで苦手だと思う人も、自分が書いてみたい異世界のために、うんうんと頭を悩ませてみるのは案外楽しいかもしれませんよ。

✔現実世界が舞台なら

　ここまで主に、異世界を舞台にした作品の世界観を構築する際に、気をつける点などについてあれこれ触れてきましたが、もちろん小説の舞台は異世界ばかりではありません。現実の現代世界を舞台にした作品だってたくさんありますし、書きたいという人もたくさんいます。
　では、現代を舞台にした作品を書くときに、気をつけるべきなのはどんなところでしょうか。

○現代……といっても

　『現代』を舞台にした、どんな小説を書きたいかが重要です。

　書き手が日々を過ごしているこの時代を舞台にする場合は、読者も同じ世界で過ごしているわけですから、基本的な世界の仕組みや社会背景はもちろん、様々なことに必要以上の描写や説明はいりません。書き手と読者の間で世界観の共有が容易にできることは、現代世界が舞台になっている場合のメリットでもあります。

　ですから、ファンタジー要素のない恋愛ものや学園ものだったら、いろいろ設定を加えて世界観を固める必要はそれほどないでしょう。ただし、そのぶんキャラクターを取り巻く状況の設定に、ある程度のリアリティが必要になってきます。

　たとえば、高校生同士の恋愛もので、ラブラブな様子を描きたいからといって、毎日外泊させるわけにはいきませんよね。大概は保護者がそういった行為を許さないのではないでしょうか。では、外泊のかわりに、彼氏がひとり暮らしをしていて放課後は毎日彼の家で時間を過ごす、ということにしましょう。未成年である彼がなぜひとり暮らしをしているのか、そこに理由が必要になります。毎日会っているのなら、アルバイトもしていないであろう彼の生活費は誰が出しているのかなど、キャラクターを支える設定は、ファンタジーにおける世界観の構築と同じくらい、あれこれ考えておきたいものです。主人公が会社員で日中働いている描写が作品に必要だったら、ただ「働いていた」と書くだけではすまないですよね。主人公はどんな職種について、どんな仕事をしているのか。社内でのポジションや人間関係なども情報として織り込まれているといいでしょう。それは、主人公を形作るための大切な情報です。

○情景描写は"現実"を参考に

　キャラクターの設定（バックグラウンド含む）に力を入れる反面、登場人物たちの目に映る情景に関しては、作り込む必要はありません。キャラクターの行動範囲に見合った情景を想像したり、実際の風景をモデルにしながら描写すればいいでしょう。

　キャラクターが通う学校や働いている会社の中の様子も、自分の実体

験や友人知人から聞いた情報などを元ネタとして書いてみるのもおすすめです。想像するなりメモを取るなりしながら、自分で架空の建物を考えてみるのもいいのですが、書くたびに部屋の間取りが違ってしまったり、設定の辻褄があわなくなったりする可能性も低くないので、小説を書き慣れていなくて、頭の中で想像した映像を文章にすることに慣れないうちは特に、自分にとって身近な風景を具体的に思い浮かべながら描写してみてください。資料をもとにして書くのもいいですね。

○やっぱり固有名詞には気をつけて

現代を舞台にするときは、実在の商品名などをむやみに登場させないようにしましょう。商品やサービスの名称やロゴを保護する商標権というものがあり、商品によっては商標登録がされています。商品名などに®マークがついているものを見かけたことがあると思いますが、それは商標登録されていることを意味します。ただ、小説のなかに商標登録されている固有名詞を登場させたからといって、即問題にはなりません。あまりにも作中に特定の商標登録されている言葉が頻発する場合は、商標としての機能が消失して普通名称化してしまうのを避けるために、商標権を持っている企業から連絡が来る場合はあります。もちろんその固有名詞のマイナスイメージを喚起させるような書き方をしている場合は、別の意味でクレームが来る可能性があります。

一般的に小説などの商業創作物では、固有名詞ではなく、遊園地、ハンバーガーショップ、有名ブランドといった言葉に置き換えて使われていることが多いです。固有名詞の一部を変えたり、伏字にして書くのは意味がないので（逆に、意図的なものを感じさせてしまう可能性もあるようです）、どうしてもこうしたものの固有名詞を使いたい理由がない限りは、一般的な名称にしておくのがよいでしょう。

参考と盗用
これは「参考」？ それとも「盗用」？

✔著作権は法律で守られています

　創作物には作者がおり、基本的に著作者には著作物の利用を独占する権利があります。この著作権に関しては前に説明した通り、法律で守られているものです。つまり、他人の著作物を許可なく利用したら、それは著作権法違反になります。

　この著作物には小説もあてはまりますので、他人の小説をむやみに模倣して発表すれば、その人は「盗作」をしたと見なされ、刑罰を科されることがあります。盗作は決してやってはいけないこと、そこに悪意のあるなしは関係ありません。——というのは、広く知られていることのはずです。しかし実際は、著作権の認識が甘いばかりに、せっかく発表した作品を削除することになったり、刊行にたどり着いた作品が絶版・回収されることになったりといった騒動がなくなりません。そればかりか、インターネットの発達によってトラブルが増加、拡大しているのが残念で嘆かわしいところです。

　たとえ本当に盗作をしていなくても、「盗作疑惑」を持たれただけで、その人は創作者として大きなハンデを背負うことになります。しかも、そのとき限りのことではなく、将来にわたってずっと……。

　そんな事態を避けるために、身近な問題でもある「盗作」について、どんなことを知っておくべきでしょうか。

○参考はOK、盗作はNG

　まず、他人の文章をそのまま真似して書いたらアウトだということは、誰でもわかると思います。それはもう、紛うことなき「盗作」ですよね。ただ、これだけ創作物があふれている現状では、ごく平凡な描写が多少似かよったり、ほんの少々被るくらいなら、偶然起こる可能性は十分にありますし、盗作扱いを受けることもないでしょう。しかし、ある作者のオリジナリティを感じる文章が、別の作者の作品に数行にわたって何

ヶ所も見つかったら、それは盗作だと見なされても仕方がありません。

　では、文章ではなくネタはどうでしょうか。キャラクターでもストーリーでも展開でも世界観でも、そのまま模倣すればもちろんそれは盗作です。
　問題は、これらの一部が既存の作品と「同じ」または「似ている」ケースです。先ほども少し触れましたが、世の中にあるどの物語とも被らない作品を生み出すのはもはや困難であり、大きな要素（例：テニス部もの、探偵もの、新撰組ものなど）や、設定の一部（主人公の少年がヴァンパイア、舞台が中世ヨーロッパ風の異世界など）が被ったからといって、それが盗作だとみなされることは、まずありません。
　しかし、基本要素の設定が複数被ると、盗作疑惑を持たれる可能性が高くなります。たとえば、主人公の少年が実はものすごい力を秘めた魔法使いの少年という設定だったからといって、すぐさま『ハリー・ポッターシリーズ』の盗作だとは思われませんが、主人公が魔法学校の寮に入っていて、男の子と女の子の親友がいて、実は赤ちゃんのときに闇の魔法使いに殺されそうになったことがあって……とここまで重なったら、多少ストーリーが違っていても、疑いの目を向けられることは免れないでしょう。

　少々ややこしいのは、盗作と見なされたからといって、それがそのままイコール罪にはならないことです。2017年現在、著作権は親告罪という、被害者が訴えることで罪になるものですので、作品を読んだ人が盗作だといくら騒いだところで、著作権を侵害された当の作家が訴えなければ、盗作した人を罪には問えないからです（著作権が非親告罪になる動きがありますので、ニュースに注目しておきましょう）。
　また、当事者である作家が訴えたからといって、盗作と判定されるかというと、そうとは限りません。著作権法の大前提として、保護されているのは『表現』であって、アイディアは保護されているわけではないからです。アイディア（設定）が共通しているからといって、それがすなわち著作権侵害とはならないのです。

もちろん、罪にならないからといって、やっていいのだといいたいわけではありません。むしろその逆で、実際罪になる可能性がどれだけ低くても、周囲に罪と見なされることは十分にあり、そのほうが盗作の誤解を受けた書き手にとっては重い意味を持ちます。罪には罰があり、それを受けることで贖罪の意を示すことができるかもしれませんが、他者に見なされた罪というのは、贖罪のしようがないものです。罪ではないのですから、罰の受けようがありません。ですから、誰かに確信を持って貼られた盗作のレッテルは、はがすことはほぼ不可能だと思われます。そんなレッテルを貼られないようにするには、盗作と思われる行為をしないようにするしかなく、大概の場合、創作においてそれはそう難しいことではありません。既存の作品に多数要素が被るようなものを思いついたら、同一の部分を消すなり、アレンジするなりして、自分のオリジナリティをそこに発揮していくようにしましょう。

　P.248で取り上げた「既存作品に学ぶ」というのは、「既存作品をそのまま模倣しなさい」という意味ではありません。「既存作品を参考にして、自分なりのアイディアに発展させなさい」という意味です。
　それから、地の文などの説明で他サイトのテキストをコピペするのはアウト！　自分なりの解釈をして、自分の言葉で説明してください。
　小説に限らず、漫画やアニメ、映画、ゲームなど、どんな創作物にも著作権はありますし、参考と盗作は違います。「この程度ならいいだろう」「ジャンルが違えばいいだろう」などと、決して安易に考えないようにしましょう。

○定番のアイディアは「盗作」にならない

　主人公が現実世界から異世界に行く話を書いたときに、「異世界へ行く」ことが既存作品と被っているからといって、それで盗作といわれることはまずありません。「異世界へ行く」という設定（展開）は、もう定番のものだからです。
　〈小説家になろう〉で公開されている作品においても、それは同じです。異世界ものが〈小説家になろう〉で人気のジャンルに成長した裏には、〈小説家になろう〉で異世界転生ものや異世界転移ものに出会った人たちが、

「こんな面白いものを自分でも書いてみたい」と刺激を受けて、その設定などを参考に、自分なりに異世界転生（転移）ものを書いたことが大きく影響しています。

たとえば、女性向けの異世界転生もので人気を博した『乙女ゲームの世界に転生する』というムーブメントも、先駆けとなる作品に刺激を受けた人たちが、次々と乙女ゲーム転生ものを発表したことで生まれたものです。『乙女ゲームの世界に転生』という要素だけで、盗作とみなされることはやはりなく、「乙女ゲームのヒロインに転生」「乙女ゲームのライバルキャラクターに転生」「乙女ゲームのモブキャラクターに転生」と、様々なバリエーションの作品が登場しています。

特に、そのジャンル（シチュエーション）のオピニオンリーダー的な厚い支持を受ける作品が登場すると、その後そのジャンルの勢いは加速し、その根幹アイディアを参考にした作品がどんどん増えていきます。

〈小説家になろう〉の書き手たちは、根幹部分のアイディア（のちに定番化）を参考にし、自分なりのアイディアを加えて発表することで、ジャンルを成長させてきたといえるでしょう。

いくつ要素が被ったから「盗作」、というような厳密な規定はありませんので、自分としては既存の作品を「参考」にした程度のつもりで書いたものでも、「盗作」といわれてしまうことがないとは限りません。ただ、その「参考」にした作品と細かなアイディアや展開を似たものにしないことや、作品を構成する要素を真逆のものにしてみるなど、「盗作」と誤解されることを避ける努力はできます。

誰にとっても、自分の作品や自分が大好きな作品は大切なものです。互いにそれを尊重しあって、有意義な創作活動を続けていきましょう。

参考文献

『読者の心をつかむ WEB小説ヒットの方程式』
(著:田島隆雄、監修:ヒナプロジェクト・博報堂DYデジタル、幻冬舎)

『ヤングアダルトの本 書籍になったweb小説・ケータイ小説3000冊』
(日外アソシエーツ)

『1週間でマスター 小説を書くための基礎メソッド 小説のメソッド〈初級編〉』
(著:奈良裕明、監修:編集の学校、雷鳥社)

『「物語」のつくり方入門 7つのレッスン』
(著:円山夢久、雷鳥社)

『すごいライトノベルが書ける本 〜これで万全！創作テクニック』
(著:西谷史・榎本秋、総合科学出版)

『ライトノベルを書きたい人の本』
(著:榎本秋、成美堂出版)

あとがき

　〈小説家になろう〉が誕生したのは、2004年。いまから10年以上も前のことです。それから〈小説家になろう〉はあっという間に、名実ともに日本最大の小説投稿サイトに成長しましたが、小説を書きたい人のための場所であることは、いまも変わりありません。

　〈小説家になろう〉で小説を書いている人の大半はアマチュアの書き手で、趣味だったり、生活のなかの息抜きだったり、暇つぶしだったりと、日常のなかで小説を書くのを楽しんでいる人たちです。誰に強要されることなく、自分が書きたいものを書いている人たちです。
　そこに仲間入りをするのは、そんなに難しいことじゃないのだということが、この本を通して伝わるといいなと思います。

　本書を制作するにあたり、株式会社ヒナプロジェクトの平井幸さん、山崎翔子さん、〈小説家になろう〉をきっかけにデビューを果たした佐崎一路さん、日曜さん、早秋さん、時野洋輔さん、伏（龍）さんに、多大なご協力をいただきました。ありがとうございます。

　小説を書くことは、大上段に構えなくてはいけないようなことでもなければ、書けるわけがないと端から諦めるようなことでもありません。
　もしも興味があったら、ぜひ。
　〈小説家になろう〉で小説を書いてみませんか？
　そのお供にこの本を選んでもらえたら幸いです。

スター大賞」開催中!

大賞(賞金30万円)
ファンタジー賞(賞金15万円)
受賞(賞金10万円)

受賞作はすべて書籍化決定&3巻刊行をお約束!

詳しくは公式webで! 🔍 モーニングスター大賞

〈小説家になろう〉で書こう

2017年8月3日初版発行

【編集】株式会社 桜雲社／新紀元社編集部／堀 良江
【デザイン・DTP】石川妙子
【カバーイラスト】ちり
【監修】ヒナプロジェクト

【発行者】宮田一登志
【発行所】株式会社新紀元社
　　　　〒101-0054　東京都千代田区神田錦町1-7　錦町一丁目ビル2F
　　　　TEL 03-3219-0921／FAX 03-3219-0922
　　　　http://www.shinkigensha.co.jp/
　　　　郵便振替　00110-4-27618

【印刷・製本】株式会社リーブルテック

ISBN978-4-7753-1517-0

本書の無断複写・複製・転載は固くお断りいたします。
乱丁・落丁本はお取り替えいたします。
定価はカバーに表示してあります。

Printed in Japan